穿过拉梦的河流

——叶梅散文

叶　梅／著

作家出版社

叶梅 作家，现任中国作协第八届主席团委员、《民族文学》杂志主编、中国少数民族作家学会常务副会长。著有小说、散文《撒忧的龙船河》《五月飞蛾》《最后的土司》《妹娃要过河》《我的西兰卡普》《大翔凤》等多部。

叶梅

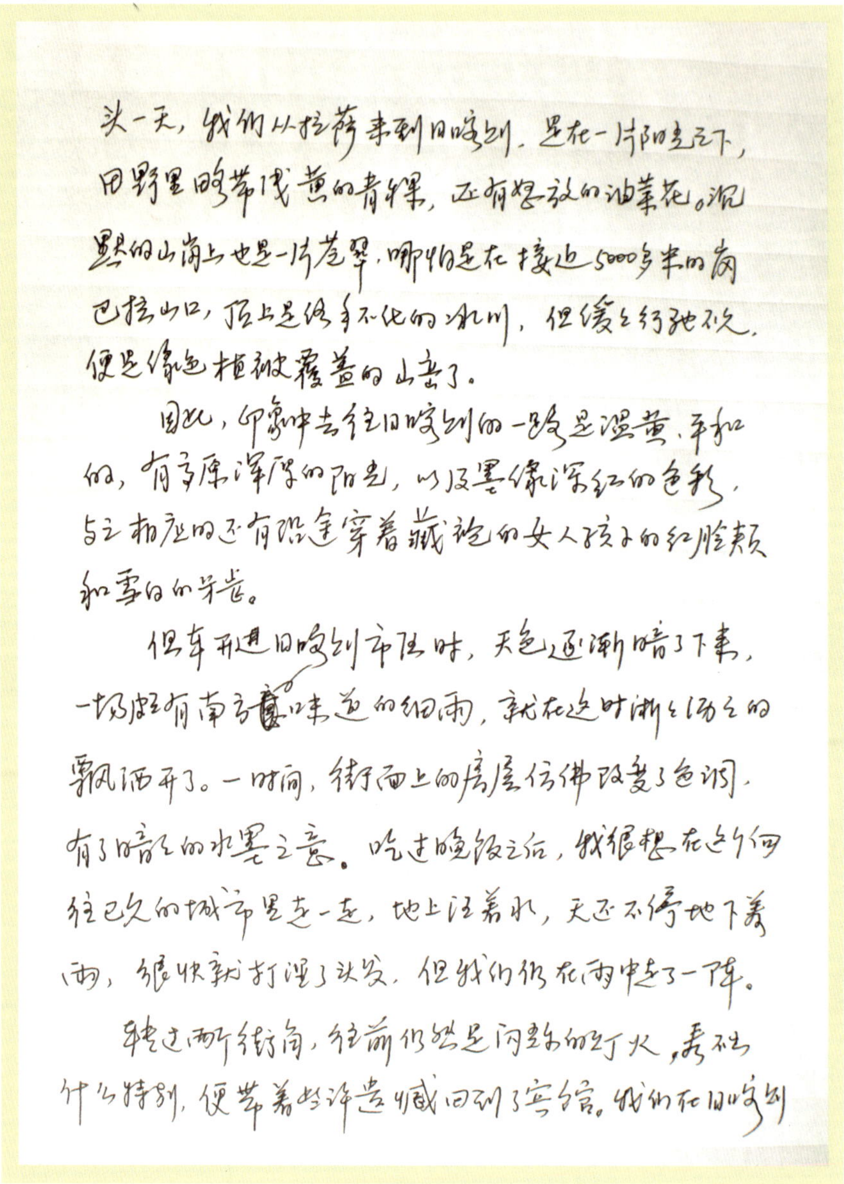
头一天，我们从拉萨来到日喀则。是在一片阳光之下，田野里略带浅黄的青稞，还有怒放的油菜花。沉默的山岗上也是一片苍翠，哪怕是在接近5000多米的岗巴拉山口，顶上是终年不化的冰川，但缓缓行驶不久，便是绿色植被覆盖的山峦了。

因此，印象中去往日喀则的一路是温黄、平和的，有着浓厚的阳光，以及墨绿深红的色彩，与之相应的还有路途穿着藏袍的女人孩子的红脸颊和雪白的牙齿。

但车开进日喀则市区时，天色逐渐暗了下来，一场颇有南方味道的细雨，就在这时淅淅沥沥的飘洒开了。一时间，街面上的房屋仿佛改变了色调，有了暗红的水墨之意。吃过晚饭之后，我很想在这个向往已久的城市里走一走，地上汪着水，天还不停地下着雨，很快就打湿了头发，但我们仍在雨中走了一阵。

转过两个街角，往前仍然是闪烁的灯火，看不出什么特别，便带着些许遗憾回到了宾馆。我们在日喀则

作者手迹

目 录

阅读时代的倾听者

吉狄马加 / 文

在人类尚没有创造文字的遥远的年代，我们祖先中的智者就已经掌握了讲述的技巧——通过诗歌和故事。当然讲述者并不孤独，因为在他身边，随时都聚拢着成群的倾听者。在这个人群中，只有一些同样富有智慧和想象力、同样拥有心灵感受力的人，最终能够成为新的传承者和传播者。他们不仅仅用耳朵，同时也在用心倾听。

当文字为我们带来可以反复阅读的便利之后，我们倾听的能力也极其遗憾地随之退化了。

或许，女性所具备的天赋品质，使她们更容易成为讲述者或者诉说者，因为倾听则需要一份深层的睿智和宁静。然而，作为一个同时拥有知性理解力和敏锐的感悟能力的女性，叶梅成为我们这个阅读时代的倾听者。她在阅读中倾听，通过倾听而重新讲述。因为阅读中的倾听是一种在场式的阅读，而不是游离于阅读之外。

这个书名中的“拉梦”一词，作者解释说系藏语发音，意思是“多元”、“多样”。这就首先为我们打开了一个想象和象征的空间。“穿过拉梦的河流”，这个短语或者这幅图像，在虚幻和现实的缤纷交织中，为我们徜徉于一个奇妙世界构架了一种联系，它是一只小船、一座拱桥，或者一条蜿蜒的阡陌，让我们能够以变化的姿态穿越这些来自四面八方的河流，领略它们深浅不同、宽窄不等、缓急各异甚至飘忽不定的个性。于是词句和话语得到解放，我们跟随穿过者走进多彩的风景和生活，听到了这万千气象中蕴含的声音。

这是一种开放式的多角度的倾听。中国少数民族文化具有丰厚的传统和绚丽的背景。从大漠绿洲的北疆、草原冰封的雪域，到云深林茂的丛岭、稻香叠翠的南国，再追逐到波涛回荡的大洋彼岸，《穿过拉梦的河流》把那些散落在各处的声音采集起来，构成一部和谐的交响曲，或者一支变奏的组歌。于是我们听到的是同一主题的民族灵魂的交响曲，是不同语言的民族文化的组歌。

这是一种贴近山水和土地的倾听。在中国辽阔的山河大地上，56 个民族 56 个梦想 56 支歌。它们是中国的美丽，是各族儿女不能释怀的依恋。《穿过拉梦的河流》是对我国当代少数民族文学的一次诗意巡礼与展示，所涉及的作者作品竟多达 30 多个民族。正是同叶梅一起，我们才得以倾听这些来自“山野妙龄女郎”的美妙声音，这里有草原的奔放、雪山的峻奇、茶花的清香、凤尾竹的隽永、酒与火的凛冽。在古老的音符里，我们倾听一个个民族深远记忆的旋律，也听到了一个个民族融入大时代的铿锵节奏。

这是一种充满和声与共鸣的倾听。叶梅并没有停留在独自倾听的时间里。她的思想、她的感情、她的心智，都已经完全融入那五彩缤纷的声音，仿佛置身于一片江河、小溪和涌泉汇聚与分流的大地，心中洋溢着芬芳的和声与涟漪绵绵的共鸣。于是她重新成为一个讲述者，诉说她的向往、她的感动、她的想象、她的祈祷和爱，讲述她被讲述者唤醒的梦境和故事。在《穿过拉梦的河流》里，我们的阅读成为一种接力式的倾听。

在当今世界人类思维和行为方式迅速融合统一的背景下，在时尚的阅读越来越趋于程式化和数字化的过程中，追求一种多语境、多语义的感性阅读，已经成为一项捍卫生存尊严和文明价值的事业，而在想象中倾听或者阅读中倾听，这种曾经古老而普遍的传承现象，似乎正在转变成一种精神贵族坚守的文化领地。在后现代世界的同质化中保持多元性的思维，在消解个性的潮流中保持独立的话语，这是文化的应有之义，更是民族文学创作的生命。这也正是《穿过拉梦的河流》所体现的价值。

我与叶梅是多年挚友，亦曾经是多年同事，她的文学才华常常令我赞叹和羡慕，而她在创作中所体现的人文主义精神和高尚的文学理想更是让我肃然起敬。我曾为叶梅的一部小说集写过序言，她那具有沈从文之风的叙事，质朴、真诚而睿智，令人回味无穷。担任中国少数民族作家学会常务副会长和《民族文学》主编的叶梅，更是致力于我国当代少数民族文学创作的发展和繁荣，致力于中国多民族文学不断崛起及其价值体现的思考与实践，为我国少数民族文学事业做出了杰出的贡献。在她的不懈努力下，《民族文学》相继增加了蒙古文、藏文、维吾尔文等多种民族文字版本，进一步为母语创作开辟了广阔的传播空间，也为培养一支优秀的少数民族文学创作队伍打造了宝贵平台。

可以看见，在中国当代民族文学的原野，叶梅不仅是一位充满激情和创造力的耕耘者，是一位富有责任心和使命感的开拓者，更是一位忠诚于希望和梦想的守护者。这是民族文学繁荣的使命，同样也是中华民族伟大复兴的梦想。

在广袤美丽的山川和阡陌之间，那些执著于崇高理想的文学创作者彼此呼应，继往开来，他们沐浴时代的朝阳，一路采撷古老智慧的鲜花，编织民族文学的多彩之梦，向着金色的彼岸高歌前进。或许这条道路并不平坦，然而那是一条“遥远而明亮的路”。

“穿过拉梦的河流”，叶梅与中国少数民族文学的多元共存并肩而行。

第一辑

北疆雪域风

母语之美——阿尔泰蒙古风

出生在锡林郭勒南端贡宝拉格草原的阿尔泰是一位高大的人，就像他家乡高大巍峨的博尔赫山，每当与他站在一块儿交谈时，需以一种仰视的目光。而他常会低着头，微弓着腰，表达或倾听。这是这位诗人常有的姿态。坐着勒勒车从草原走进学堂的阿尔泰很早就热爱诗歌，几经坎坷之后，他在新时期里曾三次以诗歌《洁白的蒙古包》、诗集《心灵的报春花》、《阿尔泰新诗选》分别获得全国少数民族文学创作骏马奖，他的诗歌在草原上家喻户晓。

有一次，我们曾随着阿尔泰在鄂尔多斯美丽的广场上漫步，那里耸立着一位蒙古族母亲和她雄俊的儿子们的雕像，传递着这个马背民族的巨大力量。几位游人迎面走来，突然站住脚，面露惊喜地交换着眼色，用蒙古语叫道："阿尔泰老师？！"当他们确信无疑之后，上前来按蒙古族的风俗给阿尔泰行了大礼，然后热烈地说个不停。这都是阿尔泰素不相识的读者，他们虽然第一次见面，但这些陌生的汉子却在广场上大声读出了阿尔泰的诗，诗歌像烈酒一样，迅速让我们站立的地方燃烧起激情的火焰。那些身穿蒙古袍的汉子给那尊雄伟的雕像献上了洁白的哈达，又转过身来给阿尔泰献上了哈达。他们并肩站在雕像下，在那位慈祥的母亲注视下，一群骄傲的蒙古族儿子。

一个热爱诗歌的民族，一位热爱民族的诗人。

鄂尔多斯的朋友说，过去广场没有这么漂亮，但并不妨碍人们在这里朗诵诗歌，如同盛大的那达慕一样，成千上万的人会聚集在一起，听有名的诗人读诗，听脚蹬马靴的牧民也上去读诗，甚至还有怀抱孩子的妇女也会大方地走上台去，红红的脸膛，朗诵一首自创的诗。有一次，人头攒动的诗会正在进行之时，一个毛手毛脚的小伙子一旁走过，好奇地问了一句："这是干什么，这么多人？"一位喝了点儿酒的老人上去就给了他一巴掌，非常生气地说："这后生，咋连诗歌节都不知道？你还是咱蒙古人吗？"

我相信，阿尔泰一定也在那样的诗会上读过他的诗。"醒来吧，我的诗！"他说。阿尔泰是一位用母语写作的诗人，他用他马头琴般的音色，用他深爱的母语读他的诗，我们这些不懂蒙古语的人在一旁听着，不一刻便会情不自禁地被这种语言难以形容的魅力所感动。高大的诗人仿佛在唱着一首歌，将我们带入他的草原，带入远古的历史，带入这个民族所经历过的沧桑，而他又仿佛裹挟着一望无垠的草原地平线上滚滚而来的雷声，他说：醒来吧，我的诗！

"……苏醒的牛奶正愉快地滋入惊醒的奶桶 / 苏醒的羊群正悠然漫向惺忪的牧场，醒来吧，我的诗！"阿尔泰用母语读过之后，又按照经过翻译的汉文给我们读了一遍，读到"苏醒"时，他停了下来，有些苦恼地说："这个翻译不完全是这个意思，我的母语是说醒了，并且活动起来，不是汉语醒了光睁开眼睛的状态。"

我们在座的人都听懂了他的意思，但却无法去解释这种翻译的遗憾。一种语言的魅力或许就在这些难以转换的独特的感觉之中吧。

《民族文学》自 2009 年创办了蒙古文、藏文、维吾尔文版之后，许多用母语创作的作家诗人都十分欣喜，认为这是国家对不同民族的母语更为实际的一种关爱。我们为此曾分别赴内蒙古、西藏、新疆召开了翻译家、作家的座谈会，曾将美国诗人惠特曼的诗集《草叶集》翻译成蒙古文的阿尔泰带着他的母语写作及翻译的感受走进了拉萨，与藏族的作家、翻译家倾心交流，虽然高原反应让他的口齿有些含混，但他对文学翻译的理解让我深受启发。

阿尔泰说翻译应分为三个层次，第一个层次是最基本的，是什么就说什么；第二个层次要表达出一定的意蕴；第三个层次也是翻译的最高层次，是真正文学的翻译，是又一次文学创作。虽然民族不同，但拉萨的翻译家们都十分认同。

我后来请教于他，能否将第一个层次叫作直译，第二个层次为意译，第三个层次称为美译呢？他点头，用很大的嗓门说："就是这个意思。"我将从他这里得到的启示用于《民族文学》的少数民族文字版的翻译组织工作中，告诉杂志社年轻的编辑们，阿尔泰的这些经验是多么宝贵。

蒙古国有一位著名诗人巴·拉哈巴苏荣，曾写过一首长诗《你美丽的内蒙古——献给阿尔泰》，来讴歌他与阿尔泰之间的友谊。巴·拉哈巴苏荣是国际蒙古语诗坛伟大的诗人，曾荣获世界文学与文化协会杰出诗人奖，他对同样用蒙古语进行创作的阿尔泰十分青睐和器重，很早就开始关注和研究阿尔泰及其作品，并亲自将他的诗作翻译成斯拉夫蒙古文，发表在蒙古国文学刊物《星火》上。阿尔泰的诗歌在蒙古国以及更辽阔的范围广为流传，就如同在他的诗《我的母语》里写到的那样："大青山在行走 / 为了真在行走……"他的诗也在行走。

在人们热切的视线里，在诗人的呼唤中，他的诗歌早已醒来，并大步地行走，并将走得更远。

阿尔泰（蒙古族）《醒来吧，我的诗！》节选

查刻奇（译）

醒来吧，我的诗！
太阳已经起床了，草儿也睡醒了，
在折勒上过夜的雾霭早已醒来嬉戏去了。

醒来吧，我的诗！
宽阔的草原睡醒了，
毡包睡醒的炊烟在袅袅上升，
早已起床的丹巴[①] 老人，
正走向上了绊的贴杆马。

醒来吧，我的诗！
苏醒的牛奶正愉快地滋入惊醒的奶桶，
苏醒的羊群正悠然漫向惺忪的牧场，
露珠醒了，奔向灿烂的朝阳，
激情醒了，投向火热的生活。

醒来吧，我的诗！
喂！听见没有，快起床！
早晨，美好的早晨已经来临！

——选自《阿尔泰蒙古风》作家出版社 2009 年出版

---

① 丹巴：蒙语，人名。

追寻神的目光

次仁罗布的小说《放生羊》获了鲁迅文学奖，这个长相黑瘦的藏族男子仿佛突然一下子从遥远的青藏高原冒了出来，又突然出现在聚光灯闪耀的舞台上。他脸上带着谦恭的微笑，淡定地看着世界。

他的谦恭和低调在当今文坛或是洪流滚滚的人潮中，显得十分特别。其实早在此之前他写出的小说就曾受到人们注意，他还担任过第七届茅盾文学奖评委，虽然他会上会下都很少说话，但只要一开口，便显得有些不凡。

那年次仁罗布来北京上鲁院第12届高研班，常务副院长白描主持会议抓阄，让我们这些被请去和学员们交流的人靠缘分确定跟哪些学员在一起，红绿纸团，写着一个个学员的姓名，我抓起一个，打开便是次仁罗布的名字。我想，真是缘分。

在那以后的几个月里，他经常面带微笑走进后海，穿着他的藏袍，从西藏携带而来的牛羊及青草的气息随着他的出现弥漫在《民族文学》的小院里。我们喝着茶，讨论藏文化，因为《民族文学》创办藏文版，我请他介绍西藏当地的翻译家，他非常认真地给我提供了一连串的名字，并再三地说："这是我们自己的事。"他不光是作家，还是精通藏文的翻译家，《民族文学》藏文版有很多事情要向他请教，可他见了小院的编辑们都叫老师。

我一直想知道，次仁罗布的谦恭从何而来。后来碰到西藏的朋友，我问熟悉他的人，次仁是否一直就是那样。朋友们说是，却没有细说缘由。后来不断读到他的作品，我终于意识到要真正认识次仁罗布，其实不需要去向别人打听，只需走进他的小说。

也只有走进他的小说。

次仁罗布是一个内心充满敬畏的人，几年前他的小说《杀手》就已让人闻到了这样的气息。一个为死去的父亲复仇的康巴汉子在高原流浪了十几年，他一心要杀死仇人，然而就在他一步步接近目标之后，却哭着离开了。那个被追赶的仇人已经不是他所认识的那个人，或者说那个人在若干年的朝佛洗心革面之后，已经脱胎换骨变作了另外一个人。“午时的太阳毒辣辣的，照得道路一片苍白，汽车逆着江水飞驶，江水冲击岩石激起的白色浪涛和哗哗的水流声，给了我些许的凉意。道路两边的山上没有什么植被，只是稀疏地长着些荆棘，偶尔在荆棘后面可以看到一两只干瘦的羊。这里真是荒凉。”人的自我救赎和宽容，在苍茫的青藏高原上，显得那样的悲凉和高贵。

他另外一篇小说《阿米日嘎》，讲述了一头从外国引进的种牛突然死去，引起雪原小村庄的族人纷争猜忌的故事。他在剖析种牛死因的过程中，剖析着族人隐秘的心灵。一个事件的四种陈述铺张了各自不同的角度，表现出这个纯朴的民族在时代的动荡中所受到的冲击，以及因此产生的异变，还有对宽容的期待，对善良的呼唤。

2011 年《民族文学》第 1 期，次仁罗布的中篇小说《神授》为头条，在这篇游走着神的足迹的小说里，一个荒原上的牧羊人因为神的眷顾而成了伟大史诗《格萨尔王》的讲述者，他无师自通，倒背如流，但现实生活将他拉入了城镇，高楼汽车阻隔着神的降临，神离人越来越远。次仁罗布似乎就是那位充满困惑的牧羊人，他惶然于神的灵性与喧嚣的尘世之间，难以诉说而不得不轻声道出雪山高原的隐秘，担忧那些因为人的无知而被轻视的尊严，他试图唤醒一些事物，因此不断追寻着神的目光，想得到更多神的启示。小说结尾是说书人的无奈，其实也是次仁罗布的无奈和悲情。

很多时候我们已经察觉到，我们的灵魂深处已经有了很大的缺失，其中之一就是宗教精神的缺失。人类似乎可以为所欲为，肆无忌惮地张开所有的欲望，宇宙间似乎不存在对人的管束和节制。但悲哀的是恐怕客观并非如此，在我们的目光所难以企及或者穿透之处，应当还有无数足以使人类敬畏谦恭的目光，只是我们无法与这些目光对视。

而次仁罗布相信这一点，他相信有神的存在，因此他的声音会不由自主地放轻，他的微笑也不由得饱含谦恭，他的灵魂里沉淀着更多的追寻。

他的小说已经不仅是文学的书写，更是心灵的诉说，是向神的倾诉和不时的忏悔。他代表的不只是他个人，或许是这个时代。

次仁罗布（藏族）《传说》节选

进入夏季，拉萨的第一场雨来临了。那天，天空电闪雷鸣，家里的佛龛里有亮光闪耀，还有轻微的响动声。我和老伴吓呆了，镇静下来，赶紧合掌诵“嗡拜载古如拜麦索底哄……”事后检查佛龛时，没有发现什么异样。深夜，突然一道亮光闪耀，它照亮了佛龛里的佛像。这种事让人害怕，我光着身子跑到佛龛前，发现光是金刚橛射出的。我呆呆地站在原地，惊得不知道该干什么。“深更半夜的，点供灯干吗？”从身后传来老婆的声音，再次惊得我尿都差点滴出来了。“光……光……”我的声音颤抖。“什么光？”我听到身后的老婆在问我。“金刚橛在发光。”老婆披上藏装，光脚跑到佛龛前。她被这奇异的景象给惊住了，许久才说：“神物显灵了。”老婆比我要镇静，她急忙跪下磕头，嘴里不住地诵经。我赶紧把衣服穿上。亮光消失了。我把灯打开，眼睛一直盯着佛龛里。老婆起身去净手，回来点上了供灯，再去燃甘丹堪布香草。草香味飘满屋子，院子里传来几声狗吠。我这才镇定下来，确信这个金刚橛是神物了。我凑上前，把金刚橛从佛龛里取出，灯光下它依旧黑乎乎的。我把它搁在脑门上祈祷，而后又放回佛龛里。我和老婆坐在床沿，一点睡意都没有。“这东西不能留在家里，我们凡人受用不起。”老婆有些惧怕了。“听那个康巴人说是霞帝寺的镇寺之宝。”“那赶紧送回去。”“我花了两万块钱。”“求平安最重要。钱都是身外之物。”想想心里还是有点余悸，怕莫名其妙地遇到一些意外的波折。“那送回霞帝寺？”我征求老婆的意见。“选个吉日。”随后的几天里金刚橛没有再闪光，只是择好吉日的那个晚上，金刚橛再次发出了亮光。那道光不停地变幻色彩，佛像一会儿涂成碧蓝，一会儿涂成金黄，一会儿涂成白晃晃的。

……船夫嘤嘤哭泣，合掌举到额头，“三宝明鉴，失传的神物又物归原主了！”

——选自中篇小说《传说》

阿凡提的微笑

阿凡提的毛驴丢失了，他每遇见一个人，都要说一句：“我要感谢真主！”妻子不高兴地说：“丢了驴不知懊悔，反而逢人都感谢真主……”阿凡提笑眯眯地说：“老婆呀，我怎么能不感谢真主呢？多亏真主保佑，如果我当时骑在驴背上的话，岂不是连我也丢了吗？”

这个故事是从我的同事艾克拜尔·吾拉木那儿听来的，听得人会心一笑，凡事要想得开，跟聪明的阿凡提一样。

艾克拜尔·吾拉木是维吾尔族人，《民族文学》的同事们都知道，他跟阿凡提的故事缠绕了几十年。骑着毛驴的阿凡提俏皮风趣，是民间智者的化身，也是维吾尔传统文化的优秀结晶。20多年来，艾克拜尔·吾拉木倾心收集整理，编译研究，出版了《阿凡提故事大全》、《世界阿凡提笑话大全》、《阿凡提笑话的人生智慧》等系列作品50余部，还编剧拍摄了电视连续剧《阿凡提》、《阿凡提传奇》等。

几年前，由民族文学杂志社和新疆青少年出版社等多家单位举办了艾克拜尔·吾拉木《阿凡提》系列作品研讨会。那天的会场很热闹，除了众多的评论家，还有一些影视界的人士参加，星光大道的主持人毕福剑到场讲话，曾为孙悟空、唐老鸭配音的李扬也曾为阿凡提配音，在现场学说了一段，逗得大家捧腹大笑。

许多参会的人都有些惊讶地说，他们打小都知道阿凡提，读着他的故事长大，却不知道其中的好些故事都是这位艾克拜尔先生收集翻译的。

其实艾克拜尔·吾拉木就出生于翻译世家，他的父亲吾拉木先生是一位著名的文学翻译家，1956 年从新疆调至北京民族出版社工作，曾参加《三国演义》、《红楼梦》、《水浒》、《离骚》等古典名著的维文翻译，还翻译过《高玉宝》、《果戈里》、《战争与和平》等中外名著。艾克拜尔的哥哥艾尼瓦尔·吾拉木也是一位维文翻译家，曾翻译出版过《格林童话》等多种文学作品。

出生在新疆的艾克拜尔·吾拉木经历丰富，小时候随父母来到北京，后来又作为知青插队回到新疆当过农民、工人，1975 年从新疆大学中文系毕业之后，先后当过记者、编辑、秘书等。几十年里，他干的时间最长的单位是民族文学杂志社，干得最多的活儿就是文学编辑和翻译。刚着手翻译阿凡提故事那会儿，有些新疆的朋友似信非信，说在北京生活了几十年、快变成北京人的艾克拜尔·吾拉木还能搜集翻译阿凡提吗？听了这话，艾克拜尔·吾拉木自己也有些犯嘀咕，他想来想去，对这类问题只有一个答案，就是一头扎下去，在民族民间文化的海洋里摸索，寻找阿凡提，亲近阿凡提。几十年过去，古老又年轻的阿凡提已经成为他最亲密的朋友，阿凡提的故事也已成为他生命中最重要的部分。

功夫没有白费，广大读者和众多的评论家对艾克拜尔·吾拉木的辛勤劳动给予了高度评价。令人尊敬的全国人大常委会副委员长司马义·铁力瓦尔地在艾克拜尔·吾拉木《阿凡提》系列作品研讨会上发表致辞，认为："中华文化是由多民族的文化汇聚而成的，阿凡提不仅是维吾尔民族的，也是中华民族的，更是全人类的宝贵文化资源。"称道艾克拜尔·吾拉木"为传承、宣传、推介民族优秀文化做出了特殊贡献"。

多年辛劳成疾，那年的一个秋日，艾克拜尔·吾拉木的爱人茹仙在家里发现了他的不对劲，虽然他还在打电话，为新疆的朋友联系事情，但却一只手压着胸口，嘴唇发紫，大汗淋漓。茹仙说："你得上医院，马上就去。"他还想再忍一忍，但茹仙不由分说地叫来了救护车，后来医生说，要再晚来一会儿，也许就坏了。

检查的结果是心肌部分堵塞，要动大手术，朋友们陆续去看望他，但医生说最好不要多说话。在他手术前夜，我忍不住心里的忐忑，想给他打个电话，却不知说什么好。我想到了他的阿凡提，便给他发了一条短信："阿凡提说，勇敢的人笑着面对一切，善良的人宽容地对待一切，他还说，艾克拜尔·吾拉木会平安幸福长寿，再来翻译我所做的一切！"过了一会儿，他回了短信："明月每晚都会升起，太阳也会每日升起，阿凡提不是一幅老照片，艾克拜尔·吾拉木还会雄起！放心！"

那是一个秋意渐浓的夜晚，是一个容易感伤的季节，但艾克拜尔·吾拉木以阿凡提的微笑迎接了所有的一切，他的手术很成功，接下来的日子不断康复。数日后，他给同事和朋友们发来一条颇长的短信，大家在后海院里愉快地说道，他写着："患过大病，才知道健康；孤独在外，才知道家庭；住院三月，才知道外面；走过心路，才知道忧乐；度过岁月，才知道坎坷；迈过山梁，才知道大海；交过挚友，才知道磨合；读过好书，才知道修德；做过实事，才知道真理；怀过梦想，才知道选择。非常感谢您在我患病期间对我的牵挂和关心！"虽然那算不上诗，但那是他在生命经历严峻考验之后的真切之言。我想，除了大家的关心，带给艾克拜尔·吾拉木以生命的勇气和豁达的一定还有翘着胡子的阿凡提，他以他穿透人世的智慧抚慰着人的心灵。

《民族文学》于2009年8月创办了包括维吾尔文在内的三种少数民族文字版，作为编委的艾克拜尔·吾拉木如鱼得水，积极发挥了他的长项，奔走于翻译家队伍之间，并继续着阿凡提的翻译，先后又出版了《阿凡提故事荟萃》、《聪明的阿凡提巧斗巴依》等多种书籍，并担任了300集3D动画片《阿凡提》的总策划，该片由中科院艺术中心和宁波民和传媒有限公司联合制作，即将在央视少儿频道和新疆电视台同时开播。

艾克拜尔·吾拉木说，阿凡提上学堂时，几次都没答对毛拉的提问。毛拉很生气，说："阿凡提，这么简单的问题都答不出来，真主赐给你这个脑袋干什么用？"阿凡提回答说："尊敬的毛拉，是为了戴帽子，不然帽子往哪儿戴呀？"

我们都看见了阿凡提脸上的微笑，他笑，我们也笑了。

艾克拜尔·吾拉木（维吾尔族）《谁怕谁》节选

一个巴扎日，阿凡提进了一家茶馆，茶馆里有一帮人正在议论他。他悄悄地坐在一旁听他们怎么说。

一位满脸凶气的家伙吹胡子瞪眼地说："听说你们这儿有一个叫阿凡提的，谁都不怕，连国王也怕他三分。我是浩罕来的纳曼诺其[1]，你们叫他来，让我跟他斗一斗，看谁怕谁？"

站在一旁的茶馆老板插话道："喂，浩罕来的纳曼诺其先生，别把话说得太早了，我看你不一定能斗得过他！"

"什么？我斗不过他？我是浩罕城里第一诺其，你胆敢小

① 诺其：维吾尔语好汉之意，有时也用作称别人的绰号。

看我，我先让你尝尝我的厉害！”说完，纳曼诺其脱下身上的袷袢，扔在阿凡提旁边的一把椅子上，然后抡起拳头，对准茶馆老板就是一拳，茶馆老板也不示弱，两人扭打起来。

大伙儿担心茶馆老板吃亏，纷纷站起来劝解。

阿凡提坐在一旁，不慌不忙地趁人不注意将扔在他身边的那位浩罕诺其的袷袢袖口烧了一个洞，并悄悄往口袋里塞了一张字条，然后将自己的袷袢脱下来放在那位纳曼诺其的袷袢旁边。待争吵平息后，纳曼诺其气呼呼地去拿袷袢，但却被阿凡提先拿起了。“你怎么敢拿我的袷袢？你是不是也想挨揍了？”纳曼诺其与阿凡提争吵起来，众人把他俩拥到了喀孜[①]那里。喀孜听了他们各自的申诉后问道：“你们都说这件袷袢是自己的，有什么证据吗？”

“谁穿上合身就是最好的证据！”膀大腰粗的纳曼诺其望着身材瘦小的阿凡提说。

阿凡提说：“这不足以，我有充足的证据，袷袢袖口上有一个烧洞，衣服口袋里还有一张我刚给一位朋友写好的字条。不信，咱当场验证！”阿凡提振振有词地说。

喀孜验过袖口的烧洞，又找出那张字条打开一看，上面写着：某某朋友，快过古尔邦节了，把我在你那儿喂的两只肥羊给喀孜大人送去。

喀孜看过后，高兴地认定事实，冲纳曼诺其说：“你这个浩罕来的纳曼诺其，胆敢光天化日之下强抢民衣，来人，给我重抽五十大鞭，把他赶出这里！”

被打得皮开肉绽的纳曼诺其摇摇晃晃地从喀孜堂出来，阿

① 喀孜：维吾尔语里伊斯兰教宗教法官之意。

凡提笑眯眯地向他走过去，把他的袷袢还给他说："这就是你的袷袢，还给你！以后吹牛不要吹得太大！"

"你到底是什么人？……"

"我就是阿凡提！谁怕谁呀？"

纳曼诺其听罢差一点儿气昏过去。

——选自《阿凡提故事》

贝尔加湖部落

《神奇部落》小说集汇集的是鄂温克族女作家敖蓉的 5 部中短篇小说。

鄂温克族人主要分布在中国东北黑龙江省讷河县和内蒙古自治区，敖蓉便生活在内蒙古风光壮美的莫力达瓦，那里有富饶辽阔的黑土地，有胜似江南的碧波湖水，还有密密的森林。鄂温克人有语言但无文字，他们将自己的民族叫作鄂温克，意思是“住在大山林里的人们”。只有 3 万多人口的鄂温克族经历了漫长的历史风沙，积淀了独特的民族文化，世代相传的神话、故事、歌谣、谜语滋润着鄂温克人的心灵，他们擅长用舞蹈和歌曲来记载历史和祖先的足迹，信奉萨满所指引的通往自然神灵之路，尊重留存和创造的文化记忆。

敖蓉就是在这样的氛围里成长，并开始文学写作的。

她的小说经由贝加尔湖水和葱郁的大兴安岭的濡染，散发着桦树皮的清香，同时挟带着森林的野性。这几乎是她所有小说的基调，无论是写人还是描物，还是对某一个故事的铺展，都能让人呼吸到这样的气息，这或许就是鄂温克的气息。

徐徐燃烧的篝火、驯鹿、森林、萨满、猎人和猎犬……在敖蓉的《神奇部落的神秘女人》、《映山红》、《古娜吉》等作品中多有再现，她的描写让我们细致地感受着鄂温克人的生活场景。

如驯鹿，古时记载鄂温克“畜鹿如牛马，使鹿牵车，可乘三四人，人衣鹿皮，食地苔，其俗聚木屋”，驯鹿被称为“森林之舟”，人与鹿亲密相处的关系是鄂温克生活的重要内容。父亲驾着雄鹿奔驰，女人精心调养着驯鹿，鹿群的兴旺给人们带来欢欣，而每当灾难降临之时，群鹿会睁大惊恐不安的眼睛……勤劳的鄂温克妇女洗衣做饭，缝补皮衣皮裤，拾柴火，割草皮，给驯鹿驱虫、喂盐，寻觅驯鹿。“尤日卡饲养的驯鹿长得膘肥体壮、生龙活虎，熬出来的鹿奶茶甜润可口、香气逼人，驯鹿头上的七叉犄角也与众不同，如一棵枝繁叶茂的小树一般。”这些特别具有民族特征的细节在敖蓉的小说中随处可见。

生活在山林里的鄂温克人，用简朴真切、互敬互爱的方式与大自然朝夕相处，随意砍伐、无来由地折断一根树枝都会引得鄂温克人的心痛。用敖蓉的话来说：“使鹿鄂温克人有一个不成文的规定：做饭和取暖用的柴火，必须是枯枝或倒木，即便捡不着枯枝的日子，也不能损伤活性树木，更不能乱砍滥伐。”

她笔下的小主人公会因为折断一根树枝而被人足足瞪了一分钟，因此再捡柴火时，只捡枯枝，小心翼翼。为了个人的贪欲糟蹋森林的人会遭到所有鄂温克人的唾弃。敖蓉通过她的作品表达了对自然的珍爱以及感于环境退化的忧思。自古以来大兴安岭就是苍天恩赐给鄂温克人的绿色宝库，在那里，敖鲁古雅的蚊子都是毫无毒性的绿色昆虫。她多次写道：如果草尖上没有蜻蜓飞舞，如果林子里没有鸟鸣和野兽的奔跑，自然界将是多么的沉闷和单调，人类社会将是多么的毫无色彩和了无情趣啊！

作为女性，敖蓉在书写民族以及民族生存环境的同时，更多地将目光倾注于本民族女性的命运。从大森林深处走来的鄂温克人随着社会经济的发展，以及中国城镇化的迅速扩大，也一步步地走出大山，结束了狩猎，甚至相当一部分人结束了放牧和耕植，进入了都市化的行列。祖辈千年的生活方式得以改变，因而也不可避免地影响和改变着人的命运，而尤为引人关注的是身在其中的女性。

或许是对这些女性的深度熟悉，敖蓉对她小说中的一个个女主人公的描写，采用的是近似于写传的手法来讲述她们的一生。尤日卡、娜得娥、古娜吉这些美丽的名字，这些森林之舟的女儿，凝聚着敖蓉心中美好的向往。古娜吉，鄂温克语的意思是仙鹤，是一种吉祥、神奇而美丽的鸟。敖蓉笔下的人物古娜吉是和她的名字一样美丽的姑娘，桦树一样婀娜的身姿，树叶般薄薄的双眼皮，母鹿一样黑又亮的大眼睛，清澈透明得令人不忍伤害。可这些女性大都命运乖舛，在动荡的时代变迁中几经沉浮，而至伤痕累累。鄂温克人说："沉睡的虾会被激流冲走。"身处弱势的女性更是怀着对命运的不甘，用生命追求爱情和幸福，保卫家园般的森林和人世间的纯真，虽然累遭伤害，但始终相信"一个人心中有希望，有目标，有一种永不言败的精神，就一定会跑到幸福的彼岸"。

敖蓉对文学的追求也如同她笔下的女主人公一样，总是心存希望和目标，一直不停地奔跑，她深怀对鄂温克女人们的理解，用她的笔为她们立传和代言。读者会从她的文字里读到执著，还有心痛和怅然无奈。

被誉为"森林之舟"的鹿善于奔跑，柔顺、美妙具有神力，也象征着生机、活力和兴旺。敖蓉在文学的长路上坚持跋涉，相信是森林之舟给予了她前行的力量，她用笔向世界传递着鄂温克人的气息，书写本民族在当今时代的变迁，以及他们的希望和忧患。无论她的文字还存有多少粗糙，她的文学之梦的圆满还需要经过多少星星和月亮的照耀，我们都应该感谢她的传递，使得当下的人们能够瞩目森林之舟滑行的轨迹，并感受到多种文化的存在和珍贵。

敖蓉（鄂温克族）《神奇部落的神秘女人》节选

尤日卡有着一个特殊的家庭，她的家族是萨满世家。这个敖拉氏家族的男人们个个都是德高望重的名萨满，他们治愈过的危重病人不计其数。然而这个神秘家族的男人们却总是莫名其妙地失踪，有的是去寻觅驯鹿时失踪的，有的是去打猎时失踪的，也有去拾柴火时失踪的，总之，他们都是在林子里神秘失踪的，且没有一个超过五十岁的。

尤日卡的父亲拉吉米从三十岁开始一直有病，总是得一些莫名其妙的病，乌力楞的人都说他是因拒绝当萨满传承人才不得安宁的，但拉吉米却执迷不悟，不肯就范。他不相信任何教派，只相信医学。每到春暖花开的季节，他总是不辞辛劳地采摘各种药材，用父辈们留下来的祖传秘方自己给自己配药。正当他的身体日趋好转时，四十岁的拉吉米在一个雾气昭昭的清晨去晨猎时，却被同伴误伤致死。

狩猎活动中发生误伤事件不是偶然的，几乎每两年都会发生一起这样的悲剧事件。因而，尤日卡仇恨的不只是那个误伤者，还有她的那双手，是她自己千针万线制作而成的那个带着两个长耳朵的鹿皮帽子引来的杀身之祸。当时她还为自己的别出心裁暗暗得意和自豪了好几天，没承想，恰恰就是这顶带着两个耳朵的帽子成为父亲被人误伤的罪魁祸首。尤日卡后悔莫及，内疚和自责之情犹如弥漫大兴安岭上空的浓雾，笼罩了尤日卡的心头……

——选自小说集《神奇的部落》

壮烈奔突的鄂尔多斯文学

辽阔美丽的鄂尔多斯草原，自古以来孕育了丰富多彩的草原文化，从元代的《白史》到明清时候的《蒙古源流》、《黄金史》、《因果明鉴》、《智慧明灯》、《宝石佛珠》等著作，都是由这块土地产生的宝贵财富。在今天，多种文化的融合碰撞，多民族作家的交流汇集，再一次催生了鄂尔多斯文学的奔突，引起文学界的关注。

对人与世界的关系的追问，造就了鄂尔多斯文学在新时期的超越。天高地远的独特自然环境，游牧民族与农耕民族的文化交融，使新时期的鄂尔多斯作家在相当长一段时间里保持着冷静而独特的文学思考。非常耐人寻味的是，在这块土地上的多民族作家几乎不约而同地将笔触伸向了人与自然、人的内心及生命意识的叩问。

阿云嘎《黑马奔向狼山》与肖亦农的《孤岛》可以说表现了不同时期但同样沉重的思考。肖亦农笔下的黑驴竭尽全力保护了人类，最后却被孤零零地抛弃在恶化的滔天冰湖之中，而阿云嘎的黑马在极力企图亲近人类反倒处处受到伤害之后，不得不绝尘而去，奔向天敌群居的狼山。甫澜涛的《紫山岚峡谷》用一个孩子未受扭曲的童心和善良的目光，批判了人类对生灵掠夺侵害的丑恶。正是这些作品，使我们进一步意识到，人类日益增长的人口和消费水平对自然造成的严重破坏。我们享受着现代科技带来的种种快感，越来越忽视自然界的本来存在，不去尝试知道整个地球的生命支撑系统正处在前所未有的压力之下。在人类抛弃了“老黑”和“黑马”的同时，其实也正是在抛弃人类自己。

从世界范围来说，20世纪的80年代之前，文学批评的论争，多因“冷战批评”的语境而出现，即把焦点集中于人类创造力、人类力量和人类社会关系之上，而21世纪的文学批评，在更大范围来说注意到了“全球变暖批评”，即自然界不再被认为是被动、有序和驯服的，而是有生命的、既不能完全控制又能灵敏应对人类的无知的。而某种特殊的文学语言的使用，或者能将我们与自然界重新联系起来。从这个意义上说，阿云嘎等鄂尔多斯作家超越了一般的社会价值审视，而将目光投向了更为深度的人类生存背景，从而使其作品产生了更加耐人寻味的文学价值。

与之相应的是，除了外部世界之外，人的内心世界同样是一个极为复杂甚至无限的宇宙。布林在《蔚林花》、《不死铁木尔》等作品中，一步步进行着传统小说的解构，他以一种具有灵性的草原书写表达了人性乖张多变的特性。乌雅泰的《沙原夜话》用一种别出心裁的自言自语，剖析了一个人欲望与理智的种种冲突。莫·哈斯巴干的《美丽的T》更为直观地将欲望化作了心魔，人与金钱、性、权力等日益膨胀的心魔之间，展开了肉搏式的亲密接触与残酷厮杀。张秉毅《我和我的羊群走过四季》通过人与羊的相伴，感觉到人性的回归。王建中《咸丰五年的一个早晨》细致入微地刻画了男人女人相依难舍的情感，表现了人类性爱的精致。

莎士比亚在戏剧《皆大欢喜》中吟唱道：“全世界是一个舞台，所有的男男女女不过是一些演员，他们都有下场的时候，也都有上场的时候。一个人的一生中扮演着好几个角色，他的表演可以分为七个时期。”人性的多样化和人的内心世界的深度开掘在鄂尔多斯作家那里得到了很好的表现。

人们还应注意到，鄂尔多斯作家在文本上的相对无拘无束，他们是以神的方式“我们以我们的形象造人”。如同广阔草原上奔驰的骏马，他们有的狂放恣肆，有的简洁明朗，有的神秘华丽，充分展现了鄂尔多斯土地所具有的丰厚民族文化积淀，以及多民族作家各自不同的风采。在当今日益城市化并全球化的社会与文化空间之中，如何审视自身，文学艺术正尝试着一种新的认知，以把我们当下的生存体与新的全球文化和社会网络联系起来。在这种情势下，许多难以置信的文化实践方式正在不断产生，而带着草原气息的鄂尔多斯作家显然有着他们独特的创造。

正是这一切，在文学世俗化不可避免地来到读者身边时，我们倍加惊喜地感受到了鄂尔多斯文学的独特魅力和不可忽视的文化价值，它或许可以视作一个区别于具有笼罩性文化的有着一定差异性的文学符号，是苍茫草原吹向都市的一股清风。

但正如一些评论家所看到的，我们还需对鄂尔多斯文学做进一步整体性的思考，而鄂尔多斯作家也需进一步清醒认识自己所站立的位置和力量所在，以期产生更多的精品，共塑中国文学的缤纷多彩。

行走者的长吟

三年前，我在鄂尔多斯与内蒙古文联、作协的朋友们筹备“朵日纳”文学奖的时候，就听肖亦农说过，他正要创作一部反映毛乌素沙漠巨大变迁的长篇报告文学。那天，肖亦农兴致勃勃地告诉大家，他要走遍毛乌素沙漠的山山水水，寻找远去的大沙漠。你们知道吗，毛乌素沙漠在鄂尔多斯高原没有了，真的没有了……

肖亦农说到这儿时，声音有些哽咽，他有意地把头仰起老高。我看得出，他是想强忍住溢在眼眶中微微晃动的泪珠……

我想，老肖这次是动了真情。记得他过去给大学生和文学青年们讲课时曾经说过，不动真情，他决不开笔，决不干折磨自己折磨读者的事情。进入新时期以来，曾听肖亦农说，中国人现在的生活状态，已经远远超出了作家们对生活的认知和想象。作家们虚浮的生活、虚构的写作，已经被光怪陆离的生活大浪淘涮到了边缘，曾经引领时代潮流的当代文学一度遭遇到了灭顶之灾。在这期间，我曾读到过肖亦农创作的《人间神话——鄂尔多斯》、《涅瓦河上》、《第五十位是民工》等文学作品，能感到他在当代作家中算是接地气的一个。

肖亦农早年的《金色的弯弓》系列中篇小说可称之为知青文学的代表性作品之一，从他的作品中可以感觉出鄂尔多斯高原无垠的沙漠与这个男人纠结了几十年，他的青春汗水全部倾注在这浩浩无垠的大沙漠中，守望沙漠就像守望他的生命一样。而当肖亦农渐近花甲之年时，他守望了四十余年的沙漠却在消遁，这在他的心里掀起极大的波澜和创作冲动。鄂尔多斯人的生态实践和生态恢复，引得他热泪滚滚，他对鄂尔多斯不但有着深厚的情感，更有着一个作家对他相守了四十年的土地的殷切期望和绿色担当。

前些年，肖亦农一头扎进了过去的沙漠，开始了他的毛乌素绿色传奇之旅。后来听说他在采风途中大病了一场，他在电话那头说："没事，就是过年过多了，身上的部件有些生锈了，早年在黄河湾里落下的老寒腿不断提醒我他老人家的存在……"大家劝他要注意休息，他呵呵地笑着，开口便讲毛乌素，他说现在的毛乌素沙漠可以说是变成了如诗如画的草原，这翻天覆地的变化就发生在这些年，他要写一篇大文章，让所有的人向鄂尔多斯人民致敬！

他拖着那条老寒腿，用了近三年的时间走遍了毛乌素的沙地、沙梁，以及无数种草植树的治沙现场，行程越万里。2011年的春天，内蒙古党委宣传部、文联作协为实施草原文学精品工程，为入选的每部作品聘请了北京的一些人士指导，肖亦农的《毛乌素绿色传奇》也在其中，我被聘为这部作品的指导老师。这让我深感惭愧，但肖亦农很快就发来了他近两万字的创作大纲，一看都是硬打硬的干货，他采访的扎实艰辛全涌于笔端，但我觉得事件和人物太多，建议他抓住最能打动人的事件深入挖掘，充分发挥小说家的特长，写出与其他报告文学作品的不同之处来。这些年走马观花、蜻蜓点水、堆砌数字或玩弄技巧的写作甚多，基本上都是一些正确的废话，很难看到立意高远宽厚扎实具有真情实感的报告文学写作。肖亦农三年的深入采访给写作提供了坚实的基础。他多方听取意见并经过一番思考之后，抓住毛乌素一隅，并融入全球化的大背景，在行走中把人物事件串了起来。随后，他去到毛乌素沙漠的无定河边，开始了

娃娃学皮影　　王飞庆 / 摄

清明时节茶市忙　　　　杨　东／摄

艰苦的写作。秋高气爽的时节，一摞沉甸甸的稿子呈现在我们面前，刚看几页就被吸引住了，他那带着浓烈情感，带着温暖和希望的写作将我们带入了毛乌素沙漠的往昔与今生，其文学品位之高超出了我对以往报告文学作品的认知和想象。

肖亦农是一个富有思考的人，他认为在中国，工业化是不可抗拒的，人类自进入工业化时代以来，生产力得到长足发展，社会财富得到极大丰富，但同时如何在发展中达到与环境的和谐，也是全世界人民越来越关注的。鄂尔多斯和乌审旗人民的实践，在辽阔的中国西部地区具有前瞻性，是中国工业化进入生态领域，坚持科学发展观的伟大创举。

鄂尔多斯的工业化在人们众多的争议中前行，人们质疑的是环境，《毛乌素绿色传奇》给出了一个明确的答案，毛乌素沙漠的消失正是工业化时代的一个绿色传奇，鄂尔多斯人创造的“用百分之一的工业用地，换取百分之九十九的生态恢复”。肖亦农在他的作品中指出：让工业化思维进入生态领域，生态领域才会产生质的革命。有专家称《毛乌素绿色传奇》是一次振臂高呼式的写作，表达了作者对工业化进入生态领域的热情讴歌。这部著作让人看到的不仅是激情、文学，还有科学。肖亦农抓住了毛乌素沙漠的现代灵魂。他在作品中还写到了毛乌素沙漠的历史，写到了它所蕴藏的丰富文化，让读者触摸到了这片土地的根脉。

肖亦农用西部人打深井的方法对待作品，初稿完成之后，内蒙古文联、作协在毛乌素沙漠附近主持了小型的研讨会，到会的评论家、科学家，甚至治沙人针对他的初稿展开了批评讨论。肖亦农听取了这些意见之后，又闷头苦改了两个多月，才终于将稿子交付给出版社。带着墨香的《毛乌素绿色传奇》面世不久就得到文学界的好评，文字圆润、明丽、跳跃，灵动而又激情四射。

非常巧合的是，这部报告毛乌素沙漠奇迹的作品出版同时，另一件与此相关的事件正在进行：中国的毛乌素治沙经验在联合国可持续发展大会上被郑重介绍，得到了世界的肯定，联合国防止荒漠化组织的官员认为，毛乌素沙漠的治理，是中国人民做出了“让世界向中国致敬的事情”，并提出将在世界范围内给予推广和借鉴。

这正是肖亦农创作《毛乌素绿色传奇》时的初衷和热切盼望的未来。这年年底，他用心血浇灌的这部作品获得了中宣部“五个一”优秀作品奖，毛乌素的传奇从他的笔下走入了广大读者的心灵。

肖亦农《毛乌素绿色传奇》节选

毛乌素沙漠你在哪儿呢？

我在乌审大地苦苦搜寻着，许多接待过我的朋友、农牧民、基层干部和地方官员都知道我在寻找大明沙。我总是问及他们一个问题，你知不知道附近有没有很大的沙漠？他们都说有。但仔细问及究竟在哪儿时，却又回答不出来了。

这样的事情我遇到了许多。

我有时也问自己，我真的是在毛乌素绿色传奇沙漠吗？好像是，又好像不是。实际上我也知道，我只是在寻找这个过程，记录这个过程。当年郭小川寻绿也好，我现在寻沙也好，都是在寻找、记录这个过程。

后来，我索性就驻在无定河边，静下心来记录这个过程。

我驻的这个地方叫巴图湾，它本来是无定河的一部分。后来修了个大坝，用来水力发电，又有点三峡的味道。我住的萨拉乌苏宾馆就建在巴图湾的南岸，透过房间的玻璃，窗外就像一幅好看的水墨画。清澈的无定河水，奇幽的萨拉乌苏大峡谷，还有层林尽染的毛乌素沙漠，就活灵灵地闪现在你的眼前。巴图湾的早晨常常浓雾弥漫，水雾不时在林中飘浮转动，有时浓稠得只能让人看见沙梁顶上的片片树梢。我时常坐在房间里，呆呆地看着大团大团的水雾在无定河北岸的树林间穿梭，林木苍苍、雾水蒙蒙，还有细蛇一样的小道盘旋在毛乌素沙原上，时隐时现在茵茵草浪间。我常常呆看到阳光洒来，水雾渐渐散去，北岸的毛乌素沙漠透出一片青翠。水碧天蓝，我都能看到晶莹的水珠在草尖上颤颤滑动……

这还是毛乌素沙漠吗？

——选自《毛乌素绿色传奇》，内蒙古北方文艺出版社出版

这些年轻的名字

多年前，80 后文学就已经风生水起。有人认为 80 后作为青春文学的表现，早期停留在自我的迷恋，是泛审美时代的颓废与虚无之花；还有人认为 80 后文学的热闹是因为文化消费与商业炒作的作用，意味着文学偶像化、商业化时代的进一步来临。可无论怎样众说纷纭，80 后文学无疑是新世纪历史语境下重要的文学浪潮之一，紧密伴随着全球化、市场经济一体化、高科技化、都市化这样一些词语，有别于上世纪 80 年代以来的"新时期文学"，体现了"新世纪文学"的鲜明特征。

一代有一代之文学，王国维早在他的《人间词话》里说及。事实上，80 后文学的兴起应是势所必然，众声喧哗之中，80 后文学以越来越昂然的形态向前跃动。而在此之前尚未引起人们关注的少数民族 80 后，也正在悄然蓬勃，《民族文学》推出的"蒙古族 80 后作品专号"（2010 年第 4 期）就是一个实证。

照日格图、苏笑嫣、木琮尔、陈萨日娜、查黑尔特木日、赵吉雅、金达、扎·哈达、周静、新醍博、呼·布和满都拉、欧其尔加甫·台文、桑杰、敖其尔巴尼、阿尤尔扎、娜仁高娃等，对于文坛来说，这些年轻人的名字尚且陌生，他们大多是第一次在国家级文学刊物上正式亮相，但却有着深长的意味，让我们聆听到一个古老民族新一代的文学话语。

作为蒙古族的80后文学，与其他民族的80后文学一样，糅杂着叛逆、感伤、多元，由关注自我逐渐延伸到思考社会。木琮尔的中篇小说《雏凤清声》表现了母女之间不可抹去的代沟，妈妈林木是个理想主义者，凡事都求完美，但处于青春期的女儿根本就不以为然，她在工作、爱情等一系列问题上反抗着“不听林木言，吃亏在眼前”的教诲，但又始终与妈妈欲远还近，亲密却有间，细节和语言生动幽默，富有情趣。陈萨日娜的小说《情缘》在叙述几个年轻人爱情纠葛的同时，贴切地表现了当下蒙古民族的生活及情感方式。新一代走进校园和城市的风景，多元的选择让人眼花缭乱，“有情歌，有爱语，有札鲁特，乌珠穆沁的摄影……”，草原的女儿在探求中梦想成真。

还有赵吉雅的《片片枫叶情》、金达的《503号宿舍》、扎·哈达的《我的女老板》，从不同的生活场景中摄取了80后求学、生存的各种画面，富有象征意味地分别定格在“紧紧地拥抱在一起”、“依旧非常热闹”、“现在我到底该怎么办呢？”，表达了80后所经受的磨砺，在徘徊、困惑和追问中的成长，让我们对蒙古族新一代的生活有了多彩的解读。

查黑尔特木日是一位用母语写作的年轻人，他的小说《巴拉嘎日河边的故事》（哈森翻译）描写了一群大学生，怀着“忘了祖宗，失去良知只认钱，这些人在闪光的蒙古族历史长河中渺小如蚁蛭”的认知，自觉保护民族历史文物，鄙视金钱至上，反映了新一代蒙古青年的价值取向和精神状态。在呼·布和满都拉、欧其尔加甫·台文、桑杰、周静等人的散文、诗歌中，我们读到《往事飘过河流》、《忽必烈狩猎》、《我在秋天洗涤着思绪》、《羁不住的心》等篇章，面对全球化和都市化带来的文化趋同，少数民族显然有着更多情感的纠葛与无奈，以及掩不住的倾诉欲望。

遭遇洪流滚滚的趋同文化，他们虽然来自不同的地域和民族，但似乎是也登上了同一辆列车，他们的作品证实了某种貌似平静、不能不接受的真实，同时又力图再现独特的民族文化，提升弥足珍贵的民族精神。

的确，如同潜藏在这些蒙古人身体血液中的密码一样，潜藏在他们文字里的民族气息依然扑鼻而来。文化悠久的蒙古族在历史上曾有过无数次与其他民族的交汇融合，他们在包容拓展的同时，从容地保留着自己民族独有的文化脉络，以及特别富有音律和表现力的语言文字。

这些，我们可以在经典的《蒙古秘史》中读到，也可以在当代蒙古族作家的作品中读到，眼下，80后的蒙古族年轻作家们也给了我们这样的感受。草原、库布其沙漠、辽河、牧人，那些并没有淡去的风景带着蒙古民族的骨感，苍茫而又高远。

从网络上，我们可以见到一群80后的文学宣言："我们需要思考，我们需要沉淀，我们更需要特立独行的探索。"显然，80后文学给予文坛的冲击波还远没有结束。伴随着又一次浪潮的开始，少数民族的80后、90后将会在以后的岁月里吸引更多人的目光，他们之中将会产生更加耀眼、更加具有独特风格的文学精品！

照日格图（蒙古族）《怀念一垛草》节选

在我家乡呼伦贝尔，冬天来得特别早。准确地说，在每年八月末的热浪中，人们就能看见冬天的影子了。那时家里的男人们开始忙活起来，他们检修四轮拖拉机，及时更换零件，把自己的打草机擦拭了一遍又一遍。他们要开始近两个月的打草生活了。一般来说，草场和家的距离都会比较远。如果开着老牛似的拖拉机从草场回到家，要耗去他们长达一整天的时间。所以，在打草的一两个月里男人们很少回来。女人们则为自己的男人准备好这期间用的行李、衣物和食品。打草期间的劳动强度非常大，干起活很多时候都不分昼夜，所以女人们总是把男人的行李准备好，把衣物洗得干干净净，把洗好的床单和被罩挂在门前晾干。看到在阳光下旗子一样悠然飘扬的方格床单和厚厚的毛衣，人们就可以断定这家的男人要起程去打草了。

洗好衣物，备好行李后，女人们还得准备男人们近一个月的食品。就是那些在平日里怕老婆的“孬种”，在打草前夕也会“威风”几天，将平时不怎么温顺的老婆“呼来唤去”。女人们知道打草是一件很不容易的事，所以也不计较这些，忙着给男人们准备吃的喝的。面粉和大米是必备品。但是，仅仅这些主食显然不能满足劳作期间的需求，所以女人们也会买一些蔬菜和植物油回来，给男人们备用。肉只能拿最近两天吃的，拿多了，就会坏掉。这时的女人们似乎也会变得格外温柔，不时地问男人们需要什么。男人呢，自然也不会放过这样的机会，他们会点名说要平时想抽但抽不到的烟，平时想喝但喝不到的酒。女人也根本不去计较，尽量满足男人们的每一个要求。这段时间应该算是草原上男人们最幸福的时光。

……

——选自散文《怀念一垛草》

草原上的花儿

娜仁琪琪格的诗，我以前读到时，联想比较多的是她的民族。这个来自东北的蒙古族女子，柔美且具有诗性。显然，她的祖先游走长歌的血脉在她的身体和诗行里淙淙流淌。

蒙古族作为有着几千年辉煌历史的游牧民族，生活疆域辽阔，人文历史丰厚，其诗歌及民歌在中国文化史上占有重要的位置。以英雄史诗《江格尔》为代表的民歌长调浩如烟海，形成了瑰丽雄阔的草原文化带。

蒙古族诗歌在漫长的历史演进中，从开始谚语般简单的句式发展成为诗行齐整、韵律多变、表现力丰富的艺术，现当代以来，涌现出一批批对中华文化产生影响的优秀诗人。娜仁琪琪格自小受到多重文化的滋养，她满怀深情："那蒙古人的长调 / 马头琴一个蒙古人的好歌喉 / 腾格里你给了我这些的同时 / 也给了我一个诗人的灵气与智性 / 我就是要以蒙古族人的血液大汉文字来抒写来歌吟——"

她显然是一名具有民族气质的诗人。

但她的视野却一路放眼而去，坚持着一种求索开放的姿态。多年前娜仁琪琪格来到北京，以文学为业，一边当着刊物编辑，为他人做嫁衣，一边写诗，曾参加诗刊社第22届"青春诗会"，先后在《人民文学》、《诗刊》、《星星》、《民族文学》、《十月》等刊物发表作品，作品曾入选《中国当代少数民族女诗人诗选》、《中国诗歌年选》、《世界华语文学作品精选》等多种年选，获得冰心儿童文学奖等多种奖项。

她在生活的风雨中跋涉，一路劳顿，诗歌是她贴身的家园，我几乎相信，是诗让她有力量前行，走过一程又一程。2010年，娜仁琪琪格的诗歌经过严格评选，入选《21世纪文学之星丛书》，这是她多年执著的结果。在此之前，她还没有出版过一本诗集，虽然她在这条路上已经走得很久，也很远。此前，《民族文学》曾推荐她申报过这套丛书，那年参与的诗人实力都很强，众评委经过一番难以取舍的投票之后，娜仁琪琪格与此擦肩而过。但她仍以她的柔韧等待着，她说她将此作为给自己的一次希望，如同将一颗种子播种在了土壤中，满怀期待地守望，惦记着它是否发芽，是否破出土壤。希望给她这么多年的写作一个交代。

这一次，花儿朝她开放了。非常有意思的是，在她这本诗集里，居然真的有那么多的花儿。

写诗本来如赏花，猛然读到让人心动的诗，就如突然闪入眼里的花儿，亮眼得很。而娜仁的诗到处都是花儿：《一朵苦菜花正把生活歌唱》、《梅花印上了她的肩头》、《初冬的牵牛花》、《先于某一年春天的泡桐花》、《大地从此改名叫玉兰》、《桃花深处蓄养着我的羊群》、《秋阳下的木槿》……她笔下的花儿各色形态，有的娇美，有的朴拙，有的忍耐，有的灿烂。她似乎是一个种花的女人，将花儿种入了她的诗行，如此喜爱用花的色彩和表情描述人生，传达她内心的情愫。

因此，她的诗含着花儿一般的善意和爱，这个世界上有那么多的无以言说，而她只是以一个女子的眼睛期待着明亮的飞翔，只想用她的声音说着花开，她用“我们说着花开”作为她的标题，说自然与人世的美，而不说花落，但看那红色的翅翼在绿草中闪动，一瓣又一瓣，诗人会怜爱地拾起，又把它们还回草地，“它们在草地中闪着 / 洁静 / 喜悦 / 透彻 / 多像相爱的人彼此发现又照亮”。她把诗歌的高贵牵引向对底层的关注，写京城的灰灰菜，与故乡一模一样的灰灰菜，像邻家姐妹，穿着朴素的衣裳；写都市里的向日葵，那些民工兄弟头上的橙色安全帽，就是盛开着的葵花，在她的眼里，带着足可驱散严寒和寂寥的温暖；写胡同口的修鞋妇人，“一双皲裂的手 / 把一只鞋粘好将鞋掌，钉正钉牢”，炎热的夏天过去了，收获的秋天也就快来了。她将诗歌与现实稠密地黏合在一起，让人领略到那些平常细屑的日常情景中的诗意，从而进一步体味到具有普世人文关怀的诗歌所能带来的平和与昂扬，如同洋洋洒洒的微风细雨，给人绵绵细致的滋润。

在这个后工业化时代里，到处都似乎是一片乱纷纷闹哄哄的世象，诗人该发出什么声音呢？娜仁琪琪格表示：“请原谅我依然写诗 / 依然在这个尘世上忙碌与热爱 /……就像春天的花朵来自自然的风和雨 / 喜欢这样的明媚与灿烂”。她相信种下一首诗，就是种下了一种人生，就是种下了一种花。她希望因此找到一个能洗掉尘埃、洗掉痛的路口，经过那里，人们能到洞庭湖上去吹箫，引来凤凰，在烟波浩渺中歌舞。

海子曾以“从明天起，做一个幸福的人，喂马、劈柴，周游世界……我只愿面朝大海，春暖花开”打动了无数年轻的心，而娜仁琪琪格有着相似的渴望，要“找到武陵山 / 进入桃花源 / 绾起长发 / 做一个会播种会插秧 / 会打腕会用锄镰的人”，与其说她学了海子，还不如说她以自己的发现为海子做了证明。

是啊，一个小学一年级的孩子在看到墨西哥海湾被污染的图片之后，伤心地问，现在是夏天，灰鲸正在北极，可过了夏天它们就要回到墨西哥海湾繁衍后代，它们还回得了家吗？爱花儿的娜仁琪琪格发出的声音是："把青山还给了青山 / 把绿草还给了绿草 / 把鸟鸣还给了鸟鸣 / 把风还给了风 / 把简单还给了简单"（《还给》），诗人在亲昵现实的同时，超越现实并审视现实，维护自然生态和人类精神生态，维护诗歌的尊严，表达诗歌的立场，给人们精神向往之高度。

娜仁琪琪格一直在寻找美，她从草原风物的一般描摹中走了出来，在大千世界里寻找诗意，语言素雅，情韵流动，顾盼之间均有美的发现，美的感染，即使有时是含着泪的，带着些忧郁和苦涩，就如她所描画的苦菜。但通读下去，会发现那便是一片草原，恰似她的诗名"花儿推着花儿开"，极尽缤纷绚丽之美，玉兰、樱花、紫叶李，转而切换成油菜花，软盈盈，亮闪闪，金色的灯盏连成片……那遍布草原的花儿。

青藏之子

阳春三月，在美丽的西宁召开了藏族诗人格桑多杰诗歌研讨会，此时正是纪念西藏民主改革五十年的日子，又是我们亲爱的祖国六十周年华诞的前夕，无疑使本次会议更具特别意义。这不仅是青海及藏族文学值得记载的一件盛事，也是多民族文学的一件盛事。

青海人杰地灵，在这块由汉、藏、土、回、蒙古等多民族聚居的土地上，自古以来产生了丰厚的民族文化和代表性的人物，诗人格桑多杰生于斯长于斯，是这块具有灵性的土地纯正的儿子。他的诗歌《你是阳光的婴儿》、《玛积雪山的名字》、《昆仑的云》、《醒来吧，萨尔格》等非常鲜明地显示了藏文化的特征，雄阔高远而又丰富多情，对自然和生命的向往深沉、执著和纯真。从他的诗歌里，可以读到藏民族深厚的历史文化以及翻天覆地的变化，也可以读到高原的一幅幅各具特色的图画，带给人们独特的审美惊喜。

有评论家称，在藏族文学坐标系上，格桑多杰作为新中国藏族诗歌的奠基人之一，具有不同寻常的历史功绩。他出生于 1936 年，与 1933 年出生的伊丹才让、1934 年出生的丹真贡布、1935 年出生的饶阶巴桑，为人们公认的当代四大藏族诗人。格桑多杰作为最地道的青海诗人，作品在青藏高原广泛传播并为青藏高原各族人民群众喜闻乐见，他吟诵塔尔寺、三江源、可可西里、玛积山、昆仑山和美丽的家乡，为青海作家和诗人提供了想象的辽阔空间。多年来他公务繁忙，将全部身心融入了青海的富裕进步之中，因此他的诗歌少有空洞，他关注同胞的命运和青稞的芳香，关注三江的奔流和雪莲的开放。他的诗饱含深情，是他长年跟土地和人民亲密接触的情感抒发，也是他对自己负有的责任诗性的思考；他的诗是他热爱山川，热爱人民，热爱祖国的最好见证。

众所周知，改革开放以来，中国的少数民族文学得到了极大的发展，格桑多杰是其中最具代表性的人物之一。他从《民族文学》创刊之初至今一直担任该刊的编委，同其他热情洋溢的少数民族作家一道，以自己不断呕心沥血的努力为少数民族文学的繁荣发挥了积极有效的作用，他和其他一些藏族作家诗人的作品所具有的独特色彩在中华文化百花园里弥足珍贵。也正是因为少数民族文学的鲜花不断绽放之势，扩大《民族文学》阵地的呼唤才应运而生，《民族文学》藏文版的创刊，是包括格桑多杰在内的藏族作家多年努力耕耘的结果。

对格桑多杰诗歌的研讨带来诸多的启示，尤为重要的是，如何保持民族性，坚持时代性，从这位青藏之子的歌唱中找到了形象的阐释。相信有更多的人将会受益于此，可以期盼在那块圣洁的高原之地，多民族文学的格桑花将开放得愈加绚丽！

多布杰（门巴族）《故乡的云》

不知来自何方

也不知要把世间万物

带向何方
给高山披上美丽的绿装
给润泽大地的溪流
一支欢快的歌
春天　你用绵绵的细雨
唤醒沉睡的梦
夏天　你伴随隆隆的雷声
让生命奇迹般成长
秋天　你用累累的硕果
让人们感受丰收的喜悦
冬天　你用飞舞的雪花
告诉人们世界还有另一个样子
啊，故乡的云
你是所有生灵的母亲
我要用最纯真的歌声
永远把你歌唱

——选自诗歌《故乡的云》

祈福玉树

生活在世界屋脊青藏高原一带的藏民族，是离天空最近的民族，他们想象的翅膀翱翔在雪山之顶、蓝天白云之间，藏族文学如同怒放在高原上的格桑花，美丽、挺拔。《民族文学》2010 第 5 期编辑了藏族 70 后、80 后作家的作品专号，是藏族青年作家的一次集体亮相，也是底蕴深厚的藏族文学在新世纪的青春展示。然而，就在这期刊物即将付印之时，震惊世界的青海玉树地震发生了，4 月 14 日，一个让我们紧紧揪心的日子。

玉树，聚居着众多的藏族同胞，当我们的藏族青年作家专号还没来得及呈现，玉树倾斜，大地颤抖，让我们伸出手来，再一次传递温暖。藏族青年诗人嘎代才让、多加・索南多杰、才登用他们的诗歌表达了我们的心声：玉树，你不能倒！

我们谨将“藏族青年作家专号”献给玉树，献给为玉树救灾的所有人！

在这期专号里，还有女作家尼玛潘多的小说《城市的门》，描写了一位从小只到过邻村的藏族女子桑吉，跨入城市之门，寻找让她怀上孩子的男友强苏多吉的曲折经历。她忐忑不安地在城市的人海里，张望着情人英雄发上的红丝线飞扬，遭遇了灾难、欺骗和抛弃，也幸逢了慈悲、怜惜和爱情，文笔细腻，暗示了缘分的存在和人心的相互体谅。复杂多变的人生，激情饱满的民族性格，结构成一个个扣人心弦的故事，好看又耐读。

小说《温暖的羊皮袄》（赵有年），具有鲜浓的藏文化意识。开了一家藏饰专卖店的女人华措吉面临生意萧条，而后琢磨着走出了低谷。藏袍、腰带、辫套、耳环、彩帽，还有珊瑚、琥珀、松耳石，巴滩的女人男人离不了，追赶时尚和潮流的上班族也渴望穿藏装。民族与传统，在关于藏服的精彩描绘中铺陈，男子的装束威武、宽松、舒适，女子的纤巧、华丽、庄重，生活方式的改变潜伏着爱情和命运的变异。对于女性的深入刻画，透示着藏民族崇尚美丽饱含生命激情的心理。

扎西措《云朵上的梦》，讲述的也是女性故事。在藏族姑娘花花的眼里，母亲和她的情人大胆而又深情，但又不无顾忌，而花花的梦想却是要飞出大山，当她终于理解了母亲并有机会踏上出山之路时，突然的变故将一切改变，花花仍然留在了山里，看似偶然，却是必然。

在藏族青年作家的小说中，流动着传世的悲悯和利益众生的莲花之心，引导读者穿越俗世生涯，体味精神不断攀升的向度。拉先加的《影子中的人生》，回忆小时候的许多事情，恍若看到自己前世的前世，留恋于离太阳最近的高原某个角落里简单而快乐的成长，表现了年青一代在现实与理想之间的追寻和徘徊。

德乾旺姆的《轮》写的是生命的顽强和延续，在不断老去的岁月中感悟，幸福和痛苦取决于业力指引，神的眼睛一次次看穿，大道不是扬尘的垭口，唐卡中的云朵饱满厚实，圣三宝是不可估量的爱与力道。永基卓玛的《雪线》用一种寓意式的写法，将一对萍水相逢的男女青年置身于大雪飞扬的车道上，雪山像一个敞开胸怀的天神，坦然接受人们的膜拜，然而上升的高度中存有不能逾越的雪线，人在登山的同时经历着自省。还有觉乃·云才让的《心愿》、范玉蓉的《弦子舞》、格央的《铁匠的女儿》、江洋才让的《小说二题》等，通过许多生动鲜活的细节，表达了藏族年青一代对现实生活的观照和思辨。

在白玛玉珍、王更登加、次吉、王小忠、刚杰·索木东、扎西才让等人《牧场四季》、《我的草原冬天》、《像梅一样傲立》、《记忆中的小院子》等散文中，读者会走进海拔4000多米的青藏高原，那里的太阳往往升得很早，具有春的希望，夏的繁忙，秋的交换，冬的超凡脱俗；那里美丽与严酷并存，离不开向神的祈祷，用人心的温暖换取大自然的包容。暮色中的马和羊儿，头都朝向一个地方，那是家的方向——这些有灵性的牲畜与高原的宁静会使我们心生感动和敬畏，让我们沉浸于玛曲（藏语“黄河”之意）边的小草，捡拾不起的落地尘埃，长足的行囊，以及马蹄声远。

“经幡翻飞 / 隆达高扬 / 羚羊群骚动 / 雪原依旧沉默 / 双手合十 / 盘腿打坐 / 传来女子种在春天里的歌声”（高次让《安多的秋天》），诗人高次让、王志国、德乾恒美的吟唱耐人咀嚼，人在故乡，呼唤他乡。诗人的眼里，牧羊人，从遥远的天边，把白雪里丢失的道路，一步步，找了回来……诗性绵长，给人无尽的遐想。

格桑花象征着吉祥和幸福，藏族青年作家的作品专号，显示出藏族文学的进一步繁荣和鲜明的青春气息，相信会给关注藏文化和藏族人民生活的读者带来内涵丰富的精神之旅。借此深深地祈福，祈福玉树平安！

江洋才让（藏族）《低音炮》节选

他并不知道自己播放的音乐在空旷的草原中回响的时候意味着什么。

这种时候，却华多杰总是用双手扶紧摩托车车把，由此可以感觉到双臂上的肌腱隆起得分外坚硬，像两坨铁疙瘩。然后，他会腾出一只手，扶扶罩在眼睛上的黑色遮风镜，让视野中的道路在眼中像一根绳索一样联系着命运的彼方。这种感觉的确很好——低音炮，是他在前天，在镇子里的一家叫作“任你行”的摩托车修理部安装的。当时，他看着摩托车技师将四个超薄型、一个海绵包裹着的圆柱体喇叭，分别安装在摩托车的左右防护杆和后座托架上时，他就感觉到作为一个正在哀悼骏马逝去，从今以后无心骑乘别的马匹的伤心牧人，他会迷恋上这个吃油而不吃草的铁牲口。

……

多么漂亮的白马，却华多杰曾经给它起了个名字叫飞鸟。飞在绿色草原上，白色的附着神鸟魂魄的精灵。那种带着热气的嘶鸣声，是绝对有别于摩托车发出的轰鸣声。可是，它却死了。死于一场疾病。这种疾病幻灭了却华多杰骑马站在高岗上的忧郁形象。这种疾病夺走了却华多杰对马的热爱，也夺走了他骑乘别的马匹的欲望。

——选自小说《低音炮》

她的家乡在甘南

秋天来了，甘肃高原上的树叶由绿变黄，或变红，一层层无边的艳丽，想起来应是秋色肃然的黄土地却是画一般的风情，浓汤一般的黄河水比往年更要宽厚，这是在兰州两山夹峙着的河道里看到的情景。那日傍晚走过白银市的黄河岸，天色将暗，一轮金色的夕阳却突然从云层中跳了出来，霎时将我们的眼睛照亮，河畔的村庄以及一片片杨树金光闪闪，翻动的树叶变幻出各样色彩。高原的秋色原是这样的斑斓。

站在我身旁的严英秀却说："我的家乡甘南，比这儿更美呢。"甘南是甘肃所辖的藏族自治州，俗称"陇上桃花源"，在严英秀的描述中，那里高山峡谷，灵气充沛，风情万种。这使人不能不遥望甘南并溢满想象：这个生长于甘南舟曲的藏族女子，以及她的文字，竟有许多的特别之处，她的来历，她的家乡，她的民族，她的土地，它们之间是一种什么样的联系呢？

乍一听严英秀这个名字，似乎很难想到她来自藏民族，其实她的姓来源古老，是满清皇帝赐予她曾带兵打仗的祖先的姓氏，代代相传至今。她在七岁之前一句汉语都不会说，上学之后才开始学习汉文，在家里，她和父母兄妹现在仍然以藏语交流。严英秀有一副天然清亮的好嗓子，这险些使她小时候步入音乐之路，虽然她后来选择的职业是高校教师，并视文学为最爱，但听她拿着手机与家人用藏语对话，也就如同听到了音乐之声。这个皮肤微黑额头高高的女子站立在那里，风拂动着她肩上长长的黑发，眼神里有一种藏人特有的执著和专注，她是一个道地的藏族女子。

然而，她擅长的是对于当下城市女性心理的刻画，她的小说、评论都同样具备这个女子的聪慧知性和敏感细腻。跟很多人一样，我读到她的小说是近几年的事情，在此之前，她曾以“药儿”为笔名发表诗歌散文百余篇，近年来主要从事文学评论和小说创作，在《文艺争鸣》、《文学自由谈》、《南方文坛》和《民族文学》、《中国作家》、《青年文学》等刊物发表作品，受到《小说选刊》等多家刊物转载。

严英秀显然是一位拥有文化自觉的女作家，她的写作态度取决于她对事物的清醒认识和把握，而非人云亦云。在许多人看来，她的藏族身份似乎会给她带来很多写作的优势，但从一开始，她就没有拘泥于狭隘、表面的民族风情习俗的一般性描写，却是努力进入人的心灵深处，坚持对人性的解剖和对女性生存状态的悉心关顾，这使她超越了自我，也超越了通常意义上的少数民族作家的写作。她曾经表示过，对那种一般性的描写“写是一种迎合，不写则是一种坚持”。

她被人们看好的小说《纸飞机》、《沦为朋友》、《玉碎》、《一直对美丽妥协》、《苦水玫瑰》等，打开了一扇扇女性情感世界的门，在那一个个曲折委婉的故事后面，有着女性淡定的微笑和感伤，爱恨并非一瞬间，而是缠绵如水，时而波涛汹涌，时而润物无声，如泣如诉动人心魄。“我从不知道在我的故乡小城里，竟然藏着那么多水一般灵动的女子，她们简直是一群林妖，从童话的森林中冲出来，纷纷飘向草地，飘向水湄”（严英秀《1999，无穷恩爱》）。她们就是英秀，英秀的笔也就鲜活了她们，那些女子无羁抛洒的浪漫与忧伤，风花雪月的爱情，摇曳生姿的青春。

她在作品中引用了波伏娃的话，没有男人，女人是一团散乱的花。是男人的手将花拾起，插进花瓶，使之规范。而美丽的花一旦成为瓶中之花，男人便再也懒得去关注她的明媚鲜艳。她的作品透示着强烈的女性主体意识，“多么的傻，多么的天真啊，我们女人。我们想不到，独一无二的爱情最终使我们变成了千篇一律的人。女人，花一样的女人，谜一样的女人，经过婚姻的调教，个个像出自一个模子……是的，男人改天换地的本领何其彻底、巨大，但又那么步步为营，大智若愚……”严英秀常是言辞犀利，一泻千里，在强势的男性话语大潮之中，她勇敢地以女性之手高高举起了手臂。

还值得注意的是，严英秀的写作实际上是藏族文学在今天多样化的体现。从古至今，藏民族多次经历了与其他民族融通汇合的变迁，藏族文化在接纳传承多种脉络的智慧中散发出自己独特的光辉。在今天，对当下藏文化及藏族人民的真实再现有待文学的进一步深入，一成不变或想当然的写作，只能是肤浅表面的。

值得期待的是，新时期以来，继阿来、扎西达娃之后，如次仁罗布、达真、尼玛潘多、白玛娜珍、江洋才让、格绒追美等，藏族青年作家已经形成了一个具有旺盛活力、佳作频频的创作群体，在他们中间，便有严英秀这样学者型的具有自觉和自信的写作者，他（她）们的写作体现了藏民族多姿多彩的生活形态及心路历程，也真实体现了多种文化在藏族文学中的存在，并由此校正着某种对少数民族文学的片面之见。

他（她）们试图追求、弘扬民族性，但绝不囿于民族性，“要从根本上杜绝那种在‘被看’的视野下的写作，而以对藏族文化朴素真挚的热爱之情为出发点，为民族传统文化现代性诉求的社会实践进程提供文化养分”（藏人文化网《严英秀访谈》）。

写母族题材其实一直是严英秀的一个心结。

她深信她的故乡，那些亘古的蓝天白云，那些宽阔的草原，那些有多么悠扬就有多么忧伤的牧歌，那些在天灾人祸中痛失往日面貌的山川河流，有一天会从她的梦中流到她的笔尖，结晶成一颗疼痛炫目的珍珠。

在那场举世痛惜的舟曲泥石流灾难中，严英秀失去了好些亲人，还有儿时的伙伴，可她用她一贯的隐忍将深深的哀恸埋在心底，它们铸造着她的意志和灵魂。她坚信自己的创作是有根的，这个根就是母族文化给予的慈悲善良、纯净美好，是心中的爱和信仰，是洁净的写作。她在《西藏文学》上曾发表了散文《走出巴颜喀拉》，文中写道："没有什么关于我的种种，比我是个藏人更抵达我的本质、我的内里。"

在这个离甘南不远的秋天，我们站在黄河边，向往着那里的多姿多彩，如同向往严英秀等新一代藏族作家的崛起，向往他（她）们带给我们充满大地和生命气息的新的佳作。

丝绸之路的绿洲

风沙掩不住的古丝绸之路，从一个绿洲到一个绿洲，在漫长的岁月熔融之中，将多民族与多种文化交汇在一起，从古至今行走在这条漫长道路上的维吾尔族人得以创造了丰富、具有天然多样性的文学财富。

诞生于 11 世纪的不朽长诗《福乐智慧》是维吾尔族文学的第一座丰碑，伟大诗人玉素甫·哈斯·哈吉甫撰写了这部享誉世界的巨著，用诗剧的形式反映了维吾尔族在中古时期的社会生活，精彩的描述和深入的议论表达了深邃的思想，以知识的力量将人们导向幸福、公正、睿智。以阿凡提的故事形象为代表的维吾尔族民间寓言传说，流传深广，那些或神奇机智或寓意深远的故事，表现出鲜明的爱憎，生动地体现了维吾尔族的道德观念和生活哲理，表达着他们顽强、乐观、风趣的民族性格。而以吟唱神话传说、英雄史诗、爱情叙事和民歌的大型套曲《十二木卡姆》等，以它存在的奇特和表现的无法比拟，被称为“人间非典型音乐”。它们沿着丝绸之路的传递，添加着不同民族的色彩，不断地继承和创造，既是民族的，也是世界的。

现当代的维吾尔文学从五四新文学和俄苏文学中汲取了丰富的滋养，将祖国命运、人民解放作为关注的中心，产生了大量优秀的文学作品，如曾经受到陈潭秋、林基路、茅盾深刻影响的诗人黎·穆塔里甫在抗日战争时期写出《中国》、《我青春的花朵就会开放》等许多热情洋溢、歌颂祖国的诗篇。铁衣甫江·艾里耶夫《祖国，我生命的土壤》、《一位老战士的嘱咐》等，以恢宏磅礴的气势，深沉激越的感情而脍炙人口。新时期以来，长篇及中短篇小说、散文、评论、歌剧、话剧、电影文学剧本这些现代文学体裁的作品相继问世，许多老作家、老诗人重新焕发青春，克里木·霍加、柯尤慕·图尔迪、祖尔东·萨比尔、麦买提明·吾守尔等闻名遐迩，他们的作品语言精湛，寓意深刻，祖国高于一切、重于生命的炽烈感情在许多作品中得到鲜明体现。由一位年轻农民成长为国家领导人、诗人的铁木尔·达瓦买提以他的诗歌集《生命的足迹》更是直接见证了新中国的光辉历程。这一切，标志着维吾尔族文学的现代化和民族化进入了一个新的阶段。

随着新世纪进入又一个十年，维吾尔族文学呈现出更多的活力，尤其以新一代作家和翻译家的出现为标志，凸现了古老丝绸之路上的诱人绿洲。《民族文学》出版的“维吾尔族青年作家专号”是一次相对集中的展示，从总体上看，这些全都出生于70后及80后的青年作家，显然充分吸吮着前人的滋养，体现出对民族文化的继承和对世界文化的吸纳，也表达着对现实生活的深刻观照，试图用智慧之灯照亮尘世之路，同时又体现出艺术风格、创作手法的多样化。

比如居住在伊犁河畔的凯赛尔·柯尤木所写的中篇小说《苹果树下的梦》，将现实与梦幻交织在一起，一次次提出对金钱、情爱、道德的思考，发出哈姆雷特式的疑问：我是谁？钱是一把烈火，现实生活的庸俗无聊，对权力金钱的奉承，牛奶般的月光，婴儿饼干，物欲世界里没有了精神的光亮。小说通过人物巴图尔的双重体验，感受着人的消失，人出生之后就会在命运的摇篮里摇摆……而深深触及人的内心，让我们不时联想和回味《福乐智慧》里的精彩：“人类有知识今天变得高大，因有知识才解开了自然的奥秘。”

《伊尔法的日记》是一部儿童文学作品，作者阿依努尔·多里坤通过一位少年的讲述，描写了在学校、家庭及相关教育方式的背景下，一位维吾尔少年的成长。在告别童年，从小学进入中学的当口，小男子汉的最大渴望是：如果有一把魔扇，在地球上的沙漠戈壁上轻轻一扇，戈壁上一下子就绿树成荫，河流奔腾，出现山清水秀，土壤肥沃，犹如传说中的伊甸园一般美丽的地方。治疗疾病，消灭战争，民族和谐，人与动物和睦相处……永远不变的梦想是造福于全人类的力量。作品感情纯真，采用了一系列看似琐碎但细腻动人的情节，体现出维吾尔民族热爱知识、保护自然、扶弱济贫、尊重礼仪等优秀品质。

马合穆提·尤利瓦斯的小说《青芦苇》，描述了美丽的伊犁河畔，在连绵起伏的土坡上，土百灵在悦耳地鸣叫，芦苇丛和开着淡蓝色花的马兰花丛随风晃动，就好像蔚蓝的大海上波涛翻滚。伴随着芦苇的生长，心怀梦想的农人将欢笑和哭泣、歌声与情爱交织于一片片芦苇之中。小说语言充满了维吾尔族惯常的诗意，将人们带入美丽和梦幻的境界。

阿娜尔古丽和阿舍是两位生活在新疆之外的女作家，她们的家世及本人的经历正是印染着多民族血统和文化的融合。阿娜尔古丽的中篇小说《左岸的番茄》，叙述了一对从远方走进城市，为生存而奔波的情侣的故事。迷失自我和青春的米克，掌握金钱却丢失了幸福的富婆，番茄因各自的欲望而栽种，不同的耕耘难免会有不同的收获，品尝不同的滋味。阿舍的散文《白蝴蝶，黑蝴蝶》是一篇耐读的作品，她用具有粗糙沙土质感同时又不乏精致的语言，描绘了这样的图画：一群飘动在沙漠边缘的白蝴蝶，一群同时奔走于此的少年伙伴，体验着时代和自然的风流云散，每一副骨骼里因而都有着裂缝，都有着钻进裂缝里的沙子。沙漠的历练，黑蝴蝶的眼睛，偶尔自在和明亮的歌声，让人眺望到荒芜广阔的沙漠，以及小小的身影。

如果聆听过《十二木卡姆》："没有你，我要这生命干什么；没有你，要那天堂和天仙干什么。苦恋于你我流了那么多的泪水，又要那淅沥不断的春雨干什么……"或许会更好地理解艾哈买提·玉苏浦的《你什么都不要说》，它更像是一首散文诗，一连串的"你什么都不要说"，将爱情的火花和缠绵表达得噼啪作响，"生与死紧紧缠绕在一起的地方就是你要来的路，我站在远处，望着那条路将手中盛满不安与忧伤的金碗摔得粉碎。"

还有热孜古丽·卡德尔所写的《迷雾》、玉苏甫江·达吾提的《给母亲的信》、阿依木尼沙·苏莱曼的《心灵的闪光》，揭示你向别人乞讨的财富带来的只是屈辱，乞讨来的享乐不会有精神的享受；生命充满奥妙和真谛，不能为了名利而放弃真谛。阿尔孜古丽·艾则孜的散文诗《女人的心》、阿不都热西提·麦麦提的《维吾尔姑娘》，分别表达了对女性的赞美，对爱的期盼和倔强。

诗歌一直是维吾尔人表达心声的自然方式，如阿亚提努甫斯·买买提《清晨的独白》，流露对父辈的怀念，吟唱祖先用坎土曼翻阅历史，赤着脚从沙漠中走来，领悟带给自己的启示；给月亮讲童话的女婴，用天籁之音教会了那些绿叶子一首新的歌。还有艾比拜·斯马以《生日那天》、哈力木拉提·阿布力米提的《思绪》、阿斯木江·乌布力卡斯木的《当水流入我的田野》、买买提江·达吾提的《塔克拉玛干》、艾尼瓦尔江·亚森的《你原来如此》、阿布都瓦力·克然木的《忘却》、阿卜杜外力·艾萨的《买火柴》、霍加穆罕麦提·穆罕麦提的《昨天比今天远一天》，从这些诗行里，可以感受到维吾尔人所具有的诗性的思维方式，流动在血液中的热情奔放以及无边的沧桑。

维吾尔族有着自己优美的语言，属阿尔泰语系突厥语族。古代用回鹘文，11 世纪传入伊斯兰教后，使用以阿拉伯字母为基础的老维吾尔文，新中国建立之后曾经创制以拉丁字母为基础的文字，80 年代初又恢复使用老维吾尔文。据初步了解，目前使用维吾尔文写作并在正式报刊上发表过作品的作者已近万人，他们的作品在新疆及周边国家和地区具有众多的读者，2009 年创办的《民族文学》维吾尔版，一直得到他们的深切关注。而母语创作的进一步传播，有赖于一批不断壮大和成熟的翻译家队伍，《民族文学》“维吾尔族青年作家专号”大多母语写作，正是得益于译者伊力亚·阿巴素夫、麦迪娜、伊丽欣娜、铁来克、甫拉提·阿不力米提、艾则孜·艾山、艾克拜尔·吾拉木、狄力木拉提·泰来提、伊明·阿布拉等。

“你那黑羔皮做的帽子，我戴行不行；你那玫瑰似的嘴唇，我吻行不行”(《十二木卡姆》)，随着丝绸之路的延伸，我们感受和亲近着维吾尔族文学的魅力，犹如感受着沙漠绿洲带给人们清凉和甘甜。无疑，维吾尔族青年作家群的崛起，是丝绸之路上新的绿洲。

马合穆提·尤利瓦斯（维吾尔族）《青芦苇》节选

甫拉提·阿不力米提（维吾尔族）译

你们是否去过我的家乡？只要提起阿合塔西乡，人们眼前就会浮现这样的景象：家家户户院子里整齐地堆满了芦苇，低矮的干打垒院墙上，层层叠叠地搭着编织好的席子。敞开的大门里传来编席子的姑娘媳妇们动听的歌声。赶集的日子，是我们乡最热闹的时候。农民都赶着加长的马车，马车上装满芦苇和席子，从乡间小路一直到大路上，挤满了急着去县上集市的马车。要说县上的芦苇、席子市场是我们乡开办的，这一点儿也不夸张。

我们乡西边是绵延数里的土坡，站在土坡上向下望去，眼前就会出现一片沼泽地。这片沼泽地一直延伸，直到亲吻着阿布热兰山和从它怀抱流过的伊犁河。每当疲惫的人们斜倚在土坡上，呼吸着艾蒿、甘草丛中飘来的清香，沐浴着芦苇荡中升起的潮湿空气，沉浸在无尽的遐想中时，心情就会特别舒畅，浑身的疲劳就会消失得无影无踪。

在连绵起伏的土坡上，土百灵在悦耳地鸣叫，芦苇丛和开着淡蓝色花的马兰花丛随风摇动，就好像蔚蓝的大海波涛翻滚。大雁们排列着整齐的队伍，啼鸣着横穿芦苇荡，天鹅和野鸭们在芦苇丛中的小岛或水面上巡游，鱼鹰们时而扇动着美丽的翅膀，时而扎入水中捕鱼，牛群、羊群在悠闲地吃草，渔夫肩上扛着渔网在水边徘徊。天鹅绒般的青草，麦色皮肤的姑娘在青草上拾牛粪。动听的歌声，歌声中交织着青蛙的共鸣。这所有一切，是那么自然，那么自由，那么美丽……

在人类刀刃的摧残下，这片沼泽地在严冬时分，只裸露着白色的雪堆，无比荒凉。但是当春雪开始融化，大地变绿的时候，季风催着候鸟来到这片土地，你的眼前就会出现绿色的世界。在冬天像灌了铅一样沉重的身体，此时就会一下子轻松起来。在沼泽地里安家的天鹅、大雁、野鸭、野鸡、乌鸦、小鸟、狐狸、野兔等飞禽走兽，让这里呈现出一片生机盎然。

这里也是人类的精神世界，我的哭泣，我的欢笑，我的歌声，我的情爱，甚至我的梦想都在这片芦苇中。

——选自《青芦苇》

年轻的哈萨克

与年轻的艾多斯·阿曼泰的接触，缘起几年前《民族文学》主办的“全国少数民族作家祖国颂研讨班”，那是一次意味深长的文学聚会，55 个少数民族一个都不少，每个民族都有一至两位代表参加。艾多斯作为哈萨克族青年作家出现在这次研讨班上，他的容貌具有典型的哈萨克民族特征，但一张嘴却是一口纯正的北京话，京腔京韵十分流利，引起大家的好奇。

后来才知道，艾多斯的父母一代很早就生活在北京，他更是出生长大在京城。虽然口音化作了京腔，但艾多斯一家仍然保留着哈萨克族的习俗，骨子里流淌着民族的血液，充满了对本民族文化的热爱。交谈之中，我曾经问他懂不懂得母语，小伙子面带愧色地说只能简单地对话，对于文字还很生疏，他说他以后会学的，他重复地表示，一定会学的。我很赞同他的想法。

再次相逢时，我惊奇地得知，艾多斯就在那次研讨班之后，对自己的人生做出了重大调整，他离开当时已经进入的大学，去到哈萨克斯坦学习深造，不仅很快熟练地掌握了母语，而且对民族文化的学习和研究在不断深入，并同时坚持了文学写作。眼下，由他在学习之余创作的《艾多斯·舒立凡》已由新疆青少年出版社出版。

这本著作是艾多斯一次带有试验性的写作，也是他对本民族文化的一次精神之旅。50个故事如同珍珠，用文学的红线穿缀起来，向读者展示了哈萨克族美好的精神财富，也展示了这位年轻人丰富的内心世界和优秀的艺术才华。

我国是一个多民族国家，少数民族文学花园色彩斑斓，一个民族的语言和文字就是一个文化物种，有着深厚的历史记忆与文化积淀。近年来，各民族涌现出的少数民族作家，成为中国文学十分具有光彩的重要力量。他们以故乡的山水为灵魂，以手中的笔抒发灵感，为读者展现出一个个多彩的文化世界。正是有着这样一批热爱自己的民族语言又热爱文学的作家，构成中华文学殿堂中的瑰宝，让我们汲取更鲜活的民族文化营养，也使民族文学之脉愈加生生不息。

2012年的金秋之际，《民族文学》创办了哈萨克文版，这是继2009年蒙古文、藏文、维吾尔文之后，再一次推出的包括朝鲜文在内的两种少数民族文字版本。我们去新疆举办了哈文版的首发式，不同民族的作家、翻译家们为此欢聚一堂，分享这件属于民族大家庭的喜悦。一位打小就来到新疆的汉族作家用他难以去掉的河南乡音，唱了一首哈萨克民歌《可爱的一朵玫瑰花》，大家忍不住都乐了。但大家也都从他的歌声里听出了他对新疆民族文化的感情，这位河南先生来新疆时才十六岁，后来在新疆娶妻生子，爱这片土地的文化爱到了骨子里。这使我们想到不同民族的文化创造及融合，其实自古以来就是如此，在时空距离越来越近的今天更是如此，生活在新疆的河南人与生活在京城的哈萨克人一样，都在用不同的方式创造着新的文化，新的多民族文化。

它们属于我们共同的世界，但仍然是属于不同民族的，而只有民族的，才真正是世界的。中国民族众多，每个民族的语言、文学是那么多姿多彩、富有魅力，有待一切有志成大器者更进一步沉下心，扎下根去开掘发现与创造。在今天网络媒体异常发达的背景下，碎片化的信息如同快餐消费品一样转瞬即逝，年轻的艾多斯没有偷懒，他没有停留在表面的随波逐流，而是选择了一条辛苦而漫长的路，认真从头学起，下真功夫，从本民族语言文字的掌握到文化传播，使我们在阅读他的作品时抱有新鲜的欣喜和期待。

艾多斯·阿曼泰曾说："哈萨克民族文化中所蕴含的温情让我很神往，而且我也很享受这种温情。我印象深刻的是整个大家庭——爷爷奶奶、爸爸妈妈、姑姑以及表弟表姐一群人围在桌前，一起吃手抓肉，那时我总是有种莫名的神圣感。可能随着现代社会生活节奏的加快，觉得人和人之间的联系有时不那么亲密了。但是觉得哈萨克文化内，人和人的关系很亲近。在哈萨克文化内，家庭本身所占有的地位和它所蕴含的价值让我感触很深。"

这是他享受文学之乐，感受文字之魅力的注脚。他将民族文化与家庭，与人的关系，与人的生命紧紧地联系在一起，注定使他的作品充满了人情与温馨。在这样一个充满纷争和矛盾的时代，人类对和谐的渴求比任何时候都更为强烈，人们期待年青的一代有着更为智慧的选择。艾多斯·阿曼泰无疑在做这样的努力，他将带着他的新书回到京城，并将继续写出新的作品。这令我们相信，历史悠久的哈萨克文化将在新一代卓有成效的继承发扬下走向更为宽广的世界，因此而更加灿烂夺目。

艾多斯·阿曼泰（哈萨克族）《莫读我》

枯夜，灯火昏黄
一本古书不知是否被读
却被打开，我掩面惊呼：

莫读我！莫读我！
我看着文字的形象
却看到文字
正读着我的魂灵

莫读我！
读到我惊人的平凡
读得我面如土色

读到魂灵疲软身材臃肿
你们被赚钱的古屋
被合影的坟墓

可越是平凡的人
越是对我勾画着天堂
我只是见到痛苦
沾满泥土
只是见到一个对表的人
在匆匆中模仿了我

黑夜我只看见火红的鸟
漂泊或飞翔
它们远离还是重回
昔日的小巢
我看不到
原野的事物

——选自《民族文学》2013年第一期

清凉山上

29 岁的舒群在延安清凉山的小路上疾步行走，这是 1942 年的初春。风还有些凉意，月色正好，照着淙淙流淌的溪水，迎面矗立着一座牌坊，牌坊两边刻有:“二水绕座晨望嘉岭塔边烟，八景环山夜对凤凰楼上月。”他抬头望去，“清凉第一”的横额在月光下依然分明。

清凉山古来就是一座名山，位于延安城东北延河对岸，隔河与凤凰山、宝塔山三足鼎立，遥相呼应，高耸峻峭的山崖上有开凿于隋代以前的万佛洞，留下历代许多名人的咏词和足迹。而自党中央和毛泽东在延安时期，这里便成了中共新华通讯社、延安新华广播电台、《解放日报》社、《边区群众报》社、中央出版发行部、中央印刷厂、新华书店所在地。

时任《解放日报》文艺副刊主编的舒群正在日夜奔忙。就在此前，为了配合抗日战争及世界复杂多变的斗争形势，中央决定将《新中华报》与《今日新闻》合并改名为《解放日报》，作为中共中央机关报。毛泽东亲自起草了关于出版《解放日报》等问题的通知，通知说:“一切党的政策，将经过《解放日报》与新华社向全国宣达。”《解放日报》四版为副刊，由丁玲负责主编，1942 年 3 月丁玲被调到中华全国文艺界抗敌协会延安分会后，副刊的主编重担就落在了舒群身上。

舒群来延安之前，已经走过了一段充满危险和牺牲的革命之路。他是一个满族人，1913 年出生于哈尔滨市阿城，原名李旭东，自幼好学，备尝艰辛。曾求学于哈尔滨东北商船学校，因酷爱文艺，中途退学到哈尔滨航务局谋生，兼在哈尔滨商报馆做编辑，那时便开始在报刊发表文艺作品，并与萧军、萧红相识结为挚友。1931 年，未满十九岁的舒群在“九一八”事变后的第三天凭着一腔热血参加了抗日义勇军，1932 年加入共产党，参加第三国际工作。伪满洲国成立后，遭到日伪追捕，他辗转从东北去到青岛，后在青岛被捕，在狱中写出了小说《没有祖国的孩子》，描写一个失去家园的朝鲜少年在中国东北遭日本侵略者凌辱压迫并起来反抗的故事，出狱后发表于《文学》杂志，1936 年发行单行本。在当时面临日本帝国主义侵略的空前民族危机的形势下，充满爱国主义和民族主义思想的《没有祖国的孩子》得到文艺界和读者的好评，舒群不仅成为东北作家群的领军人物，也成为中国左翼作家联盟的重要成员之一。

1937 年抗日战争爆发后，舒群参加八路军并来到延安。滚滚延河水，巍巍宝塔山，让他心潮涌动，干什么都不觉得累。1942 年 4 月《解放日报》改版之时，他担任着鲁艺文学系主任，同时又是《解放日报》文艺副刊主编，两副重担压在肩上，他来回奔走于枣园杨家岭和清凉山之间。改版后的《解放日报》文艺副刊，每周见报四五次，一度出现稿荒，毛泽东亲自过问，找来舒群一边商量，一边起草《〈解放日报〉第四版征稿办法》，还特地在枣园摆下两桌酒席，直接点名宴请了陈荒煤、张庚、范文澜、彭真、艾思奇、周扬、吕骥、吴玉章等人，酒宴上毛泽东亲自宣读了征稿办法，然后说：“办好党报，党内同志人人有责，责无旁贷。我想诸位专家、学者必然乐于为第四版负责……当仁不让，有求必应，全力以赴，取之不尽，用之不竭……”毛泽东举杯相邀，众人尽欢而散。自那以后，延安及各解放区的作家、艺术家纷纷向《解放日报》副刊投稿，文学、戏剧、美术、音乐精品迭出，“摆宴约稿”也传为佳话。

春意渐浓的季节，为了解和梳理延安时期文艺工作的一些动态和观念，毛泽东好几个夜晚，由警卫员提着马灯，沿着一条条山路走访文艺家，听取他们的意见，然后综合起来，准备开一个座谈会，并要求舒群等人也分别为此做一些了解。就在此后不久的5月23日，毛泽东在延安文艺座谈会上发表了重要讲话，鲜明地提出了文艺为什么人的问题，号召一切有出息、有作为的文艺工作者“必须到群众中去，必须长期地无条件地全心全意地到工农兵群众中去，到火热的斗争中去”。随后的文艺下乡运动带来了文艺的繁荣，一大批优秀作品相继出现在《解放日报》副刊上。1943年4月25日秧歌剧《兄妹开荒》发表，接着是马可的《夫妻识字》，贺敬之、丁毅的《白毛女》，赵树理的《李有才板话》，西戎、马烽的《吕梁英雄传》，李季的《王贵与李香香》，丁玲的《田保霖》，以及古元、力群、彦涵的木刻等。在清凉山的窑洞里，舒群手捧着那一张张飘散墨香的报纸，感慨交加。

他那时没有想到他所站立的窑洞将会有多么的荣耀，70年后，这一切都成为纪念，清凉山作为新中国的新闻广播、出版事业的发祥地，引来无数人怀着崇敬心情的瞻仰。学者们认为，延安《解放日报》副刊的研究是整个现代文学研究的重要组成部分。人们在黄色窑洞前久久徘徊，倾听着山林的阵阵回声，从首都和全国各地来的一批批新闻工作者们在山上举起拳头宣誓，毛泽东的八个大字：“深入群众，不尚空谈”就刻在他们眼前。

舒群以自己的行动践行着毛泽东的教诲，延安讲话之后的第二年，他参加了南泥湾大生产运动，又于1945年“八一五”抗战胜利后，率领以延安鲁艺人员为主的东北文艺工作团历经两个月的跋涉，抵达东北沈阳，领导创建了新中国第一个电影制片厂——东北电影制片厂并任厂长。1950年他又以作家的身份奔赴抗美援朝的战场，其间撰写了长篇小说《第三战役》(书稿在“文革”中遭损毁)。1951年舒群任中国文联副秘书长、中国作协秘书长，后又转入冶金战线，在此期间创作了长篇小说《这一代人》、《在厂史以外》等反映工业战线的小说。

2009年，哈尔滨阿城建立了“舒群纪念馆”，门前竖立着一尊青铜塑像，舒群棱角分明的脸廓，剑眉之下沉毅的眼神和紧抿着的嘴唇，显示了作家一生的理想追求和执拗的性格。从少年时期便追随革命的舒群，历经坎坷，自1955年之后便遭受错误批判，“文革”期间更是雪上加霜，但他理想不改追求不变，在最困难的环境下也没有放弃文学创作。1979年恢复工作后舒群任中国作协顾问，更是孜孜不倦，相继创作出版《舒群文集》4卷、《舒群短篇小说选》等，并撰写了50多万字的专著《中国话本书目》和长篇小说《乡曲》。在他的自序中，舒群写出了一段十分透彻的感悟：“在生时，作品以作家的命运而命运，而在死后若干年，作家却以作品的命运为命运，或各有各的命运。后人铁面，历史无私。”

清凉山上的名胜古迹中有一范公祠，祠中有范仲淹在延州抗御西夏时的戎装像，祠堂对联为“先天下之忧而忧，后天下之乐而乐”。范公祠对面为歇山四出水九脊十兽的古建殿宇，有一副对联为：“纵观二水一城古今英雄功过，遥看三川两山历代风流善恶。”就在这上边的东山头，便是《解放日报》社的旧址。果然是古今英雄，清凉可知也。

舒群（满族）《没有祖国的孩子》节选

他说的话太快，也太多；有些地方，我听不懂；也有他说不懂的地方，所以我没有完全明白。

“那么，妈妈呢？”我问。

“妈妈？妈妈还在高丽。”

“你们怎么来了？”

“妈妈说——我们不要再过猪的生活，你们找些自由的地方去吧！我老了，死了也不怕——五年前，妈妈到姨母家去住。我们来中国的时候，我才十岁。”

天黑了，他哥哥才回来。他说得很好的中国话，所以我们讲话很方便。他真是不许果里做我们学校的学生，并且他说的理由也是很多很多——

“我种地太苦，唉，还不赚钱，也许有时要赔钱，你没有看中国年年有灾祸吗？你也知道吧？

“我们吃饭全靠果里放牛的钱，到冬天又要歇工，好几个月得不到工钱。

“我知道读书对他好。我是他的哥哥，我不愿意我的弟弟好吗？

“如果只是我们两个人，他可以去，我不用他管。家里还有母亲呢。每月要给她寄几块钱吃饭。

“唉！不像你们中国人还有国，我们连家都没有了。”

我把他的话传给我们的同学，同学失望了，但是很快地也就忘却了。

果里的号筒仍是唤着牛群到草场去。

“不像你们中国人还有国……”

我记住了这句话。

——选自《舒群小说选——没有祖国的孩子》，人民文学出版社，1985年8月第一版

天鹅琴声

认识玛尔简是在 2007 年鲜花盛开的 5 月。《民族文学》杂志社主办了“全国人口较少民族作家研讨班”，来自不同地域和民族的 40 多位作家相聚北京，开幕式上花团锦簇，身着各种民族服装的作家们笑语喧哗，裕固族的女作家玛尔简就是那样令人眼前一亮地出现在了我们面前。

中国 55 个少数民族中，有 22 个民族人口不到 10 万，裕固族便是其中之一。在漫长的历史长河中，裕固族随着中华民族的兴衰而历经风雨，同时作为一个弱小的北方游牧民族，除了应对强势族群的侵害，还要应对生存环境的艰难，因此在新中国成立前夕，人口已不足 3000 人。但裕固族自古以来，有着自己独特的民族文化，在信仰藏传佛教的同时对原始萨满教有着较多的保留，还有着丰富的口头民间文学，不断给本民族注入顽强的生命力。上个世纪中期以来，更由于国家给予人口较少民族多种优扶，裕固族人口现已接近 1.5 万人，经济文化也得到了迅速的发展。

出生于甘肃省肃南裕固族自治县一个偏僻乡村的玛尔简，有着与生俱来的民族忧伤和自尊，也有着伴随成长的天然风情，裕固族的命运深刻地映照着这个乡村女孩，她的成长经历同时也折射出这个民族所发生的一步步变化。她的阿扎和阿娜（裕固语父亲和母亲）一定是对改变民族和个人的命运心怀痛切，才含辛茹苦地将自己的5个孩子培育出了4个大中专学生，而玛尔简在阿扎、阿娜期待的目光注视下，不仅读完了研究生，还先后在当地妇联、文化局、文联担任了领导职务，并且走上了别有滋味的文学之路。

在裕固族的传说中有一个优美动人的故事：很久以前，一位叫尧熬尔的歌手每天都赶着羊群在海子湖边放牧，他美妙的歌声感动了湖边的白天鹅，成群结队地随着歌声在他的头顶盘旋，其中有一只白天鹅最为痴迷。秋去冬来，鹅群飞向了温暖的南方，可这只白天鹅却不肯离去，白天夜晚都陪伴在他的身旁。后来有一天，白天鹅却突然不见了，尧熬尔到处寻找，都没有踪影。正当他非常忧伤的时候，天鹅来到了他的梦中，告诉他说它老了，身上的羽毛已完全脱落，无法再飞翔、再伴随他的歌声，但他可以去海子湖边找到它的尸体，用它的骨头做成一把琴，再将它的羽毛分葬在湖边，这样他们就可以永远相伴了。尧熬尔含着泪水一一照办。第二年春天，埋藏羽毛的地方长出了一丛丛红柳，而做成的天鹅琴无与伦比，裕固人从那时起，才有了自己的乐器。

或许，这个裕固族家喻户晓的传说打小就渗透了玛尔简的心，她也想跟那位歌手一样，为生养她的海子湖歌唱。她的文学写作正是在操作一把琴，吟唱裕固人的心声，倾诉她对人生的独特理解。从1989年就开始写作并发表作品的玛尔简，以散文创作为主，一直将多情的目光投向本民族的历史和现实，将最真切的感情投向赖以生存的那片土地。裕固人生活的巴丹吉林沙漠、海子湖、沙山、红柳、牧歌、牛羊……在她的眼里，都充满了灵性，都与裕固人的灵魂相沟通，它们是她描写的对象，也是她倾诉的朋友。

玛尔简对阿娜（母亲）的感恩强烈动人，在真实的生活中，阿娜的爱无处不在，无论她是在海子湖边牧羊，还是千里之外求学，无论是工作还是写作，阿娜都给了她毫无保留的精神支撑。她在《献给阿娜的歌》、《我在阿娜的眼睛里》等篇章中，深情地写道：“我看到阿娜的眼里闪着泪花，那是一首无字无言的母爱之歌。”“阿娜为我们操碎了心，而我们却一个个远离她而去，使她想起了这个又放不下另一个，恨不得将自己的心分成几瓣，放在每个儿女的身上。”而细读玛尔简的散文，会使人进一步体味到，她所感激的母亲实际上更多的是大漠深处那片草地的化身，是勤劳的裕固人民的象征。母亲所具有的乐观坚强、包容慈爱，即使在苦难中也坚韧不拔的精神，正是玛尔简所热爱的裕固族精神，她歌唱着也被感动着，并由这种精神牵引着一步步向前。

如果说迄今为止，海子湖还是一片未受到工业化的垃圾污染的洁净水泊，玛尔简的作品也散发着未曾受到文学世俗化侵扰的鲜活、淳朴和清新，她的天鹅琴声来自天然，来自心底，不造假不作秀也少有功利的趋从，她“尽情歌唱、尽情舞蹈，歌唱自己民族不凡的历史传统，歌唱自己生活的艰辛与快乐，爱情的甜蜜与忧伤，天鹅琴声在海子湖上空久久回荡，犹如天籁之音……”（玛尔简《永远的海子湖》）

就在那个充满激情的 5 月，我们欣喜地看到，来自全国各地的人口较少民族作家济济一堂，他们兴致勃勃地走进北京故宫，在天安门前流连忘返，他们还聆听了一批专家学者的讲座，互相之间进行了各种话题的交流，各自带着不同的民族文化而来，又带着中华民族大家庭的温暖感受归去。这之后，我高兴地收到了水族、毛南族、阿昌族、锡伯族、赫哲族等多位人口较少民族作家的作品，他们有的将作品结集出版，有的为《民族文学》写出了新作，表达着对祖国对人生的款款深情，以他们独有的民族话语丰富了当代中国文学。如今，这支队伍中的玛尔简的散文集又已问世，这无疑给多民族文学画廊增添了光彩的一笔。

全球化背景下的文学选择显然早已成为人们关注的话题，对不同民族的文化给予更多的珍爱和传承，实际上是对人们精神家园的生态维护。由此说来，玛尔简的天鹅琴声更显得意味深长，我们期待着，经过更多的生活洗礼和对民族文化的进一步认识提炼，在今后的日子里，天鹅琴将奏出更加美妙的乐章。

玛尔简（裕固族）《岁月的牧羊生活》节选

寒假里放羊就没有夏天和秋天那么消遣了，草原上没有了鲜嫩的青草，因为我的故乡在浩瀚的沙漠边缘，没有四季转场放牧的草场，只是夏天牛羊吃剩下的草，根本不够牲畜吃。寒冷的冬天，早晨的空气寒气袭人，羊群也不能放得太早，必须等太阳出来以后才能把羊群从羊圈里放出去，不然，羊的膘分就塌了。打开羊圈之前，阿娜会起来先给饥饿受冷的羊群撒点夏季的时候收割储备好的干青草，我们则躲在温暖的被窝里不愿起床。当太阳终于懒洋洋地从天际线上冒出来，渐渐升起在天空中时，阿娜才会打开羊圈撒出羊群，我便喝过酥油奶茶，穿着厚厚的衣服去放羊。在空旷的、百无聊赖的原野上放羊时，我们会把干牛粪和细细的木柴收集在一起，点燃后等火燃烧的劲头弱一些时，再把拿来的洋芋埋在火里，然后，坐在火堆附近取暖，或在微弱的阳光下闭目养神，或静静地做些针线活，我则照常是看书，羊儿在不远的地方默默地吃草。等从火堆里飘出一股浓浓的香味，我们就迫不及待地把烤好的金黄的洋芋拿出来，狼吞虎咽地吃了它，这时候身上才感觉有了一点暖意，也才觉得烧烤的洋芋真是香甜无比。下午，在寒风凛冽中，太阳还没有落下时，我们就要早早地把羊群赶回来，饮过水，让羊儿们进入温暖的羊圈休息，品味干青草的独特美味，体质弱的羊和怀孕的母羊还能享受到专门的饲料。

……

——选自散文《岁月的牧羊生活》

那门前一卜槐

据我所知，内蒙古作家田培良创作的《好人丁新民》、《门前一卜槐》这两本书以及由蒙古族作家布仁巴雅尔所撰写的《丁新民与他的民工兄弟》，可算是姊妹篇，是内蒙作协策划实施的一个系统文学工程。这件事的进程使我们生出许多感触，我们常常为文学边缘化叹息，但文学是否被边缘化，为什么被边缘化，应该有所反思。

鄂尔多斯东方路桥集团的发展所引发的这项系列文学创作，让我们感悟到所谓的文学边缘化，不是时代造成的，而往往是创作态度自觉或不自觉地处于一个边缘化状态。也就是说，对当今的时代、对中国所发生的惊心动魄的变化，写作者是抱着无所用心、麻木不仁的态度，还是主动参与、积极思考、身体力行去实践，去发现和创造。或者说，文学是站在人民的立场、大众的立场、读者的立场还是站在小我的立场、个人的立场。

围绕东方路桥集团及其老总丁新民的故事，内蒙作协的一批作家蹲点深入生活，产生了《丁新民与他的民工兄弟》、《好人丁新民》、《门前一卜槐》等系列作品。这一系列话题的策划人，有在内蒙古大地扎根生活了多年、与东方路桥心心相印的作家肖亦农，有不仅以汉语创作，而且以母语创作的蒙古族作家阿云嘎、阿尔泰、哈斯乌拉和布仁巴雅尔，他们都参与了这几本书的策划和落实。这一系列作品不仅在内蒙草原产生了热烈反响，给内蒙古文学以良好示范作用，而且在全国少数民族文学界也产生了很好的影响。

2010年，中国少数民族作家学会曾在人民大会堂召开了《丁新民与他的民工兄弟》一书的研讨会，在京的许多著名评论家参与了研讨。后来，内蒙作协又向我推荐了田培良创作的《好人丁新民》和《门前一卜槐》这两本书，鉴于在此之前对于东方路桥集团及丁新民的了解，我觉得对他的描写已经达到了一定深度，这两本书还能给读者带来什么新的阅读感受呢？

但这两本书带给我意想不到的收获，《好人丁新民》在继《丁新民与他的民工兄弟》之后，将丁新民进一步还原为一个普通人、一个蒙古族的忠诚儿子。作为普通人的丁新民，他有着民族的传统品德，他孝敬父母，包括岳母和其他老人。丁新民说如果一个人连他的父母都不孝顺，他还能是一个好人吗？丁新民作为东方路桥的老总，来到民工联队支部书记白进彬的灵牌前毫不犹豫地跪下，表达的是一个普通人的情怀。他对待一个濒临乞丐的故旧，送衣送物，毫不嫌弃；对待家有危难的民工一律慷慨解囊，扶助工作，让他们一个个发家致富，成为城市的主人。丁新民在今天这个可以说世态浮躁理想信念淡化的时代，用自己的行动照亮了许多人混沌的人生。

人是不能没有精神的，信念的形成、精神的凝聚，需要中华多民族传统文化的积累，也需要时代精神的积淀。这本书没有停留于概念，采用了许多生动的故事情节有说服力地树立了一位优秀民营企业家多侧面的感人形象。作者对丁新民这样一个“贵人”的描写体现了时代的特征，是今天这个时代最美好品质的凝聚。

《门前一卜槐》这本书还使我想到，文学要不要为普通人立传？为小人物立传？文学经常受到某些利益的驱动，庸俗、媚俗、低俗确实大量存在，底层小人物的书写已经被许多作家嗤之以鼻。

田培良作为一个多年生活在基层、生活在百姓之中的作家，他的笔触和关注点就是老百姓。

他写《门前一卜槐》，有许多真实的虚构，但给我们带来的是虚构以后的真实。田培良这两部作品如果严格划分的话，应该属于纪实文学，它们不是小说，纪实文学其实也存在虚构，但是建立于真实生活之上的虚构，来源于田培良多年来对老百姓心理状态、生存状态的真切把握。出现在他作品中的许多心理描写，让人觉得非常的真实。比如说，村民们听说白进勤回来了，跟着也去看热闹，不去看也没什么事，大家最终还是去看了，是抱着各种各样的心态去看的。就是这样一些闲篇，作者写得十分准确、细腻，既是文学的书写，也是真实的反映。

白进勤是生活中一个真空的人物，也是田培良着力刻画的一个饱受磨难，在丁新民的帮助下逐渐富裕起来，成长起来的新民工。他既是书中的人物，其实又生活在人们身边，他最有资格说田培良写的是小说还是他白进勤。田培良描写他的心酸、眼泪和痛苦，也描写了他的欢乐和成就，他的幸福让读者感同身受，读这本书时我忍不住好几次落泪。书中还塑造了进勤的娘，这个充满了母爱的陕西农村妇女，在得知儿子重伤之后赶到医院，一番哭诉："你们给我找个讨饭棍，我就哪儿也不去了，我就背着我的娃去讨吃呀！"催人泪下。

田培良的语言很耐咀嚼。有好些作品故事，人都不错，但是语言干巴，这是目前文学写作普遍存在的现象。田培良的语言来自生活，使人不由得会想起赵树理、马烽这些西北文学语言的大师。我虽然对北方的语言不是特别熟悉，但在读到田培良的作品时常会忍俊不禁，他的语言自然、质朴，非常有韵味，应当说他在语言方面的探索是很有特色，也是比较成功的。

思念乞力马扎罗雪山的蝴蝶

是在一种无语的状态下读到徐颖的诗，就像一盆冰凉的水，又像一把炽热的火，让浑浊的呼吸顿时尖锐酣畅。我忍不住说：真解气啊。

在此之前，我比较敬而远之地偶尔读一些当今的诗歌，却不曾想徐颖的诗带给人的感受会如此强烈。这位 2006 年才正式将自己的诗作面世的女诗人如同一道闪电，迅疾地照亮了诗坛。

用她自己的话说，从那时起，“一种力量让我感到生命的激情出现了从未有过的饱满，我的灵魂受到了深深的触动，就好像一座沉睡了多年的火山，突然苏醒过来，感到了不吐不快的痛……所以那些文字就从心底流淌了出来。于是我渐渐地离开了一些具体的生活，在心灵上进入了那个精神中的我”。她和她的诗的出现，在这个精神迷失的时代里，刀耕火种般地开垦出一条条小径，向往雪山，向往丛林，向往铁道的无限延伸，期望靠近人类的理想世界。

当我们的周遭昼夜都被机器的轰鸣所包围，家庭电器的指示灯越来越多地闪烁在每个狭小的空间，键盘代替了话语和书写，人行道上让位于狗之时，现代科技正在以更快的速度风驰电掣地呼啸而行。航天器穿越黑洞，核武器取代地面战争，克隆这个词语潜藏的生命状态给人类的惊喜和惊惧并存……当代人经受着前所未有的物质刺激，也经受着更多的焦虑、迷茫和无奈。浸泡其中或随波逐流是一般人的选择，而敏感的诗人显然比平常人感受到更多的痛痒。

徐颖无时不被触动，在无眠的夜里，在行进的途中，她带着亢奋或焦虑寻找着宣泄的通道。她选择了诗歌，是生活中的诗歌，更是超越了生活的诗歌。

她的诗试图以它的个性来解释真理、永恒及生命的意义，“一条河缓流而下，要流向哪里 / 才能找到它的大海”（徐颖《一个人夜里要翻几次身才能睡去》）。她所寻觅的大海是生命的归宿和意义所在，她在追问中缓解焦虑和孤独，同时又产生新的疑惑，因此再回到追问，诗歌成为她寻觅理想之路的伴侣和同路人，借助诗的力量寻找解药，周而复始。

徐颖的诗歌所体现的理想追求鲜明夺目，气宇轩昂，希望“像秋瑾那样来一场革命”，她毫不掩饰地以一个女性身份提出质问：“很难设想一群没有理想以抗拒实在，没有英雄以彰示人的最大可能的动物是怎么生活的。”

她以为，理想，就像一颗潜伏在血液里的不安分的种子，日夜不停地在寻找着灵魂的突破口，而英雄，就是在那些突破口里喷薄而出的人，是生命的最高形式。

她大声疾呼，她要“生一个孩子就叫格瓦拉”，摈弃物质化的世俗，“戒掉啤酒 / 戒掉咖啡 / 戒掉眼泪 / 戒掉口红和高跟鞋 / 辣椒和巧克力 / 我要生一个孩子 / 叫他格瓦拉 / 我要让他的父亲事先熟悉草药 / 熟悉暴力、不公和救赎 / 要以爱情的名义 / 是复活，而不是纪念地 / 为我种下格瓦拉”。诗人酣畅淋漓的表白，似一场荡气回肠的暴风雨，相比之下，眼见得平庸的人生混沌如泥，而理想主义和英雄主义的光芒是如此璀璨。

对爱的追求同时伴随着徐颖的理想之路，她写过很多关于爱的篇章，《颠三倒四地去爱》、《如果你不爱我了》、《爱的账目》、《是的，亲爱的》、《每一个我都爱》、《我想给离别重新命名》、《把离别这个词放进……》、《我写你的书要翻译成50种外语》……她对爱的阐释直白而又妖娆多姿，体现了新女性对爱的体悟和演奏。

她的爱又不仅是对爱情的吟咏，更包含广博的仁爱："没有我爱不上的人/没有我爱不上的国度/荆棘和坎坷，委屈和害/孤独和碑/乌鸦和墓地里的草/这些陷于泥泞里的，我都热爱。"

《橘子在曲阜火车站的一种吃法》中描述了一对老夫妻坐在一起，互相喂吃橘子的细节，透视出诗人细致的眷顾。在另一首《所有叫奥里弗的》的诗里，女诗人用母性的大爱召唤着好男孩坏男孩，不要犹豫，来取面包香肠和棉衣……这样的吟唱比比皆是，还有在她诗中经常出现的小虫子、蚂蚁、蒲公英等最为弱小的动物植物，也都无不领略诗人的怜惜和爱意。

而那些表达爱情的诗歌更是体现了诗人极为充沛的想象力和敏感，看一个女人是如何想念的，"我用左边的心想了你一下/又用右边的心想了你一下/上半夜我用狮子的身体想了你一下/下半夜，我还用老虎的欲望想了你一下"(《我是怎么想你的》)。对于爱情的告白，诗人有时是女人娇纵的呢喃，有时如侠客般的九死一生，有时是情人的调笑，有时是智者的深情回望。

"如果你不爱我了/我就不给你吃饭，不让你睡觉/不让你吸烟、说大话，不停地胳肢/让你大笑/不让你犯错、生病/不让你躺在晚年的病床上/看着儿女/幸福地等我/拄着拐棍到来……"(《如果你不爱我了》)徐颖的这些诗句，每每让人忍俊不禁，并深受感动，她笔下的爱情，纯净唯美，是真正的多情而又可爱，有眼泪但不是让人透不过气的悲苦，孤独却不绝望，专注但不偏执，多情而不滥情，总能使人体味到生命的美好，即或是离别和死亡，也充盈着生命的绿色气息。

无疑，那是诗人用诗意的方式在安抚人生。

“一只清晨迷路的蝴蝶 / 在北美洲扑扇了几下傍晚的翅膀 / 乞力马扎罗雪山的身高 / 随即，矮了一寸”（《爱情》）。徐颖就如那只蝴蝶，所不同的是，她没有迷路，而是满怀着对雪山的向往和思念，带着她的诗歌一步步接近高地，接近雪山，她扑扇的翅膀让诗歌升腾于山巅，化为清泉。

四季歌

有一些书读过就忘了，还有一些书读一读就读不下去了，而李延青的《鲤鱼川随记》首先是一本好读的书，引人入胜；又是一本耐读的书，让人回味，会再想去重读细读；还是一本可以流传的书，它可以勾起中年以上的人们对六七十年代乡村生活的记忆，同时也可以使年轻的读者了解几十年前的中国乡村，了解当时的社会生活、农村经济、民俗风情、人性善恶及人与人的关系等。其中有些篇章可以成为很好的乡村文化教材。

李延青的乡村记忆是一幅幅单独成立又绵密勾连的图画，宽泛而又细致地再现了六七十年代的中国华北乡村。《鲤鱼川随记》兼容了散文随笔、小说诗歌，甚至美术音乐的手法，同时具有一种超越虚构的小说超越颜色绘画的力量，刻画出一个个栩栩如生的人物形象：德馨、陌生人、王老师、哥哥、医生、邮递员等，描画出一幅幅似可触摸和嗅闻的花事、野杜鹃、夜风和年味儿……让我们从真切真诚中体味到超越虚构和堆砌的艺术魅力。这部书看似随意却是用心良苦，在多年深厚的思考之外，更有长期文学修养的积淀，可以明显感觉到中国古典文学的影响，似有明月松间照，清泉石上流之气韵，节奏舒缓而不凝滞，心神淡定而不平庸，结构浓淡相宜，让人联想到中国书法的章事。

在令人愉悦和感动的阅读之中，李延青将他对生命和人世的态度传递给了读者。在其平和从容的笔下，深藏着温厚的悲悯情怀，不仅有对善良、春天、花事等美好的嘉勉，还包含着对所谓恶及人性多样性的平心解读。俗世中曾发生的惨烈、残酷、卑劣，在鲤鱼川的记忆中不时浮现，李延青没有慷慨激昂、痛心疾首地指画，而持一种具有宗教意味的审视，怀有更多超越具象的普世意义和人生关顾。穿越在《鲤鱼川随记》众多的描写对象中，李延青给予的不是一个个狭隘、单纯、片面的评价，而是尽量将其原汁原味地展示，让读者自去思索人与人之间，人与物之间，人的内心复杂多样的生命状态，从而产生更多宽容和相互的怜惜。

《鲤鱼川随记》体现了作家在后工业化时代对农业文明的一种眷顾，而这种眷顾并非简单建立在对工业文明的否定之上，而是将农业文明所包含的某些温馨——后工业化时代弥足珍贵的一些层面鲜活地挖掘出来，让会心的读者自去选择。19 世纪的美国作家亨利·戴维·梭罗的经典之作《瓦尔登湖》曾与《圣经》诸书一同被美国国会图书馆评为塑造读者的 25 本书。在当代美国，它是读者最多的散文经典。梭罗对简朴生活的崇尚，对大自然的真情描述，在李延青的《鲤鱼川随记》的书中似可闻到同样的气味。我们在紧张忙碌的尘世生活中，急急慌慌地一掠而过，确实丢弃了很多东西，丢弃了对人生细致的温馨的品味，梭罗和李延青在帮我们找回这些东西。

梭罗说："我生活在瓦尔登湖，再没有比这里更接近上帝和天堂，我是他的石岸，是他掠过湖心的一阵清风……而他最深隐的泉眼，高悬在我的哲思之上。"或许，鲤鱼川就是李延青的瓦尔登湖，那个朴素但有生命有灵性，带给人说不出的欢畅、温暖和会心的地方，他提醒我们，生活曾经有过的品相，生活其实还可以有的种种诗意的添补。这不仅将鲤鱼川作为一种时代记忆长久地保留在文学的画廊里，并无疑会给现代社会的人们带去莫大的慰藉。

李延青《鲤鱼川随记》节选

燕子有山燕、家燕之分。

山燕居于深山，在山洞里或石岩下筑巢群居，闪电般鸣叫着飞进飞出，其声清细悠长。家燕又分两种：一种颏下有硬币大小一片褐色羽毛，它们在屋檐下筑起泥巢，呈半圆形贴在墙壁上，雏鸟争食儿或活动时极易掉下，农家因此谓之“拙燕”；一种自颏至腹均为银白色羽毛，其巢筑于前檐或室内的椽子间，长方形，似一个倒扣的瓦当，雏鸟安全不说，窝下也没有鸟屎，故而人们称其“巧燕”。

清明过后，燕子一对对从遥远的南方飞回来，晌午时分落在房檐或院里的电线上叽叽鸣叫。鲤鱼川人素喜燕子，一家人就端着饭碗去端详。此刻，和煦的春风徐徐吹进屋来，也摇动了院里那棵梨树。人们这才发觉原来梨树已经吐出花蕾！仿佛春天是燕子带来的，不禁满怀欣喜。

夜里落了一场细雨，第二天仍没完全放晴，空气和脚下的土地一样湿润。刚刚萌芽的枝头滴答着雨珠，灰云低垂的天空不时有一条亮亮的雨丝落下，却不会打湿衣服。燕子正忙着捕食空中的飞虫。它们在街巷、菜园和村边的麦田上空时而高飞，时而俯冲，常常就从人们脸前一掠而过，那姿态就如铅灰色天幕上飞动着一把把张开的剪刀。

——选自《鲤鱼川随记》

黎明穿过岗巴拉山口

头一天，我们从拉萨来到日喀则，是在一片阳光之下，田野里略带浅黄的青稞，还有怒放的油菜花，沉默的山冈上也是一片苍翠，哪怕是在接近 5000 米的岗巴拉山口，顶上是终年不化的冰川，但缓缓行驶不久，便是绿色植被覆盖的山峦了。

因此，印象中去往日喀则的一路是温黄、平和的，有高原浑厚的阳光，以及墨绿深红的色彩，与之相应的还有沿途穿着藏袍的女人孩子的红脸颊和雪白的牙齿。

但车开进日喀则市区时，天色逐渐暗下来，一场颇有南方味道的细雨，就在这时淅淅沥沥地飘洒开了。一时间，街面上的房屋仿佛改变了色调，有了暗暗的水墨之色。吃过晚饭之后，我很想在这个向往已久的城市里走一走，地上汪着水，雨还不停地下着，头发一会儿就湿了，但我们仍在雨中走了一回。

雨中好奇的行走只是转过了两个街角，再往前似乎仍然是闪烁的灯火，看不出什么特别，便带着些许遗憾回到了宾馆。我们在日喀则的停留只有这么一会儿，第二天凌晨便要出发回到拉萨，直接取道去往机场回京。开大巴的司机再三强调要早走，他说翻越岗巴拉山的这条路上会堵车，如果误了飞机，你们自己考虑。商量了好一阵，定在凌晨 4 点半起床，5 点开车。

实际上，早在 4 点之前，人就醒了。凡是遇到这种搭车乘船的事，人都不会太安逸，还没等约定的叫醒，大家都纷纷拉着行李走出了房门。坐到车上时，四周还是一片漆黑，大巴在清冷的雨中缓缓驶出了日喀则，这座远离京都的边城。我们还没来得及好好看清她的模样，即或再睁大眼睛，但除了车前一圈黄色的光晕，其他什么也看不清。

车行走了一段，坐车的人都打起了盹。我依稀记得昨天走过的路，要从一片田野中穿过，道路两旁有很壮很密的树林，那附近还有一座非常有名的老庄园，庄园几代主人的传奇故事在中国、印度两国之间流传。又走了一段，只觉路开始向上攀缘，突然就觉得空气中有了异样的清新，下雪了！谁在车上惊呼了一声，大家一个个都跟着叫起来：下雪了！

这时窗外已有一片朦胧的淡白，恍惚间只见大朵小朵的雪花在窗外飞舞，上下旋转、飘浮着，犹如布达拉宫悠然升起的桑烟；又像一个个玲珑的小人儿，或者就是洁白的天使，飞来飞去，轻盈地拍打着车窗，舞蹈着，带着无言的微笑以及神秘的寓言，翩翩飞翔，临近又远去。人琢磨着，但找不出答案。

黎明就在这时来临，非常清淡的晨光之中，渐渐显出雪山巍峨的轮廓，即便我们极力仰视，也难以从车窗里看到它的全貌，只能惊叹它的雄壮无比、顶天立地的腿柱，惊叹它雨雪中的神秘巍然。车速慢下来，似乎就在一瞬间，我们进入一座天地间无与伦比的圣殿，顿时让人震撼无语。

实际上，在此之前，我们是知道的，岗巴拉山，位于西藏山南地区浪卡子县和贡嘎县之间，山口海拔 4990 米。在岗巴拉的怀抱里，还有一座美丽的羊卓雍错湖，我们在来的路上已经观赏到她的碧水，那是一种深深的碧绿，纯厚洁净的高原之水。羊卓雍错，一定是阳光和雪山的女儿，她安静得几乎一动不动地等待着什么，那时我尚未意会，但在这个黎明，在俊朗而又威风凛凛的岗巴拉山口，我突然明白，羊卓雍错湖的一切情意，都来自岗巴拉山啊。

这时，围绕雪山的云雾越来越浓了，层层叠叠，上下翻卷，仿佛一道道厚重薄透不一的帷幕，告示着山的庄严；又仿佛一道道柔软坚硬不一的盔甲，装扮着勇士的身躯。昨天温和的阳光下，经过时匆匆一瞥，几乎没有多么深刻的印象，以为岗巴拉，只是道旁的村夫，今日的飞雪下，才知道他是上天的骄子。昨日青翠的山峰，此刻全在银装素裹之中，这样的冰清玉洁，凛然挺拔。

从山底到岗巴拉山口几十里，下山也是如此，一边是悬崖，一边是峭壁，螺旋形的公路沿着山脊盘旋而上，又将盘旋而下，有着连续的陡坡和急弯。雪越下越大了，车前不到 10 米几乎全是白茫茫一片，看不清道路。大巴司机脸色严峻，车上的人早已不再高声言语，起初还小心翼翼地将心中的惊叹化作一声声简短的“啊！啊”，接下来便是冰冻一般的沉默，车上人能听见彼此的呼吸，甚至连呼吸也不敢用力，屏住了气息，似乎一用劲就会增添车的不稳定。我凝视着车窗外，感觉眼眶发热，岗巴拉，我生命的一个黎明，岗巴拉，你让我真正感觉到敬畏！

上天带来的雪花与我们的车一路随行，车慢得不能再慢，四周弥漫着最纯净的亘古的气息。人类进入这样的环境，或许本来就是一种冒犯，如果说在此之前，我向往喜爱着雪山，而此时心中只剩下敬畏。我只能说，我走近了你，反倒觉得了陌生。原来你并不是我想象中旅行者的乐园，而是无比神圣的地方。岗巴拉，你和你的雪山兄弟们显然都是天神的化身，你们完成了上天与这个地球最直接的连接。你的宽容让我们在你的臂膀间穿行，你的坚实宏大使我们感觉到自身的渺小，你的开阔淡定使我们感觉到平庸和羞愧。

不知道过了多久，时间在这个黎明凝固了。仿佛是一生。但就在大巴缓缓行走的一个瞬间，眼前突然出现了一个黑点，继而是一对，三个，然后一群，走近些，原来那是一群散淡的黑牦牛，长长的毛发，硕大的牛角，它们或昂首，或低头寻觅，这些与人亲近的高原动物，原来是岗巴拉忠实的朋友。再往前些，一片绿色的树林扑入了眼帘，八月飞雪，在这一刻悄然远去。

天真正地亮了，高原的阳光炽热地射进了车窗，回首望去，岗巴拉山口，已在云雾中。

第二辑

七彩南国云

小凉山很大

在人们谈到民族文学时，经常会听到对少数民族诗人的夸赞。从遥远的《江格尔》、《格萨尔王》、《玛拉斯》等民族史诗走到今天的诗歌吟唱，少数民族的诗人们显然具有与生俱来的诗性，相比小说、散文等文体，诗歌似乎是他们更擅长表达的方式。

比较突出的例子如蒙古族诗人阿尔泰，这样一位身高 1.8 米的草原之子，常以开会讲话发言为难事，而如果请他吟唱他的诗歌，他的口舌顿时会流畅起来，或者再用母语，那更是口生莲花，一串串词如珠玑滑落而出，加上这位高大诗人雄浑的低音，你会以为这是一位天生的表演艺术家。跟阿尔泰的身高相似的普米族诗人鲁若迪基，同样不善言语，但凡要请他开口发言时，他都常以他的诗以及歌，配以手势和身体的摇动来表达情感——普米族是一个能歌善舞的民族。

近年来在一些不同的场合，常有人说起鲁若迪基，因为他的那些诗。

我也时常想起这位诗人，并且总不免同时想到他的民族。普米族是一个与中国古代氐羌族系有着渊源关系的族群，根据本民族的传说和历史文献记载，普米族的先民是原先居住在青海、甘肃和四川交会地带的游牧部落，后来逐渐南移，13 世纪中叶，一部分人被征召入元军，随忽必烈远征云南，而后留在了那块温暖的地方。

鲁若迪基的祖先正是这样来到了云南，与分布在云南的兰坪、丽江、维西、永胜、宁蒗等地的同胞一起，跟纳西、白、彝、藏、汉等多民族世代相处。曾经长达1000多年的迁徙历程，使普米人创造了很多想象丰富的民间歌谣，通过一代代普米族人的口传身教传递至今，如早在东汉时期就已开始流行的《白狼歌》，讲述普米起源的神话《直呆喃木》，借以东巴文藏文记录下来关于宗教历史的《古利歌》，还有叙述天地形成和人类起源的古歌、原始宗教祭祀活动中的仪式歌、婚俗歌、丧葬歌、苦歌、劳动歌、情歌等生活歌谣。

从鲁若迪基的诗里，我们能读到祖先留给他的声音。

自遥远的地方迁徙而来的祖先，因为对这块土地的挚爱而做出的选择，传给了鲁若迪基，他参透了祖先的暗示，让他将爱毫无保留地献给了这片土地："河流太多了/我只选择无名的那条/茫茫人海里，我只选择一个叫阿争五斤的男人/做我的父亲/一个叫车尔拉姆的女人/做我的母亲/无论走在哪里/我只背靠一座/叫斯布炯的神山/我怀里/只揣着一个叫果流的村庄"（《选择》）。这片土地生长万物，其中包括诗人和诗。简朴天然，温暖美丽，鲁若迪基的诗，俨然是那片土地上自然生长的另一种作物，有洋芋的甜、荞麦的苦，还有不为人道的一丝神秘，那或许就是祖先留下的声音。

他的诗比他的脚步更快地走出了那片山地。算起来，鲁若迪基的文学之路已经多年，熟悉他的人会说，迪基的诗越写越好了。他的诗集《没有比泪水更干净的水》汇集了近年来他的一些精彩之作，虽然与一些重要奖项擦肩而过，却引起了许多读者及评论家兴味盎然的关注，甚至有一些诗句在人们的阅读中流传。它让许多从未到过小凉山的人发现了那座山的魅力，让并不知道泸沽湖水深的男人女人感受到了那水的凉和热。

其中有一首《小凉山很小》，我曾忍不住一次次提起，这是一首显然能使人联想的诗，是一首让人心疼并骄傲的诗，使我对鲁若迪基和他的民族肃然起敬。人口只有 3 万多人的普米族，是我国人口不足 10 万人的 22 个人口较少民族之一，鲁若迪基用他的诗为自己的民族做了代言，他让普米族这个民族的名字更加响亮，也使得京城和四面八方的人们更多地领会到这个名字所蕴含的丰富内涵。

在这个时空距离越来越小，普米人所居住的山地也逐渐感受到工业化、城市化、商业化强烈冲击的时代里，鲁若迪基开掘着对土地和劳动的尊重："小凉山上 / 我面对土豆 / 就无法回避土豆后面的 / 那片土地 / 那片土地上的耕牛 / 耕牛后面挥汗如雨的 / 农人……/ 无法轻松地把它吃下去"（《餐桌上的粮食》）。鲁若迪基写过很多回归自然，还原生态的纯净优美的诗，对云南山地的风光有着绝妙的抒情，如天籁之歌。

这让人联想起一位叫陈哲的音乐人，他认为所有普米族的歌曲都跟森林有关，于是他走进山野去寻找大树，一走走了十几年，在普米人居住的山林里发现了直径 2 米、胸围 6 米多的大树，那些 1500 年到 1200 年前就有了生命，从唐宋时期活到今天的伟大之树，带给音乐家巨大震撼，他呼唤要像普米人一样保护森林，保护优秀的文化传统。而鲁若迪基早已将这种意识铭心刻骨，他的民族自称"木祖"——天的子民，从古至今讲求万物有灵，天人合一，因此他无论去到哪里，回家对他来说都是一件至关重要的事："从柏油路 / 回到山路 / 从钢筋混凝土的楼房 / 回到木屋 / 从熟悉而又陌生的人群 / 回到父老乡亲身旁 / 从汉语回到母语 / 告诉斯布炯神山 / 和每一个果流人 / '阿金米义色'（普米语：我回来了）"（《回家》）。而对违背自然、践踏自然的行为，他的忧伤和愤怒溢于言表："一条河 / 经过一座城的时候 / 受伤了 / 它捂着伤口 / 急切逃离 / 却被阻挡在 / 一个个工厂 /……看不到向海的路 /……投入海的怀抱 / 它已奄奄一

息 / 海愤怒了……”(《愤怒的海》)。

无论去没去过泸沽湖的人们，都知道那是一个多情的地方，常年生活在泸沽湖边的鲁若迪基用他的诗揭示了那里的爱有多深，情有多真，让我们感受到多民族文化的绚丽动人。我无法一一列举他那些炽热昂扬又情趣幽默并举的诗句，只想说，谁如果还没去过泸沽湖，那么不妨读一读鲁若迪基的诗，而如果已经去过泸沽湖，那更要读一读鲁若迪基的诗，他会让你真正懂得那片土地。

更重要的是，如果要了解普米族，就一定要读一读鲁若迪基的诗。

鲁若迪基（普米族）《小凉山很小》

小凉山很小
只有我的眼睛那么大
我闭上眼
它就天黑了

小凉山很小
只有我的声音那么大
刚好可以翻过山
应答母亲的呼唤

小凉山很小
只有针眼那么大

我的诗常常穿过它
缝补一件件母亲的衣裳

小凉山很小
只有我的拇指那么大
在外的时候
我总是把它竖在别人的眼前

——选自诗集《没有比泪水更干净的水》

惠安小鱼市　　何兴水 / 摄

节日　　秦旴丰 / 摄

凤尾竹下

先到了德宏芒市，那是夏末时候，进城已是夜晚，由车拉入一簇簇凤尾竹摇曳的园子，月儿果真就挂在竹梢。只听周围人声喧哗，却只见人影绰绰，都被茂密的竹林掩住了；空气里散发着一股甜甜的清新，还有扑鼻的花香。

德宏是傣语的音译，“德”为下面，“宏”为怒江，指的是“怒江下游的地方”，在云南省西部，芒市是德宏傣族景颇族自治州府所在地，下属陇川、盈江、梁河、瑞丽，三面为缅甸所围。《民族文学》杂志与云南作协在德宏州委的支持下，2011年在这个美丽的地方举办了全国人口较少民族作家笔会。这是一次难得的聚会，从祖国的四面八方赶来了几十位不同民族的文学朋友，有来自东北的鄂温克族、赫哲族、俄罗斯族，新疆的塔吉克族、乌孜别克族，西藏的门巴人，还有南方的高山族、京族等，他们兴奋地相聚在竹林下，南腔北调诉说衷肠。还有一些阿昌族、基诺族、普米族、怒族、德昂族、布朗族的作家，他们属于云南本省26个世居民族中的较少民族，虽然都在云南，但其中好些人也从未到过德宏，也都是跋山涉水而来，但他们在远道而来的外省人面前，一个个都俨然以主人的热情与熟悉，笑对各民族兄弟。

30年前也正是在德宏，甚至就是在我们下榻的芒市酒店，当年《民族文学》的主编玛拉沁夫一行曾举办过声势隆重的少数民族作家笔会，给德宏人留下了深刻印象。这回让人们高兴的是，既是作家又是领导的丹增和玛拉沁夫又一次来到了德宏，玛老兴致勃勃忆当年，谈文学，与年轻人一道举杯共饮。亲身参与过当年笔会的云南省作协主席黄尧，那时还是一位初出茅庐的小青年，人称文坛四小美男子之一，那几位为何人未曾考证，如今黄尧风度不减当年，但两鬓却已斑白，唯有文心依旧。此前的一次文学聚会上，我曾谈到办刊中所感受的少数民族文学一些状况，会后黄尧递过一张纸来，说“你介绍的情况很好，我还给你补充一些云南的作者和作品”。当下便读，只见纸上密密麻麻排列了云南人口较少民族一些还比较陌生的作者姓名，同时还写了他的一些文学见解，如对少数民族文学不仅要扶持，还要不断提升；对作者不光要给予还要有标杆，才能促使出真正的好作家好作品，等等。在德宏，黄尧对参加笔会的年轻作家们言辞恳切，动情处声色激昂，显出真性情。

玛拉沁夫指着身穿景颇筒裙的德宏女作家玛波说，时光真快啊，就记得她还是个小姑娘呢。德宏人爱文学，自上个世纪80年代玛拉沁夫等人在那里开创笔会以来，涌现了一批优秀的少数民族作家，玛波便是其中之一，她用母语创作的长篇小说《罗孔札定》描写了一位女首领带领族人推翻奴隶制，走上革命之路的故事，反映了景颇人的真实变迁，曾获得全国少数民族文学“骏马奖”，为这个雄狮般的山地民族创造了又一宝贵篇章。近年来，德宏阿昌族作家孙宝廷、德昂族女诗人艾栗木诺也都有不俗之作，并亦获得“骏马奖”。

云南德宏这片瑰丽的土地，山高林密，河流湍急，云霞升腾，更有那晶莹的美玉，争奇斗艳的动植物，因此造就的风格各异的多民族文化绚烂夺目。笔会组织前往陇川，在古老的山寨与景颇人一起感受气势欢腾的“目瑙纵歌”。这是景颇族最为隆重的活动，意为

“大伙来跳舞”，过去但凡族人出征凯旋、婚丧嫁娶、喜迎嘉宾都要举行。男女老少盛装步入广场，中央高高的目瑙柱上绘着彩图，象征吉祥幸福、团结勇敢，还挂着皮鼓和铓锣。两位神色庄重的老人身穿龙袍，头戴插有孔雀、野鸡翎毛和野猪牙齿的目瑙帽，手持锃亮的长刀踏着舞步在前方带领，所有的人相跟着翩翩起舞，我们也紧随其后。他们不时变换队形和动作，展示着景颇山地民族千百年来生产生活的场景。目瑙纵歌常常要跳几天几夜，会有成百上千的人前来参加，人们边跳边发出阵阵呐喊，感受着勇敢和力量。

德宏多美女，或许是因为美玉滋养的缘故。傣族阿妹的歌声揉动心扉：月光下面的凤尾竹哟，轻柔美丽像绿色的雾，竹楼里的好姑娘，光彩夺目像夜明珠……在美丽的傣族阿妹的陪同下，我们去到瑞丽、畹丁等与缅甸交界之地，见到了不少美玉。瑞丽与缅甸的木姐、南坎山连山水连水，具有“一个坝子，两个国家，三座城市”的独特风光，那里的玉石尤为出名，一件件玲珑剔透的翡翠价值连城。不识玉的我们拿起又放下，终究辨不出成色，一路上大家禁不住寻根问底，想弄个明白，殊不知玉石文化也如深潭，越往下潜则越觉得深不可测。

有一种“赌石”引起大家的兴趣，就是从一块块黑黄模样的矿石里挑选出含玉的来，一赌成色，有的挑后当场切割，多半会什么都没有，普通顽石一块，但意外的惊喜也会偶尔出现，一刀切下去，绿莹莹的玉突然就露了出来，引得围观者一片惊呼。还有的人买下赌石却并不打开，只是想带回家去，放在案头作为一个念想，那石头里是否包藏着玉，会给人永远的猜想和希冀。在德宏待得时间长了，会觉得人如玉，玉如人，都是通灵性的，要识玉需要用心才行。

我们驻足于畹町口岸，正是风和日丽，大家都在与缅北九谷

（捧赛）口岸相连的界碑处留影。1937年此处成立了海关，二战期间滇缅公路和史迪威公路修通，正是从畹町口岸将国际上的大量援华物资运入中国，中国的10万远征军也正是从这里出境征战缅甸。在口岸附近的大道旁有一座白色的小楼，德宏人将它建作"国门书社"，里面陈列了很多书籍，附近的傣族、景颇族与缅甸人均可以方便地来此阅读。那天，走进书社的近百名少数民族作家纷纷表示要赠书于此，主人很欢喜，说要设一个专柜来展示全国少数民族作家的作品。回京之后，闻说不少作家已将书寄往畹町，但愿相互美好的承诺能得以长久，让这座敞开大门的"国门书社"成为连接中缅两国人民友谊和文化交流的桥梁。

走遍德宏，天气似乎总是那样明媚温和，一如德宏人的微笑温暖可人。告别芒市的前夜，我独自走上街头，看不够月光下的凤尾竹，心里不禁在想，如此美丽的地方，曾经诞生了《孔雀公主》、《勐垅沙》、《边寨烽火》、《有一个美丽的地方》等一批批优秀文学影视作品，明天还将有何等新的美妙示于世界呢？

闵建岚（景颇族）

冬天，我们去看海
家乡没有海　海的样子
只是在我记忆的轮廓里
有一些模糊的印象

冬天，我们去看海
从高空中看见的大海
像我家乡那片绿
在我眼前变得亲切、柔软

冬天，我们去看海
那海水的蓝直逼我心
多像阿妈那绿油油的麦地
在那里守候一年的希望

冬天，我们去看海
那望不到边际的海浪啊
多像家乡一座又一座的山峰
在绿色的梦境里
怎么也走不出那山山洼洼

——选自《民族文学》2013年第一期

昌宁的田房

刚刚 3 月，云南昌宁一带的油菜花已经开了，虽然还说不上是怒放，但一小片一小片在翠绿的山间格外耀眼。

这几年云南连续遭遇干旱，刚到昆明就感受到了空气的干燥，还有大街上的尘土飞扬。在“高原情怀，大山精神”的征文颁奖会上，获奖的云南作家们在谈文学的同时不约而同地念叨着旱情，说好多地方缺水，老百姓得翻山越岭去肩挑背驮弄水吃，一个小女孩儿带着她四五岁的小妹妹，行走十几里去弄水，弱小的妹妹只拿得动一个矿泉水瓶，回来的路上忍不住就全部喝光了。听到这些，我们的心都沉重起来，水的珍贵只有当大自然的馈赠变得不留情面的时候，才让人警醒起来。从昆明飞往保山昌宁的那天清早，天空一片阴霾，突然有淅沥的雨点飘洒，大家不禁好生惊喜。

保山是一座古城，澜沧江边的昌宁县也同样如此，昌宁取自两座小城的古名昌顺安宁，虽然因为天气不稳定，我们在机场滞留多时，但喜悦已经不觉得漫长，就在雨中到了昌宁。尚且稚嫩的油菜花在雨中犹如羞涩的少女，更是惹人怜爱。

云南有世居少数民族 26 个，还有其他一些民族，更有千百年生活在这片土地上的汉族，他们有的是过去的朝代中戍边的将士代代相传，有的是爱了这块土地将根留在了此处的，他们有着一些在百家姓里少见的姓氏，如姓辉、姓普等。显然，他们的家族都经历了许多的故事。来昌宁的第二日，主人安排去看澜沧江，同行的有云南各地的多民族作家。澜沧江因为小王水电站的修建，水位上升了 300 米，以至过去的惊涛骇浪的澜沧江峡谷已变为平湖，烟雨朦胧中，船行十多公里，停泊在一处山脚下，同行的县委宣传部马部长和此处乡党委书记告诉我们说，这里的小地名为蒸塘河，是因为不时有温泉从石缝里往外冒，水温高达四五十摄氏度，最高可达七十多摄氏度，能煮熟鸡蛋。

马部长抬起胳膊一指，说车在上面等着，我们得爬上去。问爬多久，他说一个多小时吧。路是陡峭的山路，实际上也不是路，只是坡地而已。浅平头，皮肤黝黑，穿一身旧西装的乡党委书记走在最前面带路，刘年说：你像一个农民。这书记张嘴一乐，他明白这是对他很好的表扬。刘年是个湖南伢子，写诗，两年前他参加民族文学的改稿班认识了《边疆文学》的主编潘灵，潘灵说刘年的诗写得像诗，就将他挖到了云南。他来到云南不到两年，却让人觉得他似将云南赛湖南的感觉，一直待在那里舍不得回去，虽然爱人还一直在湖南。刘年是个土家族，他的家乡也是山峰陡峻的地方，但那天在蒸塘河一路攀爬，也让他气喘吁吁，他说了好几次，没想到，没想到。

我也没想到，在无人走过的山林间，想起鲁迅的话：世界上本无路，只是走的人多了，才有了路。原来蒸塘河这一带是很少人走过的，走了一个多小时之后，根本就没见到车的踪影，却来到一间小小的平房前。这房子土墙茅草顶，倚山而建，也算是一个小吊脚楼。楼下是牛舍，楼上放农具和种子等，当地人称之为田房。澜沧江畔地势险要，即便是自家的田地，每天往返也是很费劲的事，因此在农闲时将种子、肥料搬到田房来，种地最忙时还可以此为歇宿之地。一个干瘦的中年男人从屋里迎出来，他正烧了一盘火烤着，天下雨了，有些冷，但下雨意味着很快可以开始种田，他和楼下的牛都在养精蓄锐。

我们一行蜂拥而入，围坐在他的火塘边。这位种田人一家四口，他和妻子的劳动要供养两个上学的儿子，他们一个在上初中，一个在上高中，他说再怎么辛苦，儿子们的学他是供下去的，祖祖辈辈吃了不识字的亏，现如今没了文化什么也做不成。墙上挂着蓑衣，还有一串芭蕉，小个儿，皮带着青色，但大部都黄了，饥渴的行路人在主人的热诚招待下吃了起来，说真甜。

天还下着雨，路越来越滑，有一段真的是无路可走，只好循着山水流过的小溪往上爬。溪沟里裸露出一块块黄石头，当地人称黄龙玉，说这几年刚火了，因为翡翠的开采过量，矿脉越来越细，过去不以为是玉石的黄石头也被人珍惜起来，并取了这个好听的名字。回族女作家白山捡起一块，忘了一路的艰辛。

回想起来，多年已没爬过这样的山路了，带路的马部长为了鼓舞士气，一再指着山顶处的一片白色建筑，说:“快到了，你们看就在那里。”但我深知“看到的屋，走得哭”，虽然近在眼前，但走起来至少还得一两小时。果然往前去的路上，又是几上几下，下到一定处，听得水声，到了一处叫小高桥的地方。桥有了一百年，刻着文字。还有一苏家澡堂，说是澡堂，实际上只是一处荒无人烟的藤萝缠绕的热泉边，耳边听得的只有鸟声、水声和雨打树叶的声音，热气与白雾在泉边飘动着，使人不知今夕何年。

马部长的带路也非准确，一路上前面有人留下了指路的树叶，或者用树枝摆放出方向，或者干脆在沙地上画出箭头，或者在树上绑一红布条等等，像是山间铃响马帮来，又像是当年地下游击队。眼看时过中午，还没有到目的地，马部长也有些心急，一下子把我们带到了稻田里，走过了好几条田埂，无法上下，才打电话让前面来人。

站在高处，只见四面的山坡上星星点点的都是那种小田房，入雨时节，田房的主人显然都乐得不归家去，只在那里烧出一缕缕炊烟，我们也想起饿了。这个昌宁，人们都是决心要打造生态田园县的。因此主人给我们安排看的也是最实在的山水。

走了许多地方，才知道昌宁人的实在是真的实在。

刘年（土家族）《大地》节选

坐在一个无名的山头，像神一样，俯视人间。

这里叫锅底塘村，像一口巨大的锅，人与动物，都在大地的锅里生活。

四面的山，底下的坝子，全部垦成了耕地。一块块的，有深黄，有浅黄，有暗黄，有的黄中又带着点红，土埂的线条柔和自然。尤其有一片的土地，整齐划一，色彩绚丽，中间还有一条雪白的小路蜿蜒而去，画面唯美，意境苍茫，喜欢摄影的我将它拉近，发现缺了人物的点缀，风景活不起来。于是，循路寻视，在村口发现了二个人牵着三头牛，正走出来。看方向，他们肯定会经过那片土地和那条小路。我放下相机，耐心地等。

他们着实慢得厉害，晃晃悠悠，踱着步子，半天才走了两三百米。又走了一段，前面那个人停了下来，于是，其余的人和牛都小站住等他。那架势，仿佛是抱住了牛头。可能是为了给牛取蜱虫。我放过牛，知道那种东西，平时只有绿豆大小，吸饱了血之后，比蚕豆还大。多有几个，牛就会很烦躁，不愿意走路。

风中，没有牛铃。这里的牛，都不挂铃铛。

我像神一样，不忧，不怒，不惧，不急。

时间和阳光一样，漫山遍野都是。

——选自散文《大地》

爱神康美久蜜金

如同所有的河流都有不同的源头，所有的树木都有自己的根脉，纳西族女作家和晓梅的小说也有着它独特的源头和根脉。

滇西北高原上的丽江香格里拉文化是以纳西族为主并兼容多民族文化构成的，蕴含着高原阳光的强烈激情和玉龙雪山的神秘高洁，生长在这块土地上的和晓梅从中汲取了天然的滋养，她的小说从一开始就有了自己的独特韵致。这种引人注目的韵致是由她所表现的富有魅力的民族特性和鲜明的女性话语而形成的，以及在表现过程中她力图追寻的爱和生命快乐，进而证实了自己对人类自由、社会自主和经济平等的主张。

和晓梅的小说所展现的民族特性流淌在作家的血液里，在作品的叙述中表现得天衣无缝，并无任何造作和牵强。纳西人流传至今的婚丧嫁娶等习俗、优美动人的传说故事、东巴经的阐释等，以及潜藏在这些习俗故事经文后的深厚文化，还有不同人们对此的不同理解，进而对命运产生的不同影响，在和晓梅的小说中得到了深刻体现。

在她的《女人是蜜》、《情人跳》等篇什中，一再提到的纳西传说中的“玉龙第三国”，那里生活着名叫“康美久蜜金”的仙女，那里没有疾病，没有死亡，没有烦恼与忧伤，只有爱情，永生不灭的爱情。《有牌出错》、《深深的古井巷》中多次闪现的纳西族中的智者大东巴，向世人阐释生老病死，预卜未来，熟知东巴经文，了解纳西族先人的来龙去脉，劝人行善，更重要的是超度亡灵，把死亡导向新生。这些影响了古纳西人而后代代相传的文化印迹，与和晓梅的小说人物生死相随：神灵般的人物阿菊旦蜜金、居住在山地并使用着古纳西语的李儿翠、木家最后残留的三个女人、大东巴的孙女、土司小姐吉佩儿……他（她）们踏着古老的民族歌谣走来，又随着悲婉的歌谣而去，给读者留下对于人类及民族变迁的种种思索。

作为一个女性作家，和晓梅毫无疑问地张扬着鲜明的女性话语。女性解放始终是社会文明的基本标志，对于本民族女性生命状态的凝视几乎是和晓梅目前写作的全部。

从她早期发表的《水之城》、《深深古井巷》、《女人是蜜》到后来的《雪山间的情蛊》、《是谁失去了记忆》等，均是以女性为主人公，有着各自不同的曲折爱情及坎坷人生，也都有着强烈执著的个性追求。在她的笔下，纳西女性特别的美妙常常让人过目难忘："她的头发不是黑色，而是板栗色，在阳光下发出棕红的光，于是她的整个人散发出一种板栗的香气。……关键是她的眼睛，在阳光下常眯缝起来，深褐色的眼珠变了扁圆，浓密的睫毛慵懒地垂着，但是到了漆黑的夜里，她的眼睛就变得溜圆，睫毛也虎气生生地直立着，微微上卷，这就使她整个人焕发出一种奇异的光彩。"（《深深古井巷》）"当你坐在她的对面，看着她盈盈的浅浅笑容，棕褐色的无比柔和与专注的眼神，就算是一个神，也会感到无比幸福的。"（《有牌出错》）

与美相呼应的是纳西女人感情的纯真高洁，她们为了爱情常常是义无反顾，无视世俗的任何障碍，可以抛弃财产、名誉，甚至不惜付出生命的代价。和晓梅在一个个委婉动人的故事里，充溢着人们期盼而现实生活中难以寻觅的肝胆热血侠骨柔肠，女性的肉体与心灵之美被推到了极致。而与之形成巨大反差的是女性生存的现实平庸，正是因为“大部分的女人，究其本质，不过是生活在一张自结的网中，活得平淡、寂寞而苦痛，便连一点浅近的理想也束缚入这网中，不值一提的。女人善于随缘罢了，像一只耐心执著的老蜘蛛，日复一日地结织自己的网”(《深深的古井巷》)，和晓梅才有了感同身受的痛楚和奋争。

在一条条被女人的水桶浸洒的青石街上，在一座座深暗的院宅里，有多少人生的大戏，人性的流动，丑恶与美丽的交替，生命与死亡的叩问，女人们的话语一代又一代地被时光所淹没。纳西女人，这样一个特定民族的女性，究竟有些什么话要说呢？我们从和晓梅这里，终于听到了她们的声音。

换言之，当世界注意到，直到女作家们开始集中关注自己的问题时，女性解放的概念才能成为文化民族主义的一个问题。和晓梅想告诉人们，女人的强大并不来自躯体，而来自宽阔无边的忍耐；日子即使是干涩而绵长的，可依旧是要过下去，年轻的女人尤其清楚这一点；施蛊的女人是世界上最漂亮的女人，蛊可能是一种虫，是女人身体里的一种虫，男人们中了这个女人的蛊，也是很幸福的。

从某种意义上说，和晓梅的话语对象是男性，是将女性的真实告白于男性，期待人们能够体察人物内心深处最坚硬而又最柔软的部分，期待读者更多地关注隐藏在某个外壳下的女性对待自身价值的追问。希望人们有所领悟：当你无法承担的时候你最好不要去索取，而如果你索取了那就请学会珍惜。男人能够学会珍惜女人的眼泪，而女人能够学会珍惜自己。

女性价值的体现在和晓梅的小说里，明确为对爱和生命欢乐的寻找。

纳西人的哲学是："风养的女孩儿滋润三天，水养的女孩儿光彩三年，快乐养的女孩儿可以永生。"她们对于爱的态度坚决而又从容，为了爱情万物都可以抛弃：食物、衣物、钱财，最后是生命。或者哪怕什么都没有了，有的只有一条小河了，也要唱着一首人世间最欢欣快乐的歌曲，活泼泼地舒展着身姿，向未知的远方奔去。

用一种爱的生命态度体会着爱和痛苦、身体的需要，寻找着母亲姐妹女儿的完整性、爱的需要和生命快乐的丰富性。即或是殉情而死的男女，也是因为对爱和生命自由的追求，在寻找到真诚爱情却受父母家庭阻挠不能顺利成亲的情况下，会在深山无人侵扰的地方给自己举行一个神圣的婚礼，然后双双自尽。这样便能进入情侣们幸福的家园玉龙第三国，东巴经对那里的描述是："白云做被盖，晨雾是纱帐，日月做明灯，彩霞织衣裳……没有苦和痛，没有泪和愁，獐子当家狗，斑虎当牛耕，玉鹿当马骑，野鸡当晨鸡。青春不消失，快乐永相随。"

爱神康美久蜜金的歌声，只有幸运的女孩子才听得见，甜蜜而又带着柔和的忧伤，鼓励人们勇敢而坚毅地去爱。纳西女人独有的生存方式表达了她们对于生命的挚爱和悲悯，她们常常可以牺牲爱而换取更大的爱，牺牲生命而换取新的生命。

在中华文学基金会所编辑的又一辑《21世纪文学新星丛书》中令人欣喜地出现了和晓梅、王华、李约热等好几位少数民族作家，《女人是蜜》所汇集的是和晓梅近年来的中篇小说。从她的这些小说里，我们知道了香格里拉人家爱菊，几乎家家户户都种，因此我们或者可以明白为什么她的小说里总是弥漫着一股奇异的香味，还有那些桃花、缥缈沉静若有若无的青蓝色的雾、艳红的新娘嫁衣……使我们眼中的纳西人的世界迷人而又充满爱意。和晓梅置身其中，从那一个个深巷古井里，牵动出一个个性格各异的人物，从历史与现实、个人与家族、男人与女人的碰撞中，真切地演绎着动人心魄的故事，作家充沛的想象力和叙述才华得到了恰如其分的表现。

和晓梅（纳西族）《未完成的成丁礼》节选

那些向下的台阶仿佛通向过去，通向泸沽湖边的宁静岁月，通向在湖边挥舞枝条的摩梭少年，泽措，少年的泽措。泽措意识到自己的脚迈进了错觉的里面，但他再用了些力气，朝错觉的内部又跨了一步——泽措矮下去，小下去，他回到了为他准备成丁礼前的旧光阴中，他看见，母亲背对着他，在浑浊昏暗的光线下，正准备叠好那条为他的成丁礼准备的牛仔裤。

泽措的所有过去似乎全部沉积在那条短小的，带有一朵粉色小花的牛仔裤上。它显得那样轻薄，好像是永远都不能长大的侏儒。同时又是那样厚，那样重，那样令人不安。

其实，这只是一条儿童裤，有着容易褪去的蓝色，上面那朵机器绣制的小花隔着久远的岁月，在沙尘飞扬的世界里呈现出一种介乎真实与虚假之间的娇艳。

“它不好吗？”泽措的母亲奇怪地问，“可是我用了一条好大的鱼，你知道那条鱼有多大？”她可能永远也无法知道，泽措这时候脑海里在想什么，这个孩子一直让她难以适应。

……

——选自小说《未完成的成丁礼》

怒江乡村记事

世界上有很多奇妙的事物，当你不知道时，它离得很远；当你知道时，其实很近。远在怒江一带生活的傈僳族是都市人并不太熟悉的民族，近年来，一位叫玖合生的70后傈僳人不仅带着他的诗歌从那片险峻的怒江大峡谷走进了人们的视野，同时也带来了傈僳人的悠远和奇妙。

远古的青藏高原，那一座座圣洁的雪山孕育了河流，同时也孕育了中华的若干族群，傈僳族作为氐羌族后裔，生活在奇伟的金沙江、怒江、澜沧江三江并流一带，他们的语言为藏缅语族的彝语支，文字在从前很不完善，但以后出现的三种文字却耐人寻味：一是20世纪初由西方传教士用拉丁大写字母及其变形体创制的拼音文字，称“老傈僳文”；二是由傈僳农民哇忍波于上个世纪20年代创制的音节文字；三是在新中国成立以后的1957年由中国科学院专家以拉丁字母形式创制的新文字，称“新傈僳文”。

我想，玖合生是一定知道哇忍波这位造字前辈的，哇忍波跟玖合生一样出生于乡村，从小家境贫寒，13岁时父亲过世，没钱安葬，便向同村有钱人典当自家土地，说好今后用3块银圆赎回，并在一块木头上刻了三转三道，作为典当凭证。但几年后他拿着3块银圆去赎地时，有钱人却不认账了，说三转三道的木刻表示每年还要3块银圆的利息。这事激发了哇忍波造字的心，他想如果能像汉人那样，白纸黑字地写下来，有钱人还如何赖得了账呢？从此以后，他一笔一画地创制了918个字，因为是刻划在竹节上，又被称为“竹书”。如今在这位傈僳人的家乡云南维西县，人们将这些字刻石铭记，永世尊重。

许多记载里将哇忍波写为汪忍波，我理解是音译不同的结果，如果从傈僳人的发音来说，或许哇忍波更为准确，玖合生就是这样的口音。这位以汉语写诗的年轻傈僳人，来到北京好多次了，其中一次是参加《民族文学》的创作研讨班，一次是上鲁院的高研培训班。

很多时候，他都穿着一件白色条纹的麻布衣衫，斜挎一个布袋，开口便带着很重的云南抑或怒江的口音。在他的诗《一些人、一些事、一些物》里，他表达了对语言的感受：“母语失去了家园/土地失去了光泽/站在故乡的山坡/我无能与一只鸟坦然地对话/相互变得如此陌生/北方学起了南方话/南方讲起了普通话/使习惯了母语的乡亲/茫然不知所措/一些人、一些事、一些物/在我的笔尖/也开始有了哆嗦。”显然，玖合生与他的前辈哇忍波心是相通的。他们之间以不同的方式体现着一个时代与另一个时代的某种对接，进行着傈僳人不断丰富的文化创造。

世界上的事物的确有着千姿百态的奇妙，一个不识字的农夫却造出字来，并带有优美的音节，长期流传于傈僳人之间，成为这个民族的基本工具。如果不了解傈僳人的历史，又如何能解读这一切呢？这个民族可以“与狗对话/学会了仁慈/与鸟对话/学会了聆听/与山对话/学会了沉默/与江河对话/学会了容纳/与草对话/学会了活着的姿态”（玖合生《对话》）。

或许只有懂得了这种对话，才会明白那些奇妙的文字及音符，还有后人玖合生的诗行是如何诞生的。哇忍波十几岁时开始向傈僳族“多巴”（巫师）学习本族的原始宗教及传统文化，后继任当地第20代祭天主持人，将傈僳族的远古传说、历法、天文、农耕、医药、文学艺术等用音节文字记录下来，成为研究傈僳族历史文化的重要文献。24部《祭天古歌》便是例证之一，人们公认，这部可以说是傈僳族的“百科全书”，如果没有哇忍波的音节文字记载，肯定早已失传。他所记录的民间创世、叙事歌曲还有《射太阳月亮》、《占卜书》等，其中绘制有三幅傈僳族太极图，与汉族的太极图大体一致，但运转却相反。学术界认为对于探讨先天八卦的起源及其天文学方面的意义都价值非凡。

尚为年轻的玖合生面对丰厚的本民族历史，也有过千百次的凝望和沉思，从他的诗里，我们可以感受出来。“让一条流经村庄的河／洗净我的眼睛／让时光停留在时光暗流的礁上／投出一个影，看着我……”当下全球化背景下的中国文人，不能不带有在东西方文化碰撞中的隐忧和焦虑，而少数民族的作家、诗人，更因为肩负本民族文化传承发展的使命而倍加殚精竭虑，很多时候他们都生活在沉甸甸的心思之中。玖合生常用一条河作为他思考的载体，由那条河掠过流经的村庄或城市，沉淀所经由的事物，那是一条从碧落雪山流淌而下的河，一条咆哮于怒江大峡谷的河，也是一条激荡于他心底的河。

玖合生心中的那条河不深不浅，看得见水里的石头，但看不见水里的沙子，他辛苦地摸索，为他的民族，为他的家乡，也为他的爱。城市化的进程带给这位农民出身的诗人许多的思考，他对迅猛而来的改变存有的担忧是对传统失去的担忧，城市太大，他怕走失他的羊和村庄，他希望自己的村庄能缓慢地长大，让时光停留在时光暗流的礁上。思考的花朵跟他的村庄一起，不断地绽放壮大。

傈僳人的祖先留下了《创世纪》、《我们的祖先》等神话传说，还留下了许多传世的叙事长诗及民歌，如《生产调》、《逃婚调》、《牧羊调》等，被列入各级非物质文化保护遗产。傈僳人称：“盐，不吃不行；歌，不唱不得。”也就是说吟唱诗歌跟吃饭一样重要，诗歌常包含着隐喻比兴，这在玖合生的诗里时有出现：“瓜秧断了 / 搭再好的架子 / 也爬不到架子上 / 酒再醇，没有了你 / 它飘不到 / 想你的那座山头。”这位从乡村走进兵营又回到乡村的农民诗人，几乎也将诗歌当作了吃饭，锲而不舍地求索在文学道路上已经多年，有过困厄，有过无数失眠的夜晚。然而故乡细雨后悄悄散发的泥土和牛羊粪的清香、阿爸的咳嗽、赶山的太阳、爬山的月亮，远不止这些地落在他的心上，“它们先是让我疼一下 / 再疼一下 / 直到喊出声音”（玖合生《在故乡，所触及到的事物》）。

在此之前他已著有《被雨浸湿的夏日》、《遥远的山那边》、《故土》三本诗集，最近又出版了第四本《乡村背面》，这仍然是他因为心疼而再次发出的声音，也是怒江这片土地上的又一笔乡村记事。

在玖合生近日发给我的短信中，我还知道了另外一件事：他的家乡云南怒江傈僳族自治州的领导破格为他解决了工作问题，将他安排在了州民族宗教事务委员会工作。怒江的乡村背面，这样的一些人和事，还有诗歌，让人好生向往。

我虽没到过怒江，但我似乎触摸到了那条充满阳刚活力的河流，还有那些傈僳人，他们站在高高的山头，鲜活在玖合生的诗歌里。

玖合生（傈僳族）《乡村背面》节选

风，吹响牧人的短笛

风吹草尖
风吹草根
风，吹响牧人的短笛

牧人的鞭子
甩落夕阳的羞涩
坡上的夜莺醒了

城市太大
我怕
走失了我的羊
村庄太小
我担心我的牛
挤破了寨子的门

——选自诗集《乡村背面》

好像流水日夜响

我问朋友看没看过电影《边寨烽火》，人说当然。那年月，只要提起少数民族的经典电影，谁都知道王晓棠主演的《边寨烽火》，她那双葡萄般亮晶晶的眼睛，抓了几代人的魂。还有一部《芦笙恋歌》呢？朋友说就是“阿哥阿妹情意长，好像流水日夜响”吧……这就是那部电影的插曲《婚誓》，好听得很，天底下的人都喜欢。

我再问朋友知道这两部电影的编剧吗，大多摇头。恰巧手边有一份资料，上写着《边寨烽火》的编剧：林予、姚冷、彭荆风；《芦笙恋歌》的编剧：彭荆风、陈希平。名字出现两次的彭荆风是《民族文学》30 多年来的编委。听话的人无不惊讶。

殊不知，《民族文学》编委由多个民族的作家、编辑家组成，而军旅作家彭荆风是唯一的汉族编委，也是 1981 年《民族文学》这本全国唯一少数民族文学刊物创刊之际的第一届编委。

1949 年，彭荆风在江西南昌参军，随着大军解放大西南，去到了云南。这位从小爱好文学的军人很快写出了一系列边疆小说，《边寨亲人》、《佧佤部落的火把》、《当芦笙吹响的时候》等，与人合作编剧而拍摄的电影也风靡全国。其后久经磨难，直到改革开放初期才重新走上文坛，有人评价他是“老而弥坚，老而干练，老而丰产，老而出彩”，先后出版了短篇小说集《驿路梨花》、《红指甲》，长篇小说《鹿衔草》、《绿月亮》，长篇纪实文学《滇缅铁路祭》等 20 余部作品。

早几年，我曾在武汉见过彭老与他的女儿彭鸽子，他们父女去那里参加一个文学活动。虽然我已听说他是一位性格顽强的老军人，但见面之后，仍为他久经坎坷之后的淡定和对生活的饱满热情暗暗吃惊。

父女俩总是一脸微笑，参观访问极为认真，到哪儿都亲自动手拍照，对身边的一切抱有浓厚兴趣，而他们自己曾经受的那些苦难，却很少对人提及。即使有人问起，他们也常是一语带过，仿佛都已随风而去。其实，沉默并非忘却，只是多年的煎熬已将彭荆风锤炼得如钢似铁，他内心涌动的更多的是对未来的向往，对人世的信心，能以百折不挠的意志对待生活与写作。

我来《民族文学》工作之后，在每期刊物上都能见到彭荆风和其他编委的大名，时间越长越感觉亲切，那一个个名字后面该有多少故事，多少难忘的记忆？我不止一次地想，作为汉族的彭老，在对少数民族的那一份情感里究竟有多少高山流水呢？

一直听说彭老在埋头写作，几年过去，突然于 2010 年得知他以 50 万字的长篇纪实文学《解放大西南》一跃而上鲁迅文学奖的金榜，这时他已过 80 大寿。许多年里，他深深地沉浸于创作之中，十易其稿，精益求精，专家们评价:“《解放大西南》以雄浑开阔的笔触，全景式地展开了解放大西南的历史画面，是一部气势磅礴的作品，又是一部见微见妙的作品；从中我们看到了彭荆风经年累月的自觉积累、追求完美的创作态度。”

2011 年 5 月在襄阳幸逢彭老，他去那里领取中国报告文学学会的优秀作品奖，作为再一次获奖人，他仍然是那样淡定和热情，脸上的表情满是阳光。我跟他约稿，他频频点头，回来不久就收到了他的散文《告别刀耕火种——忆初进佤山》，这篇与《边寨烽火》电影同样反映解放初期，驻西南边境地区的解放军与少数民族融为一体的散文，如山间的清泉淙淙流淌，质朴而又动人，令人深切地体味到彭荆风与边疆人民几十年来结下的炽热真情。

上世纪50年代初，居住在西盟佤山的佤族人、拉祜族人的生产方式还是刀耕火种，每年雨季过后，便砍倒大片山林，然后一把火烧净，经过一番风吹日晒，青绿的坡地上堆积起一层厚厚的黑色灰烬，人们就在火灰上点种旱谷。收获很少的佤族人、拉祜族人常年处于饥饿之中，而年年烧山不止的情形又让人揪心。在这种情况下，“我们部队（人民解放军步兵第一一五团二营）在1952年冬天进驻西盟佤山后，立即组成了许多个民族工作组分赴各个大村寨，担负起政权建立前的一切工作”，并动员当地群众利用山高水长的特点开垦水田。

彭荆风和他的战友们走进村寨，见到的是多年没有修葺的枯朽的茅草顶和破烂的竹篾墙，不少人家连锄头都没有，只能用长刀砍地，用木制梭标点播谷种。接下来，他们动员头人去学习参观刚开发的勐朗坝。那块坝子从前有近万傣族、拉祜族、哈尼族人居住耕作，清光绪十七年（1891年）一场因镇压引起的民族仇杀和相继而来的大瘟疫，使得居民大部死亡或逃走，形成“要下勐朗坝，先把老婆嫁”的谚语。解放军移驻勐朗坝，扑灭了疟疾等传染病，人们不断迁入，那块美丽的坝子被定为澜沧县城。

接着开发“鬼魅之气”的广缅坝子，彭荆风将那段经历描述得十分引人入胜，文中精彩地描绘了一幅幅风情浓郁的边疆景色：年轻的战士们和一群拉祜族青年亲如兄弟，一起远足，潮湿白雾中的树叶调、对歌，色泽多样的芭蕉，金红毛发的猴子，两三人合抱粗的大榕树、木棉树……狭长的坝子，荒废的水田，遗留的田塍水沟，落叶荒草形成的腐殖质土，树下的泉眼，还有湿地上野猪的蹄印……这篇没有一句说教的散文自然流露着汉族与少数民族、解放军与老百姓亲如一家的真情，战士们吃着拉祜人的冷饭团、竹筒饭，还有辣子和刚刚挖到的灰姜苗、绿姜苗、野葱，而拉祜人抢喝着彭荆风带来的大叶茶。

月光下，他们一同搭起窝棚过夜，提防着如细长蚂蚱的蚊子，在那片一两百年来都没住过人的地方烧起篝火，投放采摘来的草药。在“火堆边烤火聊天熬夜，实在困乏了，才进窝棚里去躺一小会儿，但睡不安稳，草丛里有一种细小得如灰尘的‘辣蚂蚁’，闻着人气，会悄悄地爬过来，叮得人的皮肤上如同涂满了辣椒水一样的火辣剧痛”。这些生动的细节使人如临其境，难以忘怀。

虽然写的是告别一种古老的生产方式，却同时刻画出丰富美好的人性，文中写到在开发坝子的夜晚，多情的拉祜年轻人趁着僻静与心上人的幽会，还写到远处月光下两个小黑点静悄悄地从山脚下的树林向坝子边上的小溪移动，原来是母麂子带着小麂子下来喝水，军人抱着枪一点儿也不敢惊动。在追求幸福的人们眼里，清早鸟雀嘹亮的吱叫声，毛色金黄的画眉鸟、灰色的过山雀，三五十只一群地从树林里飞起，展开翅膀在白雾弥漫的坝子上空盘旋飞翔；俊俏的姑娘在附近水沟里洗脸梳头，那长过腰身的头发柔软、细黑。一切都是那么曼妙动人。

彭荆风所经历的“广缅坝子”的调查得到上级的肯定：“这是大好事，要全力支持。由工委拨一笔钱给老乡们买锄头、斧头、粮食、种子。人力不够由驻力索寨的第五连尽力支援，药品请防疫队拨给……”八嘎那寨开水田的事史无前例地开始了，第二年春夏，顺利犁田插秧，秋后的丰收带给人们的不仅是一年的口粮和种子，还用卖余粮的钱还清了贷款，给解放军送来了新米，还有背篓大的冬瓜，那份得意欢喜几十年之后依然感染着人。

能看出，这篇散文是彭荆风这位军旅作家珍藏已久的记忆，最初写于 2002 年佤山归来的 6 月，2007 年 4 月修改，2011 年 6 月 2 日至 6 日又再次修改。不到一万字的文章，笔法轻灵却又沉甸甸的，它载着佤山拉祜人的历史，也载着这位汉族作家与兄弟民族相濡以沫的情深意长。

李梦薇（拉祜族）《我的故乡拉祜山》节选

在晴朗的夜空下，繁星点点，像颗颗璀璨的宝石挂在天幕上，会把人的眼睛晃花——那就是我的故乡拉祜山。打我记事起，我的父母就告诉我，我们是拉祜族的后代，家在澜沧江畔，那里山很高，林很密，动物很多，那里离天空很近。

……

月亮升起来，山寨静悄悄，月光下一动不动的掌脚楼，错落有致。火塘边，爷爷奶奶们吧嗒吧嗒地对着烟锅嘴、对着水烟筒吸着自制的草烟，喝着普洱茶。篝火旁，身着民族服饰的男女青年们欢快地唱着“姆帕密帕”（史诗），热烈地跳着摆舞。踩起的黄尘弄花了月亮的脸。他们唱着说着我听不懂的陌生语言，极少有会说汉话的人。会说的也是半生不熟的屈指可数的几句汉话，感觉我们是完全不同世界的人。尽管如此我还是爱上了这片土地，以及这片土地上生活着的人们。虽然能歌善舞，却解决不了贫穷落后，他们在无奈中选择了水酒来麻痹神经，逃避现实。一到赶集天，就三五成群，唱着伤感的古老山歌、情歌，相互敬酒，直至醉倒在街边。更为悲哀的是，个别人还食用了一种带有剧毒的黄中带白又带点红的“狗闹花”，追随着传说中无所不能的祖先“呃沙”而去。

时光在慢慢地流逝，改革开放的春风吹到了拉祜山，拉祜山沸腾了，原本只有牛、羊、猪、狗、家禽不守国法越过边界窜出窜进的，随着国门一开，边民们也可自由出入贸易、通婚。缅甸、泰国、老挝的商人蜂拥而至。穿着拢基（筒裙）的外国男人兴高采烈，他们带来了本国的珠宝玉石特产，换了各种生活物资回去卖。语言不通，展颜一笑便是朋友，生意在手势和计算器的帮助下顺利达成。我母亲开了一家餐厅，外国人经常光顾，送了块“宾至如归”的匾牌。凭着母亲的勤勉，她成了第一批吃螃蟹的人，也成了第一批万元户中的一员。我们家比别人家先拥有了在小城里较为时尚的家用电器，甚至拉货的东风牌货车……

——选自散文《我的故乡拉祜山》

火把照亮回家的路

秋日的京城之南，树叶开始有些发黄，在一家小饭馆里，一位朋友望着窗外熙熙攘攘的车流，突然说："我的北京哪儿去了？"这位从小住在牛街的北京人小时候爬过的城墙、摸鱼捉虾的小河已无有踪影，他说每每开车走在如今的大街小巷，他都心生迷茫，仿佛自己是在一个陌生的地方。

他的话让我一下子想起云南大理的彝族作家纳张元。就在前不久的西南六省作家高研班期间，在紫色的三角梅盛开的苍山洱海边，纳张元开着车，将我和施战军、毕飞宇一行几次接送。大理的天很蓝，没有京城的堵车，大家都赞不绝口，但身居大理的纳张元却说不知怎么搞的，经常脑子里想的是过去的山寨，可那寨子，早已不是从前的模样了。

纳张元小时候是一个偏远彝寨的穷孩子，从小没穿过鞋，读书得走几十里细得像一条山草绳的山路，那路弯弯曲曲地挂在笔陡的山坡上，行人要像壁虎一样贴着悬崖小心移动，稍不留神脚下轻轻一滑，人就会像鸟一样在峡谷中飞起来，一直飞下万丈深渊。在寄宿的学校里，自己找三块石头架一口小铁锅做吃的。下课之后的第一件事就是奔向灶屋，那是一间简陋的平房，同学们一人一小块地盘，垒灶架锅，煮洋芋搅苞谷糊，捡来的湿柴不好烧，烟雾弥漫在小小的人儿之间，饭还没弄熟，一个个脸上都成了花猫儿。

父亲是彝山远近闻名的毕摩（祭司），又是一个性格倔强、暴烈的汉子，在纳张元小时的印象里父亲走起路来简直飞沙走石，没人敢走在他的前面。他曾经凭着三尺多长的一截山楂树棒，与一头大公熊搏斗，从太阳还没落山厮打到天黑，双方不分胜负。

剽悍的父亲不赞成儿子的求学之路，而纳张元居然敢于反抗，他不去打歌、不约姑娘，一门心思在读书上，在走出贫困家乡的梦想中。

他苦思冥想，远古的祖先能爬出葫芦，他们的世代子孙怎么就爬不出那个浅浅的酒碗？火塘怎么像一个魔鬼的怪圈，拴住了一代又一代想向山外挣扎的人？

城里男人是不是也像山里汉子一样把烟斗装得很满？回荡在红土地上的悠悠山歌怎么永远充满了抱怨？

多年后的今天，那个只爱读书的山里孩子已经成为教授，作为大理学院文学院院长、硕士生导师，纳张元教书育人，是大理学院优秀教师标兵、云南省教学名师。而他对从高中念书时就迷上的文学也一直没有放弃，近几年更是有些高潮迭起，迄今已有 300 多篇小说、散文、评论在《人民日报》、《十月》等报刊发表，出版个人专著《走出寓言》、《民族性与地域性：云南文学永远的信念坚守与梦想超越》等，散文《父亲的三双鞋》、小说《彝山二题》、评论《冲突与消解——世纪末的少数民族小说创作》等作品先后获得“盛世民族情”优秀作品奖、“首届滇西文学奖”、“第五届全国当代少数民族文学优秀评论奖”、第三届“云南文化精品工程”文艺评论奖等，是《彝族当代文学史》十分关注的作家、评论家。

在大理的一天，我们顺道去了纳张元的家，那是美丽的大理校园里一幢三层小楼。他的母亲迎出来，这位洁净的老妇人看上去精神透亮，脚上穿一双绣着红山茶的花鞋，一问是她亲手绣的。从他们家的窗户看出去，是洱海碧蓝的水，还有似乎触手可及的苍山之云。大理是一个跟世界连接很紧的地方，就在他家附近，住着开放之初爱美而来的一批台湾同胞，将当时还未成为校园的苍山占去一角，人称“台湾村”。

深山来的彝家人也非常爱美，纳张元一家将这幢小楼收拾得让京城去的所有人眼睛发亮。沿着红木楼梯拾级而上，最顶层是他宽敞明亮的书房，他在这里精心料理着文学，思念着他的山寨。他近年来比较得意的作品，几乎无一例外都是对彝寨及过去岁月的回顾。

曾经全力梦想出走，如今又日思夜想回归，这似乎不仅是彝人纳张元。走进城市和现代文明的人们都面临着共同的忧思，山寨抑或村庄、胡同、城墙哪儿去了？其实不仅这些，无数有着深刻文化符号的象征物在现代化的浪潮中不断消逝，不能不让许多个纳张元频频张望，担忧祈盼。

在对家乡的回望中，纳张元发现过去所见的贫困表象之下，潜藏在大山深处的尚有来自苍茫天地间的隔世之音。

他从彝族人的史诗《创世纪》里开掘人的价值，考究天地人的处境和人的生存态度，比如彝族人很早就非常在意人兽共生，明白人与自然及动物的和谐相处是生存法则之一；再比如彝人讲究因果报应，种瓜得瓜，人死之前必须“过错件件数，欠债笔笔还”，才能使上天的路走得顺畅。还有对父亲的重新审视，犹如一座金矿，不断地往深处挖，就不断有新的金脉展现。这一切让他欲罢不能。

彝族人的节日很多，最为看重的是火把节，传说是因为火把带来了光明，赶走了妖魔。每逢火把节这一天，人们就会举着一束束用蒿草精心扎好的火把，从四面八方的山坡汇聚到一起。纳张元用他的文学话语表达他的发现和开掘，透示着他的精神追寻，回家的路仍然很艰难，山草绳一般细，但他乐此不疲。

彝族人的火把照亮了他的心，也照亮了他回家的路。

2009 年的金秋，纳张元经历了在鲁迅文学院第 12 届高研班的学习，心中的火把更为炽烈明亮。他在鲁院有过一次精彩的发言，以至铁凝先生在后来的讲课中都提道：“我们都将时光比作流水，而一位彝族作家却说时光比剃头刀子还快，他说出了时光的锋利无情。”纳张元为此十分得意。

彝族毕摩（祭司）父亲给了儿子空灵和敏锐，纳张元的言谈常是妙趣横生，还常以歌代言，父亲还给了他一副好嗓音，他时而高亢洪亮，时而柔情似水，用他的母语，变幻出丰富奇妙的意境。透过他的歌声，还有他的文字，我们可以清晰地看见彝人高举的火把，在回家的路上熊熊燃烧。

纳张元（彝族）《古树》节选

寨子中间有一棵不知年岁的老栎树。树身高大，枯枝绿叶，盘结交错；灰白灰白的树胡子，拖得老长老长；树干脱光了树皮，状如朽骨。树心是空的，说明老树已年深日久。寨子里的人都称它为“古树”。

据说，爷爷的祖爷爷还穿开裆裤时，古树就是这副模样了。

寨子里的人们茶余饭后，常要聚到古树下，海阔天空神吹一番；逢年过节，人们也免不了要到古树下烧烧纸，献献饭。

后来，要不是爷爷无意之间看到那一幕，日子也就在平淡之中慢慢过了。

偏偏，一向很少走动的爷爷，那一天在大人们都到山地里劳作，娃崽们都上山放牧以后，独自一人拄着拐杖，在寂静的寨子里踽踽行了一圈以后，来到寨子中间，扶在拐杖上，看着古树发呆。奇怪的事情就在那时发生了：一条碗口粗的大白麻蛇从古树上下来。爷爷活到八十九岁，还是第一次看到大蛇下树。使他惊奇的是，大蛇下树是尾巴朝下，而并非是头朝下。从浓密的枝叶中，首先伸出一条粗长的尾巴，在树干上绕紧，蛇头才从枝叶中慢慢退下来。蛇头退到尾巴绕处，也跟着在树上绕紧，尾巴才松开伸向树腰绕稳，头又松开树干慢慢缩下来。如此重复多次，大蛇终于下到了树跟脚。它仿佛没有发现爷爷，就径直向人户中梭去。

爷爷当时简直不敢相信自己的眼睛，但一切都是真的。

大蛇对寨子里的路径并不陌生，它能熟练地找到每户人家的鸡窝，囫囵吞下鸡蛋。当它回到古树下时，身子已经很笨重。它把身子呈螺旋状缠绕在古树上用力挣扎。爷爷听到了一阵鸡蛋的碎裂声。

大蛇头朝上地回到了树上。

——选自散文《古树》

岭南仫佬人

在所有对自己的称谓中，潘琦或许最为中意的是岭南仫佬人。在他来说，无论仕途走得多远，文学之旅多么漫长，起点永远是广西岭南的仫佬族山乡——那个叫凤立的山村，那个每到中秋节就要对歌的地方。潘琦就是在那样一个小村庄里，饮着凤凰山下的清泉，浸润在仫佬人的歌谣中长大的。他将这一切视为生命和创作的源泉。

几十年来，潘琦以超人的勤奋一直笔耕不辍，写作如水，融入了他生命的河流。刚参加工作时，他没有住房没有写字桌，从人家扔掉的旧物里找到一张瘸腿桌子用砖块垫了，然后铺上一张白纸便欣然伏案而作。家里有了孩子，但妻子要上夜班，潘琦将孩子用布带捆在背上或抱在怀里，仍趴在那张桌上写作。

以后当了官，一个记事本一支笔成为他随身必带之物。乘坐飞机时人家都在打瞌睡，他却在写随笔游记；坐在主席台上听人家念报告，他也笔走龙蛇，人家以为他在记会议，他却是在笔记本上写小说，这几乎是大家都熟知的秘密。日日耕耘，年年收获，眼下潘琦创作出版的著作摞起来比他当年那张桌子还高出一截，即便是好些专业作家也比不过。

潘琦写小说、散文，还有诗歌，让人一读一听就是岭南仫佬味儿。平时他也幽默风趣，出口成章，仿佛不是在说话，而是在对歌。据他称，爱好文学打小开始，如要细探源头的话，第一个启蒙老师似乎应该是他的母亲。

仫佬人生来爱唱歌，可以说无人不会歌，无处不唱歌，每逢对歌的日子，歌圩上人山人海，从早到晚歌声不歇。潘琦的母亲是方圆百里最美丽的歌手。

人们形容仫佬山乡一是山头尖，到处悬崖峭壁；二是筷子尖，好搛菜；三是笔头尖，出文人。潘琦的母亲不是文人，但她的山歌一唱就是千万箩。在母亲的歌声中，潘琦得知了民族的来源、乡情的斑斓、生命的艰难和顽强、美和丑的多样……母亲对歌的痴迷不亚于任何一位艺术大师，潘琦兄弟姐妹众多，母亲白天要下地劳作，晚上要做繁重的家事，但母亲天性乐观，总是一路歌声，薅草担粪、烧火做饭、带娃娃，辛劳贫困苦涩在母亲的歌声中化为一出生动鲜活的戏剧，熏陶着年幼的潘琦。

母亲疼儿子更爱对歌，潘琦到南宁任职以后难得回家，一次因公路过，好不容易抽空去看望母亲，而几十里外的歌圩正在对歌，母亲托人带信给潘琦，说要对完歌才能回来，让潘琦唏嘘不已。母亲年老之后记忆力衰退得厉害，连回家的路都记不得了，但那些歌儿却一段也没忘，母亲一直唱到了老去。

因而文学之于潘琦，没有了功利的色彩，就像心里点着的一盏灯，始终亮着，照亮自己也照亮别人。他的《山泉淙淙》、《琴心集》、《润物集》、《微言集》等几十部著作都是他多年用心、用力、动情、动脑的结晶，是他美美之美、美人之美、美美共美、天下大同的社会思考。

他吟唱绿色的山林、善良的人性，尊崇中国古代文化“天人合一”。在散文《漂游布柳河》中他这样描写：“两岸不见人家，有的只是静谧的碧绿的水，默默的石崖和蓬勃的树。偶尔一缕一片的阳光照射下来，静静地落到水面上，浓重的树影和阴凉几乎覆盖了整条河流。山风迎面吹来，拂耳而过，曲折深切的河谷不断地在我们的竹排前展现，像一扇扇神秘而没有尽头的门被不断打开……”伴随这些文字，读者对自然的敬畏和追寻之心会油然而生。潘琦以一个仫佬人的视角，用许多篇章描绘人与自然的关系，其中引入了大量民间故事传说、民歌民谣，力图使人们加深人是大自然和谐整体的一部分，又是一个能动的主体的理解。

在潘琦的经历及作品中，文以载道的思想得以再现。为官多年，潘琦从不讳言自己是一位作家。跟许多将文学作为敲门砖的人截然相反，有人得了一官半职之后便从此不再提文学二字，而担任过广西壮族自治区区委宣传部长、副书记，人大常委会副主任的潘琦一直视文学为神圣的灯塔。事实上，中国古代韩愈、柳宗元、李白、杜甫、苏东坡、白居易、范仲淹等无数诗文大家都曾是为官之人，他们无不是以他们的诗文来表达忧国忧民的情怀，表达从政者与民众的密切联系，表达一个时代精神的高度。

如果一个时代将文学弃之如敝屣，为官者羞谈文学，不仅是这个时代的悲哀，也是社会精神的大缺失。潘琦以一颗热烈而又淡定的心在文学之路上跋涉，生活艰难时如此，位居高官和退居二线时也依然如此，不能不让人感觉是一件可敬之事。

女乡长的发现

盘点近年的中国少数民族文学，仡佬族女作家肖勤无疑是大家公认的最引人关注的新秀之一，这位一直生活在贵州湄潭县的女子，在短短的一两年里，先后在《民族文学》、《青年文学》、《十月》、《当代》等刊物上发表《暖》、《丹砂的记忆》、《金宝》、《好花红》、《上善》等中短篇小说及散文随笔，其作品浓烈的生活气息以及独到的见解让人耳目一新。

初识肖勤，是在《民族文学》改稿班上，一堆人里，时常会响起一阵阵清脆的笑声，伴随着语速很快的贵州普通话，互相介绍时，大家才知道笑声的来源是这位圆圆脸的女乡长肖勤。肖勤不说话时不像乡长，她打扮时尚，披肩发，脚蹬皮靴，说起话来便有了乡长味，首先她一点不含糊自己就是来自基层的乡干部，而且不管场合，只要说起乡村事务，便会一脸严肃、分寸不让地说："其实，好些人对乡镇不了解，有些看法全是乱说，有些作品全是编出来的。"

或许正是由于对那些"乱写乱说"不以为然，肖勤自己拿起了笔，她带着她的小说走进《民族文学》的改稿班。在我看来，她带来的那些稿子还是懵懵懂懂的，那是她的一片本真，合着山野乡村的风云，还有在沼泽里跋涉的混浊，小说技法基本没有讲究。

接下来，她瞪大眼睛，双目炯炯地坐在改稿班的课堂上，捕捉每一位讲授者的信息，一天天吐故纳新。她的话语也一天天地有所变化，只是笑声清脆依然。

她的爽朗和伶俐似乎是来自她的职业，但细品却更多来自天性。她明快坦荡，让人从容地在她种植的园地里穿行，比较方便地帮她除草、灭虫、施肥，就如那些建立 QQ 农场的好友们，经常也互相有所帮助。肖勤接纳人们的批评，聪明地汲取营养，从这时起，她的脚步真正开始迈出了乡村。

这不久之后的秋天，肖勤进了鲁院。那期研讨班的学员全都来自少数民族，真个是五彩缤纷，在文化趋同的今天，这些背负着不同地域和民族烙印的书写者聚集在一起，可谓意义深长。肖勤带着她丰厚独特的生活经历，如鱼得水地遨游于“鲁 12”——这是她和她的学友们对这班的爱称。

我有幸受到鲁院的邀请作为所谓导师，有机会走动于鲁院的师生之间，得知肖勤果然勤奋得厉害，她喷发式的写作受到人们的关注。在“鲁 12”即将结束的一天，鲁院的副院长施战军面带微笑，颇为得意地告诉我说：肖勤这家伙有悟性，写出来了。后来施院长还针对肖勤写过一篇文章，题目很有趣：“小说，她来了”。

肖勤果然走进了小说，再读她的作品，仿佛换了一个人，还是从前那些故事，但如同从昨夜走到了今日，夜里的懵懂混浊消失了，那些或远或近的风景，以及活动在风景中的人物在阳光的刻画下历历在目，甚至我们能感觉到那些人物的体温和痛楚。肖勤不需再嘟着嘴说：你们不了解乡村。因为从她的笔下，人们开始读懂乡村和乡村的人，包括孩子。在乡村的留守儿童那里，缺失的不仅是热腾腾的食物，抑或书本和铅笔盒，更为缺失的是妈妈温暖的抚摸，那只有妈妈的手才能带来的温暖。肖勤的发现和开掘让许多读者动容，那不仅是文学的发现，也是肖勤作为一位负有责任的乡长、一位深怀母爱的女人的发现。

新的发现在肖勤的作品里不断出现。

我又一次与她相聚是在《民族文学》内蒙古呼市改稿班上，肖勤和她的笑声又再次闪动在我们面前。她忙碌得很，每天要拿出几小时跟乡里的事务对话，一边侧着耳朵听周围的人谈文学，一边举着手机跟贵州那边说："这条路修得质量不好的话，我是不会付钱的。马上雨季就要来了，工程时间一天也不能拖……"然后转过脸来接着谈她的构思。

她是一个擅长叙述的人，说到委婉动人处，让我们一个年轻的女编辑红了眼圈，继而离席而去，因为忍不住夺眶的眼泪。

在可汗宫的改稿班上她几乎天天熬夜，曾连续三天没睡过一个完整觉，走路都在打飘，说话前言不搭后语，赶修了两个中篇，新写一个中篇还有几篇散文。中篇小说《金宝》后来刊发在《民族文学》上，我一直认为这部小说还应该引起人们更多的阅读：小镇上的金宝本是一个与世无争的人，但却因为社会的挤压推怂，成为一个不停歇的上访户，与他构成关系的社会和周围的人群，到底是哪里出了毛病？肖勤用她的发现将社会上常见的信访现象引入新的思考层面。

肖勤的家乡对她的写作十分关切，专门为她举办了作品研讨会。她邀约我们书面发言，我其实对她一直有些话想说。呼市的改稿班结束后，我写过一些散漫的博客，其中谈到肖勤，她的成功显然离不开长年乡镇工作的经历，离不开对文学的热爱，离不开勤奋好学，离不开她的精神世界一次次飞跃和提升。

借用一句不得不用的套话：肖勤是一位具有良知和责任感的乡长一作家，她转换不同的角色，用不同的方式贴近生活发现生活，表达着对家乡土地和生活的一片真情。她的成功给更多的文学人以启示，我们离生活究竟是近还是远？

如今，肖勤已升迁为副县长，职位变了，但她作为女乡长的那份情怀不能变，与百姓的交往不能变，只有发现，应该更为深邃，更有担当了。

肖勤（仡佬族）《金宝》节选

郑老四果然开始上访了。金宝喜欢去护士办公室看中央三台的音乐节目，只要有音乐听，他能看上一天不动弹。郑老四腾出时间来，一天去一趟县信访办，拦住谁就和谁说——太和镇十九岁的郑金宝，让派出所刑讯逼供整傻了。

第九天，信访办的人正式答复郑老四：经调查，太和镇派出所没有任何刑讯逼供行为。郑老四不依，说，他们没有害我金宝，他们怎舍得出钱给我儿治病？信访办的人盯着郑老四，说既然人家都给钱让你儿子治病了，你到底还想做什么？

不光是我儿子治病的问题。郑老四说，护理费、精神损失费、这样那样的费用，他们得赔。

信访办的人相视一笑，个个都是猜中谜语一样的表情。一个女的站起身来说你儿子的事情我们已经了解了，具体情况你心里头最清楚，你还是回去吧。

郑老四走出信访办，心头郁闷得慌。一个男的走过来，递了支烟给郑老四，说哥，来，抽一根。郑老四没好气地挥挥手。男的拦住他说，哥，上访啊？我也是。郑老四眼睛一亮，像流浪汉找到亲人似的，惊喜地问，你是？大哥，我看你跑了十来天了，没戏吧？你落后了，现在上访，像你这样斯斯文文根本没有用，你要和他们来硬的。

郑老四说怎么个硬法？男人点上烟，不急不缓地吐了口烟雾，把郑老四喊到路边。说大哥，我给你指路，你听我的，上访上访，一求公道二求赔偿。我保证你两全其美。郑老四正愁找不到法子，一听，连连点头说好兄弟，你要是帮我讨到了公道和赔偿，我一定好好谢你。

男人笑，说这个谢字你莫说，现在是经济社会，你上访为的是钱，我帮你，也离不开个钱字，我们先小人后君子，这样，我教你些招数，保证你进钱，你每次进了账，我分三成。

郑老四愣愣地站着，没听懂。

你不要以为这三成我是白要的，我要给你提供状纸、信息、电话号码……这些都是要花钱的。男人解释说。

什么信息？什么电话号码？郑老四突然觉得自己丢了工作后，整个人真的落后了，这男人说的话，他一句都听不懂。

——选自2010年《民族文学》第八期

汶川羊子

2008年在宁波象山的海边，金黄色的沙滩上，大家围着刚从汶川地震的灾难现场走出的羊子，听他说“5·12”的那一瞬间如何大楼摇晃，天昏地暗，他赤脚摸索到楼下，一脚踩下去半尺厚的灰，他甚至以为到了别的星球，脑子里闪过的词是：世界末日。羊子这样描述着，黑瘦的脸上惊魂未定。

其时，《民族文学》在有着八百里海岸线的象山政府支持下，创办了多民族作家的生活创作基地，可以每年都组织一批文学人去海边采访交谈。邀请羊子时，他正在救灾第一线，他是汶川文体局的副局长，羊子说：“我真想来，可是这里救灾很需要人，我走不开。”后来我们商量：作为一个诗人，或许还应该有别的救援。全国各地都因为汶川而写诗，汶川不能没有自己的诗。

于是，羊子从汶川飞到了海边。一家出版社约他写关于地震的长篇纪实文学，他答应了，坐在海边沉思，或是独自徘徊。大家都很担心他，但远远地看着，不敢去打扰，不敢去惊动他眼里常含的泪水，似乎一叫他的名字，那泪水就会夺眶而出。但有一次，他在海边笑了，那是碰见一群年轻的战士，他们听说面前站着的是一群作家，就问都有些什么作品。说了好几个，人家都不太知道，但说起《神奇的九寨》那首歌，战士们就都七嘴八舌地唱起来。那歌正是羊子写的词，藏族歌手容中尔甲唱的，风靡全国。

羊子在岷江边一所学校当老师时曾写过很多歌词，那时他叫杨国庆，是一位勤奋单纯爱好文学的羌族青年，写大好河山、风花雪月和美丽的姑娘，但汶川地震震惊了世界，也震惊了杨国庆，从撕心裂肺的生死边缘走过之后，他不能不重新审视这片古老的土地，审视由这片土地养育长大的自己和自己的民族。他很想好好完成给出版社的承诺，以一个汶川作家的目光，向世界报告。但在海边徘徊了多日之后，他却越来越苦恼，他说："我找不到表达的方式，我心里有很多话，但却说不出来。"

他与我交流，我建议他说："你是一位诗人，能不能写一部长诗？"羊子眼睛一亮。他说："我想想。"

他回去了。这一次，他不仅是回到了汶川，回到了羌寨，并更远地回到了祖先。他思索着："我必须在这个大悲大痛大慈大爱的时机中有所思考，有所表达，有所维护，有所确立和张扬。于是，在组诗《汶川之歌》被《民族文学》特别推荐连续发表的背景下，我进一步抚摸着这一片破碎的山河和内心最终的需要，一步一沉重地走入了长诗《汶川羌》的书写。"2010 年秋，经历了两年多的书写和磨砺，羊子终于捧出了《汶川羌》(四川文艺出版社出版)。这本厚厚的诗集，仿佛"走过了至少七千万年的时光，岷的江和山，终于开出新的花朵，唱出新的歌谣。羌"。

在后海一个人来人往的上午，我收到了羊子的诗集，不由自主地随着他的诗篇，一步一步走进时间的深处，走进姜维城土壤中熟睡的陶和羊子所吟唱的羌民族。

考古学家称，在迄今发现的 3000 多年前的 10 余万片有字甲骨中，含有 5000 多不同的文字图形，其中已经识别的约有 1000 多字，而唯一有着民族意义的字就是"羌"。后人说文解字："羌，西戎牧羊人也。从人从羊。"仰韶文化末期，这个发源于青藏高原的中国最古老的民族曾有过可带给今人丰富想象的强盛和人丁兴旺，炎帝姜姓，姜、羌本一字之分化，属古羌族部落，均为头戴羊角之人，以羊为图腾。在后来的战争中，炎帝部落大部分与黄帝部落互相融合，成为华夏族——今汉族的先民，另一部分则西行或南下，成为藏族、彝族、纳西族，等等。羌人经历数次战争和迁徙，大多选择了岷江上游的松潘、茂县、理县、汶川等地。

羊子在《汶川羌》中解读了羊的密码，那来自祖先的神秘符号——羌，“啊，羊。湖水一样涨满原野。祖先驯养的鲜美的羊。安居祖先，蓬勃族群的源头。未来儿孙的依靠。心情一样荡动在原野之上，不再是一群，不再是一处。”羊子在解读羌的来源，羌的文化，如“羌笛”、“羊皮鼓”、“白石”、“羌碉”、“羌寨”、“羌姑娘”、“羊毛线”、“草场”、“释比”、“花儿”的同时，在解读自己：“我不得不说出，‘我’是从三千年前甲骨文中所代指的那个区域，那个民族，那种生产和生活方式——‘羌’中走来，穿过无数的祖先，穿过比三千年这个具体时间更多的时光，穿过众多的生生死死，死死生生。从这个角度来说，‘我’的走来，是一个民族精神的走来。从世界关注的角度来说，‘我’的走来，是汶川这个家园诗歌的走来。”

羌，在汶川地震之后又一次雄伟地挺立，从羊子的灵魂深处，从《汶川羌》的诗行里，我们仰视古老的羌，那从远古历经坎坷步履艰难一步步走来的羌。“终于没有丢弃自己。终于看见了自己。/在这样一个星空翻腾的历史要点。/我终于回到真相的里面。天啊。羌。/我还可以继续延伸更多的可能。”显然，《汶川羌》使得古老的羌笛在新世纪有了一曲精彩的变奏，让我们看到灾难的废墟上开出的民族之花。“石头，终于与人的家园在一起。人的信仰在一起。/与人的时间在一起。人的艺术和智慧在一起。/石头终于与自己的灵魂和心跳在一起……挺身一变，成了石凿。石刀。石锛。石斧。/ 成了四季恒温的羌碉，成了独一无二的羌寨。”

羌是一个敬仰万物，认为万物有灵的民族，作为羌的儿子，羊子的诗无时不流露出对“岷的江和山”感激涕零：是它们收养了自己的祖先，并将那些祖先留下的文化深藏于江山之间。他自幼长大的羌寨在岷江上游的群山之中，那里山高谷深，道路陡峭，梯田单薄，人们种植玉米、洋芋、青稞，但缺水，干旱，几乎只能靠天吃饭。羊子从小就困惑，祖先怎么选择这样一个地方生存？但在写作《汶川羌》的过程中，羊子悟出了答案，原来这岷江的山承载着一个民族内化隐忍的全部性情和人格力量，这正是羌民族经历数千年各种灾难仍顽强生存的真谛。

《汶川羌》是羊子的诗，是羌人的诗，代表着羌民族的集体声音，杨国庆—羊子—羊之子—羌人的儿子所期冀并努力的目标：“我的创作就是关于灵魂的复活和看守。”

他召唤的是一个民族的魂，看守的是这个族群逐渐消失而又不断惊醒的古老文化，这是一桩艰辛的使命。从《汶川羌》里，我们得知这样的证明：只有经历过绝望的人才更懂得希望，只有经历过死亡的人才特别珍爱生命，过去司空见惯的事物在经历了那场毁灭性的地震之后原来是如此珍贵，动人心弦，让我们向这个古老的新生的民族致敬。

羊子（羌族）《汶川羌》节选

咚咚咚，咚咚咚，咚咚咚，咚咚咚，
黙然挺拔的羌碉听过，四面群山听过，
这来自上天的问候和深刻的牵挂。
火塘听过，神龛听过，白石神灵听过，
岷的江和山喂养着怀抱中的村庄。羌。
朗朗的，一个民族红红的血液在奔流。

这是世间独一的吹奏，居然，十分恰当啊，情不自禁，叫我泪雨横飞。

这吹。这音。这调。这曲。这吞刀自尽的绝地重生。

这里的石头找到了语言。找到了自己。
自从被粗糙的大手第一次握着开始，石头结束了无知。
……结束了野性。冷漠。
结束了自然的格局和物理的困扰。
石头，终于与人的家园在一起。人的信仰在一起。

与人的时间在一起。人的艺术和智慧在一起。
石头终于与自己的灵魂和心跳在一起。
……挺身一变，成了石凿。石刀。石锛。石斧。
成了四季恒温的羌碉，成了独一无二的羌寨。

——选自诗集《汶川羌》，2011 年四川文艺出版集团出版

真名士

因为电影《让子弹飞》，马识途和他的小说一下子进入了流行话语，这位97岁的老作家既不拒绝也不矫情，持以一贯的淡定从容，却是在抓紧整理他的另外一些文字，即将成为百岁老人的马识途又出版了两本新书:《党校笔记》和《没有硝烟的战线》。兔年岁末的一天，现代文学馆为此召开了“马识途作品研讨会”，一早走进会场，见马老已经端然入座，面色红润，气宇轩昂，一点儿显不出龙钟之态。

整整一上午的讨论，气氛热烈。大家对马老三十年前在中央党校学习时的笔记抱有浓厚的兴趣，认为那是当年思想解放难得的真实记载，于今天仍然给人很多启示。而那部《没有硝烟的战线》以他的一位战友为原型，描写了地下党的斗争和那一代人为自由解放的牺牲奉献，一对恋人的悲欢离合凝聚了一代年轻人的追求和爱恨。在人们都痛感信仰理想淡化的当下，这些悲壮美丽的故事无疑是一方清醒剂，让人读来心胸开阔，提足精神。

与会者多有感佩，果然是老马识途，年近百岁的老人思维如此敏捷，写作如此勤奋，简直就是一个奇迹。而我对马老的敬重，除了以上，更有许多亲切，是因为他早年在湖北恩施（现在为恩施土家族苗族自治州）领导过地下党工作。那里流淌着八百里清江，从鄂西的大山里发源，归于长江。那是一条清澈多情的河流，马老的妻子刘慧馨就长眠在清江河边。我在恩施多年，和我的同伴们读着马老所写的《清江壮歌》长大，曾年年清明去往先烈刘慧馨的墓前献上鲜花。

前几年，在北京见到马老，他得知我来自恩施，脸上的表情立刻欢喜起来，用川音浓重的普通话说："哦，清江那地方，是我的第二故乡。"我很想告诉他，只要在清江两岸生活过的人，不能不读《清江壮歌》。我第一次读到这本书时，刚刚跨进鄂西恩施二中的校门，正是"文革"前夕，好不容易从学校图书馆借到手（等着借阅的人太多），还没等看完就被封存了。但那些感人的情节却一直在心头环绕。主人公贺国威、柳一清（以刘慧馨为原型）的形象所放射的理想光芒，照亮了几代人的青春，也照亮了清江两岸的土家人。

再读《夜谭十记》不能不惊叹马老的语言风趣和入木三分的人物刻画，他写于上个世纪30年代的作品，今天读来仍有无穷意味。

那天在文学馆的会上，后排坐着一位瘦小的妇女，衣着朴素，不断谦和地对人微笑，说话才知是马老的女儿，也正是《清江壮歌》中所描写的任远（也就是马识途）曾经失散的女儿吴翠兰。她还在襁褓中就随母亲被捕入狱，险些一同遭到杀害，二十多年后才终于与父亲马识途相认。这故事既是小说，也是历史真实，这位先烈的女儿就在身边，就在眼前，那一刻让我不能不思忖理想——究竟离人们有多远？

或许理想并非虚无缥缈，理想也并非全都如花似玉如彩虹，理想更多是艰辛奋斗的过程，是跋涉无尽的追寻，是崇高也是默默的奉献。马老用他的一生践行着对于理想信仰的执著追求，他的著作和行动均是理想的实践，对待信仰，他老人家坚若磐石，稳如泰山，曾题词："人无信仰，生不如死。"令人震撼！

会上人们说得热闹之时，马老的神情一直十分平和、淡定，最后当他念着自己的书面发言之时，语气却变得沉重起来，醇厚的音色挟带着雷声，对目前的一些文学现象，包括影视谍战剧的胡编乱造提出了尖锐的批评。他说："有的影视作品根本不懂隐蔽战线的活动规律，甚至为了哗众取宠，瞎编胡说，弄出一些完全违反了隐蔽战线斗争规律和严格组织纪律的情节，造成观众对当年地下党生活的很大误解，以至于闹出笑话。老朋友们颇有黄钟毁弃，瓦釜雷鸣之叹。"他当年无数次出生入死，长期亲身经历斗争的残酷考验，但他一直很少说到自己，他说他已是进入97岁高龄，日薄西山的老人，并不想在晚霞中为自己新造一片辉煌，只希望有识之士利用他这些素材，编出一部能真正反映当年隐蔽战线斗争的电视剧，以纪念曾在那条没有硝烟的战线上奋战牺牲的烈士们。

散会之后在文学馆的餐厅吃午饭，马老牙口很好，女儿吴翠兰在一旁给他夹菜，青菜肉片，米饭，他很认真地埋头吃着。有人笑问马老的长寿秘诀，女儿答说父亲爱吃红烧肉，一天刷三次牙，一次三分钟。笑谈之间，低头吃饭的马老会不时抬起头来，说上一句两句，一次是说："你们知道吗，清江那个地方，土家族的歌舞很丰富，那年我看过土家人的跳丧，那是东方的迪斯科。"又说，"土家族、苗族的文化值得开掘。"老人说着，眼神显得很年轻，他似乎又看到了清江？

果然，他又轻轻地说："去年我到恩施去，给他们说过，我将来，要回到那里去。"马老的女儿用眼神告诉我老人的意思。我揣摸着马老一生的执著坚毅，他的苍凉宏远。清江，在他的心里，是青春和热血，是正义和忠诚，还有美丽的爱情，或许那也正是老人理想的化身，是他一生的追寻。

马老爱书法，我有幸得到老人所写的对联：敢为天下先乃真名士，能耐大寂寞是好作家。这对联，是宝贵的教诲，很适合贴在心里。

马识途《夜谭十记——峨眉山人破城记》节选

……反正是在一个不大不小的县衙门里做一名科员。所谓科员，就是那种以“啃办公桌”为职业的人。无论天晴落雨，我们都要按时去“啃”八个钟头。说有多少公事可办吧！不见得，大半的时间都在喝茶，看陈年的上海黄色小报。那上面有趣的事情就多得很。什么地方女变为男呀；哪个穷光蛋独得五十万元航空救国奖券，欢喜疯了呀；哪个官儿的姨太太爱上马弁，双双投江殉情呀等等的新闻，不，应该说是“旧闻”了。大家看了兴致很高，难免就要议论起来，有的甚至企图从生理学的观点去设想女变男是一种什么景象。大家读报纸读得厌了，就谈昨晚上的牌局，哪个人的牌运亨通，一连做了两个清三番外加海底捞月；哪两个人搭伙抬哪个二毛子的轿子……牌局也谈厌了，于是就悄悄议论起我们县太爷的隐私来……

但是要说成天无事，也未免冤枉了我们，未免每天还是要办那么一件两件不痛不痒的公事。当然，重要的公事是不会有的，那些重要公事早已在老爷绅士们的鸦片烟铺上，麻将桌上，姨太太的枕头边，再不然就在他们的枪杆子尖尖上解决了，何劳我们趴在桌子上“等因奉此”、“等情据此”、“等有准此”地胡诌一通呢？我们之所以一定有几件公事办，其实不过表示在这个衙门里，县长之下果然还有秘书和科长存在，在秘书和科长之下果然还有我们这样的科员存在，在科员之下果然还有办事员、录事和打杂的、跑腿的人存在，每个月上级发来的经费，并没有完全落进县太爷的腰包里去，如是而已。

科长们为了表示他们的存在，有兴趣的时候也到办公室里来签个“到”，画两个“行”，县太爷却很少光临办公室。听说他够忙的，今天要到某大乡绅家里去拜访，明天又要到某退职大员的公馆里去候教，还要坐堂问案，打老百姓的板子，还要和送“包袱”（贿赂）的引线人讲价钱，他还无论如何不能忘记，瞒着自己的黄花老婆，去他私筑的“金屋”里去会自己的“藏娇”。他哪里有工夫来看我们这些坐冷板凳的人呢？

——选自《夜谭十记》，群言出版社 2011 年 9 月

凉水青苔

长篇小说《这方凉水长青苔》，是土家族女作家雨燕经过了长时间的积淀完成初稿之后，又经过四年的打磨而成的。她通过对大巴山深处的柳氏家族以及这个家族世代经营锦屏庄园由盛及衰的故事，完成了一个人、一个作家对历史的一种解读。

她的解读是具有个性的，怀着一种强烈的人文关怀，一种强烈的社会责任和担当，反思历史的偶然和必然带给人们的创伤。在人与建筑毁灭的悲剧性命运中，痛苦地审视与扬弃，理性地思索与包容，表达对“和谐社会”的真诚向往。

她还告诉我们，一个人怎样将自己的民族和他所站立的这片土地连接起来，拂去历史的烟尘，使之复活成长，在一系列毁灭性的灾难中唤醒人们对美的珍视和对爱的礼赞。

雨燕是一个擅长讲故事的人。她还将民族文化资源、自然风光资源、民俗、民谣等资源变成今天的读者所需要的活性资源。

故事的发生地恩施土家族苗族自治州，是一块养在深闺神奇的土地，那块土地上的自然风光以及民族文化都有其独特的魅力。时代的潮流冲刷掉了许多古老的元素，而那块土地由于历史上自然环境的封闭，还保存了一些稀有珍贵的民族文化资源。让我及许多曾在恩施生活过的人读来尤为亲切，感同身受。

雨燕的小说巧妙、艺术地把大水井的历史变迁及其文物价值表现出来。表面上她写的是一个国家级文物保护单位，利川大水井的古建筑群，实际上是借这个古建筑群为载体，更多地表现的是鄂西南上个世纪一群小人物的命运，许多栩栩如生的人物形象和故事。为锦屏庄园献身的少奶奶夏澄荷，忠义一生的老仆刘生旺，在危难时刻人性复苏的两个傻孩子柳子愚和伍小春，劫后余生面临命运的巨大落差而顽强生存的柳蝉儿、柳蝶儿姐妹，怀揣美好理想而一生无法彰显的黄承业……流氓无产者杨八斤、赵毛弟在利益面前表现出来的病态和丑陋，还有一直活跃在政治舞台的杜兴来，作家通过他的“长盛不衰”，表达出对历史、现实以及未来的忧患。这个人物我们如何评价可以得出不同的结论，他是与这块土地有着密切联系的人，他的存活说明了人类社会到达真善美的理想境界极为漫长曲折的道路。正是由于作家对她的民族怀有一种深沉的大爱，才把真实的疼痛表达出来，呼唤人们警醒和医治。

她在书中恰到好处地引用了大量的土家族民间故事、民间歌谣。土家族是一个豁达智慧的民族，他们既不屈服于自然，又与自然和谐共生，在劳动中创造的大量原汁原味的民间文化有着不朽的生命力，成为作家取之不尽的创作源泉。

这本书还有一个非常鲜明的特点，就是地方方言的采用。方言运用有时把握不好，会十分别扭。《这方凉水长青苔》很好地体现了利川及巴蜀一方的特色，简洁明快，生动质朴，自然流畅，使我们想到了周立波的小说《山乡巨变》等一些具有浓厚地方特色的书写。对雨燕作品的分析，也可以视为对恩施文化、土家族文化、地域文化的分析和展示。

雨燕（土家族）《这方凉水长青苔》节选

八月十六，是柳蝶儿和天顺原订的婚期。大家都在担心着这个日子，柳蝶儿却盼。好容易等到十五的晚上，收工回来，柳蝶儿坐在门口对着天空那一轮满月发呆。她对澄荷说，她要到天顺家里去一趟。澄荷披了一件衣服，陪着她一起走。到了天顺家，柳蝶儿开门见山说明了来意："我明天还是想嫁过来。"话一说完，不光是牟瘸子夫妇，就连澄荷都瞪大眼睛惊呆了，完全想不到柳蝶儿会说这话。倪桂枝满脸疑虑，不断拿眼睛看牟瘸子。谁知，牟瘸子答应得十分爽快："行，这样也好！他娘有人照顾了，我就上访去！天顺太冤屈，我这瘸子要到北京去见毛主席，为我儿子申冤！"几个人都傻坐着不说话。坐了好大一阵，牟瘸子对倪桂枝说："她嫂子第一次上门，还不快烧茶去？"倪桂枝把眼泪擦了，到后檐沟抱柴火。

牟瘸子说："既然妹娃子有心嫁过来，明天我们就按规矩到老鸦岭来接。你们不易，我们也不要陪嫁，到时候人过来就行了。"澄荷说："眼下还是不闹出动静的好，谁晓得又会出啥子事呢？妹妹是来为天顺尽孝的，只要成全她的心意就行……"牟瘸子就点头应了。这边商量得差不多，倪桂枝端着两个碗出来了，柳蝶儿低头一看，碗里两个荷包蛋。接过来，送到牟瘸子手上："爹，您吃吧！"牟瘸子心头一热，使劲往后退："你还是第一次过门呢，吃了荷包蛋，就是我们家的媳妇了。"

有月亮的晚上，锦屏的院子里很热闹，大人们放松了筋骨，在院子里乘凉拉家常。小娃儿在月光下面躲猫猫，做"山羊吃麦"的游戏……不远处，一群娃儿齐声吼着："大月亮，小月亮，哥哥起来学篾匠，嫂嫂起来舂糯米，舂得喷喷香，打起锣鼓接新娘，新娘不吃糯米饭，要吃大河水鸭蛋，打在锅里一根线，舀在碗里团团转……”柳蝶儿听了，接过来坐下，和着泪水咽了。

……

——选自《这方凉水长青苔》

田土司的桃花扇

田土司是清朝年间恩施土家人的土司。

恩施是个地名，位于鄂西，这个地方有长江流过，朝辞白帝彩云间，即进入了恩施的地界。屈子吟诗沿江走来，路漫漫其修远兮，吾将上下而求索。而百姓更爱听下里巴人的竹枝词，土家苗人两山对唱，东边有雨西边风，桃女提篮过江东。让人想不到的是，还有更远的痕迹在 215 万年前，那几乎是人类诞生的一缕曙光，恩施喀斯特地貌的巨猿洞里，曾经居住过直立人。

过去到恩施，或是从恩施到山外，要走很远的路。但明清时期的恩施容美土司一代代爱好风雅，常约请一些有名的文人墨客到山里喝酒吟诗作画，还将孔尚任的《桃花扇》排演。《云亭山人漫记·桃花扇本末》载“楚地之容美，在万山之中，阻绝放境，即古桃源也。其洞中田舜年，颇嗜诗书。予友顾天石有刘子骥之愿，竟入洞访之，盘桓数月，甚被崇礼，每宴必命家姬奏《桃花扇》，亦复旖旎可赏……”孔尚任因此与土司田舜年结下很深交情，时常相互赠诗，诉说衷肠：“离骚惹泪余身世，社鼓敲聋老岁华，爱把奇文熏艾纳，胜游异哉拜毗邪。”

北京城里的皇城根下，以及六朝古都的秦淮河边，把女人上台看作是严重忌讳的年代，清代文人顾彩却在他的《容美纪游》中写到了这样的土司城里的情景：“女优皆十七八好女郎，声色皆佳，初学吴腔，终带楚调。男优皆秦腔（所谓梆子腔是也），反可听。丙如自教一部，乃苏腔，装饰华美，胜于父优，即在全楚，亦称上泗。”想来，在山峦叠嶂的鄂西大山里，萦绕着或优雅或铿锵的南腔北调，是非常有意思的事情。

在年轻的土家女子学唱吴腔楚调若干年之后，梅兰芳才男扮女装地走上了戏台，我没有留心，梅先生是否排演过《桃花扇》这出戏，因此无法拿田土司的女优来比较，但私下一直认为，女人还是女人来演比较好。因为靠女子的才能，完全能做好表现自己这件事，何苦劳烦男人来费心揣摸呢？男人恐怕更多要揣摸的是如何做好一个男人，仅从这个意义上来讲，我比较赞赏田土司。

到了抗战期间，恩施成为天堑抵挡的后方，全国各路文化人纷至沓来，借这块宝贵的安全之地表现激情和才华，风云际会鄂西南。在当年的记者节上，借着捐赠“记者号滑翔机”之时，由抗敌演剧六队与青年剧社合作排演的《心防》，表现上海一群文化人如何在沦陷的孤岛上与敌寇汉奸相持的故事，“剧本没有噱头，没有恋爱，装置既不华丽，又没有漂亮的服饰与化装”，但仍然吸引来十分拥挤的恩施观众。一位叫易水的先生在迁到恩施的《武汉日报》上发表剧评，写道：“这便是恩施剧坛已经走向现实主义演出的结果！它已经摆脱了欧化的演出。”

既然都已经讨论到欧化了，那些曾经华丽过的戏剧音乐也一一在恩施展露，从法国回来的女高音歌唱家的高跟鞋踏响在山城小小的巷道里。还有将军叶挺和他穿着旗袍、面容姣好的夫人并肩漫步在小街上，虽然身后跟着大群特务警卫，但恩施人完全可以近距离地看清将军的浓眉。他们创造了某种氛围，让本来开放的土司文化与外来文化水乳交融。至于这些文化如何影响了后世，留待众人评说。

久远的土司文化让人想到，物质丰富交通便利的中心城市并非也就是文化的中心。城市或许只是将许多文化的表现罗列在一起，透过表层的喧哗，常常可以感到其底气的不足，因此不必向它们顶礼膜拜。而偏远地区的文化未必就是以落后愚昧为代名词，或许我们应该更多注意到文化差异带来的不同特色及底蕴，而避免简单地评价高下和优劣。

其实在我身边的都市文化里，就有着小小恩施的脉动，比如前几年突然风起云涌的“土家掉渣烧饼”，就是恩施土家姑娘的杰作，一夜之间红遍大江南北，又在很短时间里销声匿迹。这样的出现和消失对于都市来说司空见惯，但花开花谢其实都沿由它的根蔓。中国城市化兴起的背后，是无数个“恩施”的支撑。

来自不同的“恩施”文化供养着日益庞大的城市需求，从电视屏幕上，我们从来没有这样密集地听到“中国民歌”，以至听得都快忘了王洛宾。黑土地的赵本山带着他的小品、二人转和刘老根，端给亿万观众一道道东北菜，火爆得他都有些不好意思。更别说一个声嘶力竭的阿宝，搭块白毛巾就跟美声男高音唱在了一起，不那么好听也不那么难听。东北的“恩施”西北的“恩施”，都市文化就是这样建构起来的。

而显然，有某些更珍贵的东西在被人们忽略，除了日见增高的大厦，越来越快的火车飞机高速路，修饰华丽的梅兰芳，还有什么更为遥远更为深沉的呼唤，在我们心上沉甸甸地划过呢？每天去到后海大翔凤胡同的《民族文学》，那一带是梁思成的北京建设方案遭到否定之后，大批的北京古建筑被拆除，仅存不多的老北京痕迹。会碰到一群群从陕西来的三轮车夫拉着老外从胡同里穿过，他们大声大气地给老外们说，胡同这一词呀，来自蒙古语，水井的意思。又说这大翔凤胡同啊原来实际上叫“大墙缝”，可不是，窄窄的一条。大墙缝里的《民族文学》，挺有意思。

杨秀武（苗族）《人神共居的地方》节选

捣衣石
沿着曾经叫夷水
后来叫清江的河流
我蜿蜒地走
蜿蜒抬头五峰山的一块绝壁
一幅蜿蜒抽象的岩画

捣衣石蜿蜒
与另一种事物蜿蜒
母亲她们坐着一排蜿蜒
蜿蜒揉着各自的心情
水里波动的天空抖得蜿蜒
两岸山色
被她们蜿蜒敲打
鲜亮的蜿蜒在身后树枝上
蜿蜒招展

母亲平凡得蜿蜒

蜿蜒得像我的女人
她的语言同样像自己的影子
找到细腻厚道的捣衣石
是洗衣人的缘分
是衣服的缘分
是一个人和这条河的缘分

——选自组诗《人神共居的地方》

常德有枫树

前些时，京城大雪纷飞的一天，去了湖南常德。从北京有直达常德的班机，那里机场很小但从抗战时期就有。人们大都知道壮烈的常德会战，但很多人却不知道地处洞庭湖畔的楚文化之地，有一个维吾尔乡，那里生活着八千多维吾尔族同胞，并曾出现过一位著名的历史学家翦伯赞。

常德是我十分熟悉的地方，我与此地曾有着千丝万缕的联系，但也是很久之后才得知，除了古今闻名的桃花源，还有一个被人称为维吾尔第二故乡的枫树乡。去年我与《民族文学》的几位同仁来到常德，并邀约了全国数十位关注少数民族文学的评论家，在常德召开了研讨会，因为时间紧，没来得及去枫树乡一看，心里一直觉得遗憾。今年所幸常德文联再次举办文学笔会，让我们有了专程拜访的机会。

天上飘着细雨，枫树乡的一间屋子里烧着一盆多年少见的炭火，红色的火苗欢快地跃动着，吸引了我们一行。大家围坐在火旁，听当地一位有学问的翦先生讲述维吾尔族的由来。枫树乡年轻的女乡长坐在一旁，面带微笑，不时恰到好处地插上几句。

在他们俩的介绍中，我们得知早在14世纪中叶的洪武初年，明太祖朱元璋为了平定南方叛乱，起用了哈勒的后裔、时任燕京总兵的哈勒·八十为大都督，率众将南征，进入湘楚之地。哈勒·八十英勇善战，朱元璋喜他翦除叛敌，将其晋封为“镇南定国将军”，加封“太子太保”衔，并赐姓“翦”，更其名“八十”为“八士”，这便是常德翦姓历史的开端。这里的维吾尔族大多姓翦，给我们讲述的翦先生与著名的翦伯赞同一个家族，且辈分很高，原是一位工程师，退休之后非常投入地做了维吾尔历史的研究者。

女乡长也算得是本地人，却是姓薛，她有一个汉名，也有一个维吾尔名，叫帕依古丽，古丽在维语里是花儿的意思。在新疆有很多的古丽，常德枫树乡也有这样一位古丽，她皮肤白皙，眼眶微微凹陷，确有一些维吾尔人的特征。古丽乡长大学毕业之后考上了公务员，曾在常德市机关工作，可因为家乡需要，她非常高兴地回到了枫树乡。

作为乡长，古丽经常接待来自新疆的维吾尔族和其他民族的乡亲，据说有一位小伙子是不远千里骑着摩托车来的，说当年祖先从新疆骑马来到了南方，他也想尝试一下，但毕竟有诸多不便，便以摩托代替了。维吾尔一些著名领导人司马义·艾买提、铁木尔·达瓦买提、司马义·铁力瓦尔地等都曾来过，并留下了墨宝，一些远道而来的乡亲也都留下了好多签名。古丽说，这些来往使新疆和湖南彼此感受到民族亲情，其乐融融。

踏着久远的历史足迹，我们在女乡长的陪同下，走过烟雨朦胧的田野，参观不远处的哈勒·八士陵墓和清真寺。一路回味出生在这片土地上的翦伯赞那篇充满深情的文章，《我的氏姓，我的故乡》：“我的氏姓，不见于中国史乘，亦不见于历代所撰的氏族谱，……但是我查我的族谱，我的氏姓与周礼翦氏之官，毫无关系，而是明代皇帝的赐姓。我的族人，也并不是所谓‘黄帝’的子孙，或是大汉族的一个宗族，而是来自新疆，所谓西夷之人也。”他在文中还写到因为历史的飓风，他们这个族群就像沙砾一样被卷刮到了新疆之外的地方，然后一代代生存下来，这里跟新疆一样，成为他永远的故乡。

翦伯赞先生对中国历史研究精深，他一生著作丰沛，曾主编《中国史纲要》，著有《中国历史哲学教程》、《中国史论集》、《中国史纲》、《历史问题论丛》、《先秦史》、《秦汉史》等，他洞察古今，深远又不无苍凉地描述了自己族群的迁移，让我们的眼前仿佛浮现出一幅幅白旄黄钺、篝火马鸣的画面。家乡人正在为他修复故居，那是一幢典型的南方民居，木石结构，青砖青瓦，面对着广阔的田野，不日便可供人参观了。

旁边有一所学校，正在上课。古来常德便学风甚厚，文人如云，写出多少锦绣文章自不待言，奇女子丁玲“纤笔一枝谁与似”，倾倒无数人。从常德走出的丁玲后来在京城的什刹海有一处居所，现正为《民族文学》办刊之地，我们进出小院，便不禁想起当年这位文小姐武将军，她给后人留下的无穷回想。而与她同是老乡的翦氏家族又给常德带来了独特的伊斯兰文化，保留至今。

走进那座屹立在南方乡原之中的清真寺，朴素庄重，墙壁上挂着的箴言格外醒目：这里的人们，你们要珍惜五个时光，不要荒废，活着的时候不要等死；健康的时候不要等待重病；空闲的时候不要等待忙碌操劳；少年时候不要等待须发皆银；富裕时不要等待一贫如洗。爱读书的古丽乡长告诉我们，枫树乡的人非常重视自己民族的宗教和文化，祖先很早就建立了珍贵的族谱，将这一切视为最重要的财富传给后代子孙，因此他们可以很骄傲地意识到自己是有根的人。

这片南方武陵沅澧地方，果真是多种文化汇聚之地。常德一词最早出于老子，“为天下溪，常德不离，复归于婴儿。知其白，守其黑，为天下式。为天下式，常德不忒，复归于无极。知其荣，守其辱，为天下谷。为天下谷，常德乃足，复归于朴”。老子将如婴孩一般纯真自然的良好德行，就像是能包容天下的溪谷一般的情操称为常德，告诫人们虽知好的名声能让自己显得尊贵荣耀，但仍能坚守平常无奇的位置，常怀谦卑柔软之心，就像包容天下的溪谷一般，才能德行富足，自然朴实，为天下人的榜样。

沅水河边，常德十里诗歌墙镌刻了先秦以来有关常德的诗作及中外名作1530首，由全国及海外的1213名书法家书写，赵朴初、沈鹏、启功、臧克家等大家都在其中，此墙被台湾著名诗人余光中称为“诗国长城”、“半部文学史”，更有民间赞誉为“三绝诗书画，一墙天地人”。常德文学界自1995年以来，连年举办文学笔会，至今已有18届，南来北往的文人墨客远道而来，更有当地7县2区的作者代表。当地人口625万，其中少数民族48万之多，有土家、苗、侗、蒙古，还有枫树乡的维吾尔……他们共同参与这些笔会，续写着新的诗墙。

汉字的奇妙无与伦比，有形有意，会给人的视觉直接带来许多联想，“常德”两字看去，就是一副敦厚朴实且富足的模样，恰如老子所云，“为天下谷，常德乃足”。桃花、枫树，这些中国文化中最美丽的植物都扎根于此，装点着这一副模样。

确实，湖南这地方是有枫树的，过去人们一直称北京香山、苏州天平山、南京栖霞山和湖南长沙岳麓山为四大赏枫胜地，常德与岳麓山脉相去不远，当年的火红枫叶一定是相互辉映的吧？“停车坐爱枫林晚，霜叶红于二月花”，秋天的常德枫树乡，该是怎样一番令人神往的景象呢？我这样问乡长古丽，她沉吟了片刻，说早先这里的确有许多枫树，但后来在各种运动中被砍伐了，眼下他们在不断恢复栽种，或许再过些年就有了真正的枫树林了。她的话让人遗憾，又生出许多期待。

米娜瓦尔·艾比布拉·努尔（乌孜别克族）《热土》节选

此刻努尔敦老人又忆起了那段历史。祖辈的故事仿佛一部电影掠过他的脑海……

从撒马尔罕出发的驼队伴随着驼铃在这荒无人烟的古道上已经行走了近一个月。队长扎克尔江虽然走在驼队前面，已经潜入对未来日子、对“异国他乡”的诸多思考之中。祖祖辈辈在这古丝绸之路上日夜奔波的这位商家公子憧憬着未来。他想：“我的祖先已经在这条古道上行走几代，随着时代的变换，人类观念的更新，我们乌孜别克人不仅在中亚细亚经商，有些人已经到了俄国，有些人甚至去了更远的地方。我这次带着自己的商队来到父辈经常来往的中国，寻找祖先的足迹，开辟自己的新天地……”远处高山巍峨，雄伟的山峰俯瞰历史的风雨，暮色苍茫，任凭风云掠过。他看到天山山脉的托木尔峰，情不自禁地深深叹了一口气，眼圈也开始红了起来，开始哼着《故乡情》这首古老的民歌，继续着他的行程。

他出发之前已经得知明朝政府最近被推翻，建立了清王朝。为了在那片热土安家，这次驮着大批布匹、火柴、糖果、眼镜、钟表等商品的几十峰骆驼，还带着去年才娶的爱妻穆尼莎罕以及两个弟弟。

——选自《民族文学》2013年第一期

桃花源中旮旯

走进读者视野的阿满带着她的小说《双花祭》，以她柔韧细密的女性意识，发出男性强势群体话语之下不同的声音，她的笔触指向女性的一些“旮旮旯旯”，揭示出鲜为人知的女性隐秘，更以一番惺惺相惜的姿态，描画了女性之间互相倾注的情爱，显示出女性的自我保护意识，以及对女性善良大爱的钟情肯定。

阿满一直生活的湖南常德，是美丽的桃花源之乡，也是著名作家丁玲的故乡。在现代文学史上被人公认曾着力于女性写作的丁玲女士，曾以梦珂与莎菲女士一类女性形象的塑造打动人心，既有对封建礼教压制的反抗，也有对男性色情奴役及异化爱情的批判，体现了女性在异化的社会面前自我意识的觉醒。

同是桃花源中人的阿满经历颇为丰富，她的父辈是从东北南下的满族人，她当过兵，在常德市委机关工作多年，以她女性细腻的观察体验，对女性的书写有着非丁玲时代的相同觉醒和不同的开掘，其小说集《双花祭》获得丁玲文学奖一等奖。或许可以说，这正是两个时代之间女性文学的某种奇妙连接。

中篇小说《双花祭》讲述的是一对女兵的情感纠结，敏与慧的相互欣赏和怜爱，像电流一样通过全身，是手语，是目光相交……阿满对于趋向同性恋的纯情描写，节制唯美，充满诗情画意，找不出污浊和放荡。最初的眉目传情只是敏看着慧扑哧一笑，而慧的眼

蒸蒸日上　　宋明亮 / 摄

喜迎春　　陈瑞元 / 摄

泼水节　　许育彪 / 摄

睛溅起一朵浪花。她们在澡堂里说话洗澡，因为人多，她们共用一个水龙头，“水珠带着慧的体温弹到敏的身上，又带着敏的体温弹到慧的身上，像众多活泼可爱的小舌头，有意无意地舔着对方。那些水珠子又很热闹，发出哗哗的声响，仿佛是无数的小嘴巴，喋喋不休地说着它们才懂的语言”。在逐渐走进的心灵世界里，接下来她们彼此发现，原来女人也是可以被女人欣赏的。

而小说中与两位女主人公都有过交往的男性李云飞却是一个作风败坏，同时追求招惹几个女孩子的人。不管敏和慧经历了多少情感的考验，到最后，敏还是要救慧，就如慧要救敏一样。她们相互依赖，相互欣赏，谁也离不开谁。

这种女性的相互欣赏，还在阿满的另一部小说《花蕊》中更为曲折地展开。妇科女大夫刘利熟知女人的身体，并认同许多女人“上半身漂亮下半身不漂亮”，电视主持人乔曼便是以这样的形象走近刘利，但随着了解的深入，这两位经历截然不同的女人却开始相互理解，相互给予精神的慰藉。

这种理解的产生，根本来源于潜意识里感觉到男性的不安全不可靠，甚至不如现代科技制作的健慰器。小说的最后，这两位已经成为朋友的女性虽然远隔千里，却在电话里以同样的频率嘻哈。但“笑着笑着，她们都没了声音。她们感受到了不同部位的隐痛，一种同样的悲凉，同时袭上了她们的心”。

女性主体意识的自觉在现代社会里以经济的独立，更以精神品质的诉求显出不可抑制的趋势，且愈来愈普遍，也愈来愈成为不可忽略的文学表现。从另一个角度来看，女性意识的强烈还来自女性所受到的损害而激发的本能的自我保护。

在阿满的小说《两室一人》和《旮旯》里，分别写到了女性所受到的侵害。一位刚走上工作岗位的女子，与一个既保守无趣又猥琐的男子相处在一个逼仄的办公室里，日复一日，年复一年，年轻女子不仅要忍受自小只能独自面对的一种恐惧，“它来自十二岁我对自己的发现：身体不同了，有一股血腥从下体弥漫开来。原来那里寄居着一个神秘的器官。它像个怪物”，更添加了与一个不喜欢男人相处的恐惧。

但强大的社会压力使她不得不走进这扇窄门，“社会有若干的门。我总得进一个”。机关里无处不在的“内参”，比电子眼还要厉害，她不得不一再忍受对面这个猥琐不堪的男子的性骚扰，使得年轻轻的自己压抑苦闷，心理和生理似乎都早早地进入了更年期。

《旮旯》触目惊心地描写到一群童女稚嫩的性成长，以及在此期间常被大人们忽略的女童性心理以及特别容易受到的侵害。

小说描写的场景是一个充斥着陈腐气味的药材公司，那里或许存在九千九百九十九个旮旮旯旯，嫩芽一般的女孩儿穿行其间，时刻会遭遇意想不到的伤害，遭遇装着桂花糖、柚皮糖的糖药炸弹，会将女孩的未来炸得粉碎。

那是一个与大人们的世界相隔离的世界，大人们纷纷忙碌着自己的大事小事无聊的事，却很少试图去了解童贞的心灵，究竟有什么欢乐，有什么困惑和苦涩。小女孩葛月就是这样在大人们的眼皮下受到蹂躏，小小的生命就如人间蒸发一般消失。

关于女性的写作，自新时期以来常有惊世骇俗之作，尤其以 20 世纪 90 年代以来，女性文学的兴起成为重要的文学现象。目前我们仍然处于社会的转型期，需要重新构建的价值体系在女性问题上却显得苍白无力，甚至历史上被否定的一些腐朽陈渣倒喧嚣而来，女性所扮演的社会角色仍然大多以男性化的视角定位。深刻反思女性的存在意义、自身价值及女性的命运，唤醒迷失的自我，肯定和实现自己社会价值与人生需求，呼唤真正意义上的男女平等，是这个时代不可或缺的重大需求。

阿满着力开掘的那些真实存在的旮旯，那些女性难以言说或被人忽略的心理苦痛，很值得人们细致地琢磨。诺贝尔文学奖获得者英国女作家莱辛曾以女性题材的描写而引起社会大哗，她对此不解：“这都不过是女人们在厨房里天天唠叨的事情罢了，各个国家皆是如此。有些人竟如此震惊，倒着实让我吃了一惊。”显然，对女性命运的书写，整个世界都需要更多的关注和包容。

阿满不是一位专业写作者，她的写作跟她的生活态度有关。生活在桃花源中的她爱美，喜欢文学，这些原本的追求使她丢弃了很多功利的考虑，不加束缚而比较自然地遵从自己的生活体验和内心的召唤，相对自由地展开思考和想象。

但与此同时，这也使她的作品还显得给力不够，流露出某些随意。芳草鲜美，落英缤纷，那些“旮旯”应该给人带来更大的震颤，她应继续前行，如桃花源中的行者进入那个小小的山口，或许便又是豁然开朗。

阿满（满族）《旮旯》节选

县药材公司是抛在河边的一堆肠子。

经理的女人身体不拉风箱的时候，人们常看见她在河边洗苦瓜。葛月妈患的是肺气肿，三百六十五天有三百天不新鲜，竹帘子胸脯哗哗作响，满脸的苦瓜纹，她自己不新鲜偏偏爱干净得不行，药材公司不是没有自来水，一般人只有洗叶子菜才到河里去，但她洗苦瓜也到河里去，拿个鞋刷子，小心翼翼地清洗着苦瓜的皱纹。

风箱爱干净出了名，她说药材公司的女人下身有清凉油的味道，男人的毛孔里有当归柴胡的味道，就连葛经理也不能在她的面前打嗝，因为她从来处看见了万千叠嶂。于是风箱不喜欢跟人接触，涂美云是个例外，她们常在河里相遇，涂美云每天早晨要给哥哥洗尿片，先天性尿床。天晓得她是怎么和经理女人说到一块去的，经理女人说，涂美云你很懂事，俺家葛月你要打她的招服，莫让她摔到哪里了。那是，那是。涂美云应道。

一天，葛经理从乡里把侄女带了来，任命她为葛经理家庭的副经理，职责是三餐饭、洗衣、招服风箱、管理好葛月。侄女十七八岁的样子，身体蓬蓬勃勃，器官活蹦乱跳，吃饭拿大碗，吃肉拣大块，甚至经常和葛月为一块瘦肉发生碰撞。风箱就说，看哪一天我要把她赶走的。但说归说，风箱反倒先走了，副经理还没有走。侄女副经理没个正经名字，大家都这么喊：幺妹，葛幺妹。别人喊一声葛幺妹就答应了，但葛经理喊她搞事，起码要喊两三声，她才听得到。

——选自小说《旮旯》

乡村情感

或许，在我们的视野里，乡村从来就是田园牧歌式的情景，甚至当人们在工业化气息所笼罩的城市久居而憋闷之时，常常想到的就是逃离城市，去到乡村。荷塘月色，田埂香草，还有炊烟下的黄昏，小河边的村姑……是让古今文人墨客着迷的经典话题。然而，在年轻的散文家江少宾笔下，显然有着别样的情景，在我们所惯常感受到的乡村的辛勤与慵懒、优美与偏僻等等之外，更有着一种深切的痛楚，正如这本散文集的书名“打开的疼痛”一样，他将乡村展示开来，却是一种从心里展开的疼痛，让我们皱紧眉头，也随之疼在了心上。

从小长大，江少宾是在他的故乡—— 一个安徽的小乡村牌楼度过的。村子最初唯一的子民是他的曾祖父，从婺源（旧隶古徽州，现属江西）迁徙而来，小村背倚巢山胸怀白荡湖，同无数个村庄一样，在中国古老的土地上，乡亲们结庐而居，生儿育女，互为婚嫁。没有人统计过，小村牌楼孕育过多少人口，有多少人长眠于小村背后的巢山，又有多少人客死异乡。所有这些，都泯灭于时间的深处，像从来就没发生过一样。

乡人，也就是江少宾的一个个亲人，在他的身边生与死，熏染着小小少年的心灵。在他生命最初的记忆里，是妹妹的出生。母亲的呻吟像一把锯子，在那个雨天的清晨间歇性地切割，让幼小的他在一条新生命即将诞生之际却感到了死亡的恐惧。乡村生命的来临没有任何庄重的仪式，生儿育女，只是一场黑灯瞎火里平常的性事，说来就来，乐此不疲。乡村妇女的生育，更多的时候并没有意识到与生命本身隐秘的联系。而接生的女人或男人，像唤畜生一般吆喝着，或拿着把生锈的剪刀，一面骂骂咧咧，等着剪断脐带了事。在那个偏僻的乡村，每年都会有几个临盆的妇女，在生育的过程中死去，直到停止呼吸，鲜血还在触目惊心地奔涌。

而同时，那些暗夜里传来的暧昧声响，男人粗重的喘息和女人母兽一般的呻吟，让少年惶惑心悸，揣摸到生命的来临除了欢愉，还有一代代流水一般的延续，夹杂着汗淋淋的疲惫和无奈。生与死的对立和相互依赖在乡村是如此鲜明，又如此自然。虽然"乌鸦的鼓噪过后，往往真的就会死人。娘后来甚至积累了丰富的经验，能从乌鸦的叫声里听出一些更为隐秘的东西，比如死者的年纪，比如死者的大致方位，这时候的娘总是一脸的伤感，她静静地坐在门槛上，仿佛看到了时光后面的东西"(《倦鸟》)。

乡人们的离去，灵柩大多极其简陋，一口逼仄的棺木，就将熟悉的亲人送到了另一个世界。外婆在他大二那年暑假里去世，静静地躺在猩红的灵床上，脸上布满了至少五百道褶皱，像是块风干了的树皮。还有在他的心窝里渐渐凉去的祖父；半夜起来小便，一个踉跄之后就撒手人寰的三娘；只比他大六岁，用大半瓶农药结束自己生命的三坡堂兄；还有五叔、外公、三伯……生生息息，在乡村，原本就是这样寻常。如同庄稼，一茬茬的，发芽成熟收获枯干，以至消失，又如同风和水，来无影去无踪。因此一个人的黑暗，原来也并不那么可怕；一个生命成长的旅途，原来也并不那么荒凉。

生存的痛楚，对一个曾在荒凉的旅途中跋涉的少年而言，也是同样的彻骨。这不仅是他自已从小就像一个包裹似的被传递，体味到人生的细微悲凉，更有对乡亲的若干痛惜。如没有名字的哑巴，在昏黄的光线里，她的眼睛会有闪烁的光亮，会有羞涩而让人生出大把惋惜和痛心的微笑，然而却在人们集体无意识的冷落之下，像水消失于水，在这世上没留下任何痕迹，只有在作家的梦里，给了哑巴死的权利。还有仿佛风消失于风的天然不省人事的孬子三娃；随风雨而去的漂亮二嫂的青春和爱情；被尘埃吞噬的一表人才的朋友的友谊；曾救过他的命却变得十分陌生的红海……一道道不同色彩的生存痕迹，带来他无法抹去的忧伤。

江少宾沿着乡村小道走进了城市，他努力学说普通话，内心深处怀着强烈的自卑与自尊。从土话到普通话，显示了一个乡村少年的脱胎换骨，“一个孩子一旦接触到普通话，普通话就成了他的方向，而土话则成了他的敌人。一种话语所代表的文明以及文明背后的力量，从来都无与伦比，一直都居高临下。也正是这些共同构成了土话的天敌，构成了城市对农村和农民的威慑、歧视和阻拦”（《我的幸福是一种罪过》）。虽然他在一点点地远离田地、稼禾、老屋与村庄，但城市化不能阻止他对乡村的频频回首，时常忍不住去亲近农舍亲近土地。回想乡村丝丝缕缕的温情，那里有虽然破烂但总给人们希望的小小邮筒，有老旧但家常的茶馆，有少年痴迷的电影院，还有情窦初开的杨柳岸，但在回首中感受更多的还是母亲一般的乡村的伤痛迷茫。

这种痛苦其实来源于整个中国由农业化向工业化、传统经济向市场经济转型中的痉挛，在一阵阵不能自已的浪潮中，我们身边的许多事物都逐渐面目全非，进入城市的江少宾以更加开阔的视野注意到这些：在乡村，那些勤劳而质朴的乡亲似乎都失踪了，老黄牛似的品质，好像也不见了。对于一没有专业技术二没有文凭的农民工来说，最合适他们的工作，只能是风餐露宿的建筑工地，在这里失去了姓名而只有1、2、3、4……即使有文化的乡村人进入城市，也犹如进入了一个空洞，被不动声色的灰尘、嘈杂的市井，或尖叫的钢铁所包裹，人与人的隔膜使得两米之外即是谜。

在江少宾的笔下，乡村正以前所未有的速度在悄悄地变化着，有些让人始料不及，也有些让人啼笑皆非，在伤痛的同时蕴含着希望。王七尴尬的世界杯，二爷叔侄对土地的争夺，走在土地上衣着光鲜的返乡者，会算账的年轻人，知道没了“三提五统”之后的种田划算，茅屋里的孤寡老人相守的半导体……为我们揭开了一幅幅不尽相同但又都闪现着爱和暖意的乡村画面。

作为一个职业记者，江少宾信守一定的职业原则，作为一个作家，他更多地探知人的情感及内心世界。正如他自己所言：与农民兄弟相比，有一些所谓苦痛，显得无耻和矫情。他所要告知人们的是，在中国乡村，那样一个广大的人群真实的生活状态。用其富有张力的叙述，展示了时代变迁中的芸芸众生及深度情感，具有原生态的描写体现了作家对生活的感悟及写作天赋。那些真实独特的细节带给读者的惊诧，虽然有着切肤的疼痛、无奈和悲凉，但潜藏的美妙和爱意又同时耐人寻味，让我们再一次相信真正从生活出发，从心灵出发的力量，从这一面镜子里探知了我们身处的时代和潜藏着的人性奥秘。

孙宝廷（阿昌族）《阿昌女人》节选

在滇西大山深处，以山为背，以地为衣，生活着一群勤劳善良的阿昌女人。她们的梦是属于山的，她们的性格是属于山的。水田样的思想，长坡样的爱情，大山孕育了她们无限的情怀和无限的爱恋。

阿昌女人的梦是天上不会说话的星星。阿昌女人的梦是春天玫瑰色的漫漫长空。山花一样开放的阿昌女人，她们把无限的希望交给黑夜，让天上的星星点亮爱情。

但是，人生的漫漫长路里，无数阿昌女人甜美的梦在辛勤的劳作中失落了。从出嫁那天开始，她就注定要经受无数的磨难和艰辛。注定要在男耕女织的劳作里耗尽青春。曾经听到一个极漂亮的阿昌女人说，她嫁给她的男人并不是因为爱，而是觉得没有女人的他太苦，她嫁给他是为了分担他的一份痛苦。瞧，阿昌女人的心是如此宽广仁厚，如广阔无垠的蔚蓝大海。时至今日，我才从她的话里读出了一种深刻的含义。

曾记得，我当兵的初衷是能找到一位好女人，那种像山桃花一样的阿昌女人。那时，故乡有这么一种说法：应征体检不合格证明你身体有问题，姑娘是不愿嫁给你的。我以赌一次的心愿报了名，可我真的好争气，戴上大红花入伍了。看着村里的姑娘们深情地为我送行，我激动得热泪盈眶。我没有来得及寻找的恋人，你为我祝福着吗？我在心里不停地想着，询问着……

阿昌女人成了我永远的山。我福浅，虽然我没那福分娶阿昌女人做媳妇，感受不到阿昌女人那敢恨敢爱的性格，但是仁慈的母亲，却为我倾尽了一生的情。阿昌女人的幸福在哪里？我千百次地在母亲的身上寻找答案，答案却只有一个“累”字。我从妹妹的身上看到的依然还是“累”。一个“累”字，说来很轻松，可从阿昌女人的身上，我读到的是沉重。

——选自《民族文学》2013年第一期

花落红尘也是真

李素红的长篇小说《花落红尘》是一部饱含真情的女性话语，她的真情来自真实和真诚。

她放开了写，带着不吐不快的喷发，源于她的切身感受和她的性格。李素红是一个漂亮的人，还写得一手漂亮的书法，她几乎用一种传奇的笔法将自己的人生打理得跌宕起伏，精彩纷呈，让许多好男儿也为之咋舌。

这且不够，她有话要说，借助于笔，将她和姐妹们的人生告白于人间。她又是一个时常想入非非、敢作敢为的人。

如果说贴近时代贴近生活的文学应当提倡，而如今许多写作显然远远不够的话，李素红的书写恰恰与此相反，她是将全副身心投入当今的时代和生活的一位女子。她的贴近首先是为了谋生，谋生的过程使她具有了文学创作的丰富素材。

她不仅表现当下女性的生存状态，而且表现她们的很多精神诉求。她描写了几个乡村小女子成为都市女性的变化过程，这个过程是中国改革开放三十年，大量的乡村逐渐变为城镇，相当一部分生活在农村的人成为了城市人，他（她）们的生活经历和情感历程是社会转型期的群体缩影。

蓝琳、晨依、芙蓉、景菲这些开放在山野间的小小花朵，纯真而美丽，也有着花一般的梦想，然而因为她们是乡村的孩子，尽管她们不愿意，但一出生就带着摆脱不了的贫困和哀愁，带有社会变革需要和正在改变着的某些元素。在社会急剧变化的滚滚红尘中，这群人特别愿意打拼，愿意跟随这个时代的洪流向前，但又特别容易受侮辱、受损害。

如花一般的女人们，在狂风暴雨的浪潮中，常常会被杂陈纷乱碾作泥，有的是质本洁来还洁去，有的则是沾满泪水和污垢，随风而逝不知所终。难怪书中人物不止一次地叹道：我愿意化作尘埃，轻轻地来，轻轻地去。

由农业化转为工业化、现代化、城市化，创造着许多奇迹和浪漫，同时也无情地抛弃了许多农耕文化的脉脉温情，以近似于残酷的竞争和拼搏取代了彬彬有礼的温良恭俭让，相守已成为传说，承诺只是在一定的契约中存在，人与人的情感比任何时候都显得脆弱。

李素红是一位70后的女作家，她和她的同龄人打小感受着改革开放，如大浪淘沙，旧的东西被席卷而去，新的价值尚在人们的争辩寻觅之中。李素红以姐妹们的故事，表明女人们无奈的选择："如果有一天没有了亲情，我会等待爱情；如果有一天失去了爱情，我会寻找友情；如果什么都没有了，我会悄悄地离去。"

这在许多人看来有些奇怪的顺序含有深意，李素红想说明的体验是，或许在今天，友情比其他情感更为靠谱一些。这是女人们在曾经沧海难为水之后的一再退却，也是她们最后的感情寄托。

《花落红尘》中有许多独到也是流行的思考，让人读来常有会心之处，或是人们常议论但并未归纳，或是常从心里过但未说出来的，或是只能意会不能言传的。

比方说，"男人在他事业辉煌时，迎接他的是鲜花和掌声；而女人在她事业成功的那一刻，更多的也许是他人的猜忌和蜚语。所以一个优秀成功的女人，要有聪明的才智，女性的柔情，健康的身体，勤苦的经营”。

社会需要女人去适应，而不是适应女人。

在今天，女人比男人更需要坚强。她说女人好比是梨，男人吃几口是酸的，就把心给扔了，因此男人从来不懂女人的心。而男人好比洋葱，女人剥一层流一次泪，剥到最后才知道，实际上是没有心的。剥到此处，女人们不能不痛心疾首。

李素红的小说表达出强烈的女性意识，也折射出社会所存在的妇女问题。《花落红尘》中的男性，十之八九都是虚伪、自私的，表现在利益和情感上，表面上的正人君子韩俊连当着老婆连接一个女性的电话都不敢光明磊落，假装公事，但实际上早有情人。一旦情人怀孕，马上就翻脸不认人。而蓝琳深爱的丈夫在女儿生病时却离她而去，很快就有了新欢……这些男性浮躁、享乐至上的情节，采自目前喧嚣世态之中的形形色色，具有一定的典型性。

《花落红尘》既有对某些人性丑恶的酣畅淋漓的批判，也有对人性美的追求。主人公蓝琳及她的姐妹虽历经坎坷但仍不失内心的善良，一如江南水色，美是这本女性话语的底色。

正如李素红爱美的性情一样，对于语言的使用，也是在美的考究之中。

她以满怀真情和坦诚的倾诉完成了她的第一部长篇小说的写作，期待她日后对生活的进一步超越。其实这个时代不光是女人，男人也同样经历着纠结和迷失，大家共同面对着山的险峻路的崎岖。而女性的解放不仅需要社会的反思，或许更重要的力量是来自内心自我的觉醒。在那些个下雨天的夜晚，李素红在杭州的窗下，以她的聪颖或许比我们想得更远。

舌尖上的楚雄

好些人都喜爱电视节目《舌尖上的中国》，我去到云南楚雄的几天，也算是用舌尖体会了这个地方。楚雄离昆明有一二百公里，也有高速火车，去时正下着小雨，比北京凉快很多，但也十分喧闹。想想在那儿住过的几天吃了三顿早餐，五顿正餐。早餐离不了米线，是我比较容易接受的，但几顿中晚餐就很特别了。

到的那天已是下午四点多，当地朋友说去吃饭，我以为尚早，但却说是要去紫溪山，离城二十多公里。车开出城走了半个多小时。一路高高的樟树桉树，还有山茶。只是花已经开过了，只留下一路芳香。黄昏时到得一农家小院，也号称农家乐。饭菜上桌，除了主菜鸡汤，其他全是山间野菜，围着汤钵一圈棠梨花、白参、刺儿花、蕨菜，还有南瓜叶儿汤。

农家院旁是一座叫紫顶寺的古寺，始建于宋代，据说为一个叫高良成的宰相所建，倚山顺势，很得气势。从山顶走下，到了寺的正门，却已关闭。听说门外有一株八百多年前种的银杏，上过香火之后，管钥匙的老妇人慨然开门，果然见大门迎面那株苍劲老树，巨大的树蔸爬满了深绿的苔藓，毛茸茸的，似已枯干，但却披挂着一点点新绿，小小的叶片儿，跟树干相比十分稚嫩。想伸手摘下一片藏着，这八百年的树叶，但却够不着，本来可设法采摘，但转念一想又是何必？

直到下山回程途中，唇齿间仍留有野菜的余味，清淡的苦与甘甜，随同着山间的花香。

第二天上午抽空去看了当地的博物馆，此馆建在山上，彝族特色。楚雄是古人类元谋人的所在地，发掘的文物有石器有铜鼓。山下彝人小镇有各类货物，手工做的布裙，还有让人喜爱的耳环、银子的叶片儿，等等。下着雨，同伴是当地一位女作家秦迩殊，年纪不大但有个性，写的小说文字很好。中午随她走进小镇上一家小餐馆，大门用竹木装饰，进门便看见满地铺着绿色的松毛，散发着阵阵清香。老板娘年轻漂亮，迎过来说铺着防滑，但不光因为下雨，云南逢年过节时，家里也会铺撒松毛，好看好闻。

问从哪里采来，老板娘说有人从山里背进城，站在自家门前就会买到的。

迩殊又请来一位作家，是一位地道的彝人，见面腼腆地笑，黑黑皮肤，牙齿被旱烟熏得发黄，坐下来便叫店家拿水烟筒过来。那水烟筒有些像鄂西山里的吹火筒，但比那要粗，小店里到处可见，一排排就像火药筒似的。这顿先是上来一钵青菜汤，里面放了野山椒，看不见红色，但却酸辣十足，我怕辣，尝过像火烧一般，便不敢再喝。接着上来一盘炸蚂蚱，焦黄焦黄的，个头不小，很香。这家店本来还有柴虫、黄豆虫，但已经卖完。我们要了魔芋粉片炒酸菜、干牛肉，当地人叫作牛干巴，可以蘸辣椒粉，主食是苦荞米饭。

点菜的女作家秦迩殊后来从网上告诉我说："知道北京人怕辣，但是到了楚雄，难道点一些寡淡无味的四不像的菜品来吃吗？叶老师很勇敢，开始犹豫着怕不能吃虫子，还是点了。彝族菜品里不可或缺的除了羊肉，还有昆虫，食材很多，只是想让你品尝不同的东西，即便暂时吃不惯，细细品咂下来，却有别样滋味，也能记住楚雄。”看来迩殊的好意和她的文字一样，都是有讲究的。

实际上，这些饭菜都是楚雄人爱吃的家常饭菜，很禁饿，但晚饭总归是要吃的，当地的作家李咏头年上过鲁院，鲁院分配让我与他和另外几位作家联系，所谓弟子。弟子知道我不喝酒，只叫了他的一位同事作陪，说去吃菌子。那人看去比李咏老成但善谈，是贵州人，当兵后转业在此，娶了楚雄的媳妇。几人围坐，桌子中间是一个凹下去的火锅，半锅鸡汤，说也可以是鸽子汤，但我表示鸽子是不能吃的。汤浓而白，放进牛肝菌、羊肚菌，煮过四十分钟之后汤水翻滚，如盛开的朵朵梨花。李咏说这样煮过的菌子才能吃，否则容易中毒。桌上另有一盘坚硬如铁的蚕豆，一盘瓜子，似为磨牙。浓汤开锅，连同菌子盛在碗里，入口即化，鲜美无比。

按理是应喝酒的，但我一直不善酒，弟子开车也不能饮，只有那位善谈的男士独要了一杯当地的泡酒，红褐色像葡萄酒，但却是苞谷酒泡的玫瑰，颜色诱人。我听李咏与这位早已定居云南的贵州人说了许多当地的民情家事，给这顿饭添了味道。闲聊到楚雄的方言，他们的话里动不动就有“鬼冒火”、“别把我的火眦出来”、“恼火得很”这些话，楚雄是爱吃辣的地方，这些方言句句火气都挺旺，但意思各有区别，用在不同的地方，甚至有时含赞美之义。十里不同乡，百里不同音，桌上说得有趣，又拿云贵川做了一番比较，中国不同地域不同民族的语言实在太丰富，而且民间创造层出不穷，俯拾皆是。

次日上午与当地几十位作者交流，楚雄州素有崇尚文化的传统，如今全州有中国作协会员 8 人，省作协会员 79 人，更有不断出现的新人带着锐气和灵秀走进文学队伍，蔚为壮观。快近中午交流结束，主持人胡性能——云南省作协的秘书长，说还要与当地几位老作家会一会，便随他去到街上一家不大的酒楼，一位留着胡须的先生和几位已端坐在桌旁，听介绍方知这位说话豪爽、留胡须的先生尊姓大名为马旷源，是一位被称为“文章旷源波澜阔”的回族作家，著有《〈西游记〉考证》、《回族文化论集》、《雁峰书话》，长篇小说《忘川之恋》、散文集《飞海寨》、诗集《边城风云》等。

坐下来便听马先生招呼上菜，这家酒楼却是专营野味，接连上来的均是野猪肉、野麂子肉、野鸡肉之类，烧烤炖炒，色泽红酱，也看不出端底。我心生疑惑，想哪些是应受保护动物呢？曾受章仲鄂老师的夫人高桦介绍加入野生动物保护协会，高老师热爱此项事业，不时策划一些相关写作，我已深受感染。于是这顿饭我吃得小心，大半只吃了盘中的青菜，菜却也是不太叫得出名字，味道带着田野的青涩，想来也是野的居多。吃着吃着，马先生唱起歌来，他本是云南腾冲的回族人，但来到楚雄已是多年，大家都称马先生性情中人，爱楚雄爱民族文化溢于言表，这会儿唱的是当地的彝族踏歌，又情不自禁在桌边跺起脚来，以筷敲碟，似击鼓而歌，并将圆桌当作了火塘，脚跺得嘭嘭响，果然性情之人也。

离开楚雄前的晚餐是在郊区的一处农宅，门前平地停满了车，看上去十分红火，据说要提前预订才行。这饭庄专做野生鳝鱼，180元一公斤，院子装修朴实敦厚，矮矮桌椅，土碗土酒。小姑娘穿梭来往，风风火火，先是端上来一个大瓦盆，比脸盆大且深，褐色浓汤，肥厚的韭菜叶子漂浮在鳝鱼片上，还有红辣椒和一些说不出的调料，味道极其鲜香浓重，简直觉得再不会有什么菜肴比它味道更重的了，那鱼片肥厚却丝毫不腻，入口就化了，小小骨头似乎从齿缝间自个儿就滑了出来，并不费半点工夫。从前在湖北，也是常吃鳝鱼的，但人说一般过了端午就不再吃，这时虽已过端午，但入乡随俗，加之味道诱人，也就顾不上许多。同行一对夫妇，美人正在减肥，边吃边叹息，说这一顿等于把最近一个月的晚餐都吃了，多日努力付之东流。话且说着，手里还是动着筷子，或者想，过了这村又去哪里寻这店呢?

走的那天清晨，还想吃米线，但时光太早，餐厅尚未正式开门，说是只有红汤面，以为红汤定是极辣的，却见红汤漂绿叶，煞是好看，便忍不住尝了一口，味道好得让人意外，就一口气吃了下去。回想在北京，已经好久没吃过南方味道的面了，总觉得北方的面条没煮过心，吃着硬硬的，且一般用大葱，少了小葱特有的香。这碗云南楚雄的红汤面色香味俱全，让我再一次认定，面条还是南方的比较好吃。

但这只是我的口味，北方人一定是不会同意的，就如文学，众口难调，还是各创风格，各具特色，各有千秋吧。

潘灵（布依族）《采访康泰老人》节选

我试图让面前这位叫康泰的老人回忆起他年轻时与云玄老人的交往，但我最后不得不承认我的一切努力都失败了。康泰老人说，读书人，你是问我年轻时跟云玄的事?年轻时，我好像天天跟云玄在一起，好像天天都在山上放羊，早晨撵了羊上山去，晚上又撵回来，好像就这些。我人老了，只记得这些了。

康泰老人记住的那个撵了羊上山又撵了羊下山的云玄跟我要了解的云玄毫不相关，尽管康泰老人记忆中的那个云玄就是我想要了解的云玄。我心里清楚，康泰老人讲的那个云玄是他康泰心中的云玄，但在康泰心之外，还有一个云玄。那个云玄是属于艺术的云玄。我问康泰老人，老人家，你知道艺术吗？康泰老人很费劲地听清楚了我的话，他先是迷惑，继而又摇了摇头。我知道我这样问康泰老人真是蠢透了，康泰老人怎么会知道……就在这时，康泰老人说，艺术，是不是我们这座山里某家的闺女？康泰老人的话让我啼笑皆非。我说，老人家，艺术不是闺女。康泰老人说，哦，哦，那就是山里某个男人了。我说，老人家，艺术不是人。康泰老人又哦了两声，说，我明白了，你是说我们这山上的某只羊吧？我说，不是。康泰老人听我说不是更加迷惑不解。康泰老人说，读书人，那艺术到底是什么呀？

我想告诉康泰老人艺术什么都不是，艺术就是艺术的时候，康泰老人又胆怯地小声问了一句：

读书人，艺术不会是魔鬼吧？

我被康泰老人弄得哑口无言。其实，我是被康泰老人的话震慑住了。康泰老人怎么会把艺术同魔鬼连在一起呢？也许，艺术就是魔鬼。

——选自《民族文学》2013年第一期

同袍同泽

我与成都的几位年轻军旅作家似乎有缘，最近几年，在鲁院的安排下，年年与高研班的作家来往。按鲁院的方法是用拈阄儿来确定联系的对象，鲁 15 时拈出了王甜，鲁 17 拈出了王龙，他们都是成都军区的，并且在一个单位，如果要故意从玻璃缸里的几十个字条中将他们踅摸出来，这种概率实在是很小，但居然都碰上了，只能说是一种缘分。

王甜跟她的名字一样，长相甜美，说话也甜，初时不知道她写了什么，后来才知道其实她已经发表了不少作品，并且准备创作一部反映新兵连生活的长篇小说。我们在一起聊的时候，说起她的书名，跟随我的另外几位鲁 15 热烈地讨论了好一阵。她用不太自信的表情说："我这书名已经想了好多个了，目前叫'枪膛里没有子弹'，大家一致认为不够好。"

我说书名当然很重要，就好比画画，取名或标题字就是点睛，一切会因此而生动起来。再后来，出版社的编辑也帮她想了好些，"尖叫的子弹"、"枪，你有名字吗"，仍然都觉得不太满意。直到她写完了，鲁 15 也结业了。有一天她来了电话，说最后定的书名叫"同袍"，取自《诗经·秦风·无衣》："岂曰无衣，与子同袍。王于兴师，修我戈矛，与子同仇。岂曰无衣，与子同泽，王于兴师，修我矛戟，与子偕作。"袍是长衣，泽是内衣，形容军人们相互友爱，情同手足，与王甜所写的新兵的战友们相濡以沫倒是贴切，虽然可能一般读者乍一读来得稍费琢磨。

在书名的想象之中，可见王甜对这部长篇小说的呕心沥血。书出版之后我读到的第一感觉是颇为吃惊，王甜五年的心血没有白费。我对当代军旅小说的了解是从周大新、裘山山等人那里得到的，他们的作品显然与50年代大家耳熟能详的军旅文学有所不同，而王甜的这部小说又一次让我们感到耳目一新。

新时期以来的经济大潮波涛汹涌，冲击着社会的各个方面，包括军队，而在信息化、工业化、科技化的时代里，军队建设及军队文化的建设，也都发生了巨大的变化，新时代的军人生涯让读者有许多期待。王甜的小说给读者一个满足，描写了在新时代背景下的红色青春。一批地方的大学生走入军队，经受了想象不到的磨炼，表现了当下青年对理想信念的追求；各种不同的价值观得以充分体现、改变和完善，年青一代的家国意识在理想的召唤下，在和平年代里产生了飞跃，有了新的质的认识。

青春的抒写，伴随着爱情、生命的主题，是永恒的文学话题。当下的时代，缺失了某些东西，人们特别渴望召唤理想的回归。80后、90后的年轻人，在今天的价值追求，有一些什么样的选择和变化，王甜在这本书中做了一些难能可贵的探究。

王甜在创作的过程中有着一种难得的沉静。今天的文学也随着社会的浮躁而心浮气躁，很多作家一个月就可以写一部长篇，还有一些作家平均每天要写近万字，每年出几本书是平常事。但是对于今天的文学，我们知道不是作品少了，而是好作品少了。扪心自问，我们是否用足了气力。有天我想到西单图书大厦买两本书，结果进去以后不到10分钟就退出来了，铺天盖地、汪洋大海一般的书，让我一走进去就头昏目眩，空气浑浊不说，面对山一般的书让人陷入一种迷茫。我非常惭愧地想，在这汪洋书海里，作为一个作家，我们究竟要给读者奉献什么？我想王甜一定也有过这样的思考，她说她常常为了一个细节，为了一句话、一个词而冥思苦想，犹豫徘徊，把握不定。她绞尽脑汁的写法看上去有点自讨苦吃，但我以为在这样一个功利的时代里弥足珍贵，难得她这样一位年轻的作家，以一种定力沉静来对待自己的作品。

她的小说中有大量丰沛的细节，是她精心编织如网络一般的细节。要说，一两年的军旅生活，一次集训本没有多少惊心动魄的故事，没有真正残酷的战争，也没有大起大落的人物命运，怎样成就一部长篇小说，如果没有这些丰沛的细节，恐怕是难以成篇的。这些细节的捕捉来源于她对生活细致的观察，还来源于她所秉持的天赋和想象，以及精心的构造，有时候她的这种精心甚至到了有些过分的程度，但正因为如此，她为读者捧出了一本耐品味、十分讲究的小说。

王甜平时的工作是编辑，或许是一种职业习惯，她的书中很少有病句、错别字，当然存在着某些专家提到的技术性、常识性的错误，但她不是明知故犯。现在许多出版物充斥着大量的错别字，让人惨不忍睹。

王甜的这本书流露着阳光式的明媚和纯净，她是单纯的，持有某种对生活、对理想信念那种执著的单纯，或者说单纯的执著，但是单纯不单薄，认真不刻板，幽默而不油滑。她的文字是很幽默的，但不油滑，也有很多善良的揶揄，她不是调侃，是那种慧心灵秀的批评。

她把她的青春、智慧、灵巧奉献给了这本书。

王甜说要写一部自己热爱的书。我觉得《同袍》可以算是她热爱的书，在军旅青年文学中也应是一本值得关注的书，一本具有突破意义的书。

有一些不足，比方说，在阅读中我突然觉得她的抒情含有一些戏剧化的色彩，很适合改编成电视连续剧，像《炊事班的故事》之类，带着青春，带着微笑，带着理想，带着阳光。但作为一部长篇小说，戏剧化的色彩却显得过了些，人物的对白有时甚至就是话剧对白，如书中写到三班长冲上台去，就是话剧的表演。

今天军队的文学，是处在和平年代里，很少有面对面的战争，但战争其实是无时不潜藏在我们周围的，今天的军人包含着的精神内涵，更加接近生命的本质，接近高科技信息化的人类社会生活，文学如何去表现，王甜要走的路还很长。

庐山捡石记

下着雨，我在庐山，淅淅沥沥的声音，染绿了树，染绿了路旁的草地。烟雨初霁，山光澄练，我在山间行走，弯腰拾起一块石头。

走进庐山，面对夏禹观洪留胜迹，司马迁至记山名，秦皇汉武皆登过，宇宙旌旃兴不同的庐山，我来的时光太短。一条条小径还来不及相识，那是舒卷的试题，我有无数的话想询问这古山，这天地间的灵物，可又从何谈起。

我却难以就这样转身离去，山的气息、山的灵性包围着，使我的脚步踯躅。一直下着雨，有些闷，我在牯岭的灯光下看书写字、上网，突然觉得世界何其大又何其小。我载不动庐山，庐山太重太重。

我载不动庐山的云，那是古来的云。走在牯岭街上，那云突然不期而至，从遥远的天边翻卷逐浪而来，果然是在瞬息之间，弥漫四合。动或如烟，静或如练，返照倒映，倏而紫翠，倏而青红。那云长袖善舞，软绵拂面，我抓拭一把，随风倏然而去。再探头向山下，只见云海滔滔滚滚，蓊蓊蓬蓬，红墙蓝瓦转瞬被云遮盖，几只白鸽跃然飞起，其光如银。但见三四老者于街头围石桌而坐，安心对弈，白云缭绕在他们的膝间，恍然片刻就如千年。

我也牵不动庐山的水，那飞流直下三千尺，溅玉洒珠，沾湿过李太白的袍袖，“我本楚狂人，凤歌笑孔丘。手持绿玉杖，朝别黄鹤楼”。我本一楚女，能不爱李白？经这俊朗的男子双手捧过的庐山瀑布，如飞电，若白虹，就是天河之水，又能如何？

我沿着牯岭旁的小河走去，追寻着它的流动，仿佛追随着太白的足迹，河水淙淙，飞珠散轻霞，流沫沸穹石。问路人这河可有名字。答为“美庐河”，流向乌龙潭，流向长江。缥缈清泉流去，最终归入大海。想太白在时，定无美庐一说，世事变迁如溪间之水，或涨或落，多少荣辱随水流淌，然山依旧水依旧。

再细想，也无法带走庐山的树，这山上 5000 多种树木，从全世界连根而来，将一片相思留在了庐山。我只能仰视它们的峨冠，抚摸古老或青春的年轮，抱紧它，感受它扎向大地深处的根脉。

因此，我带不走庐山。我只能从这里拾起一块小小的石头。

便突然有一种牵引，让我走向那条尚不知名的小溪，在雨中，我迫不及待的，仿佛那石头等了我千年万年，就是为了今天这样一个带雨的黄昏。我绕开湿漉漉的青草，担心滑倒，还担心有一条小蛇嗖地游来，但这些都不能阻挡我走向那块石头，它躺在一片碎石的河滩上，虽然我并不认识它。有许多的偶然会使我们擦肩而过，因为暮色渐浓，我拿起一块又放下一块，清冷的溪水打湿了我的脚，山野之中再无人烟，我寻找着，充满希望又犹豫不定，费了很多工夫。

最后，我终于拾起了它，这是无数偶然中的必然，跟它等待的时间相比，我的寻找只在一瞬间。这块豆青色，有着黑褐色花纹的石头，它随庐山盈缩造化，吐纳颢气，由天地养育而成。乍一看就如千山万壑的缩影，横看成岭侧成峰，明显着山的刻画，山崖的断裂，溪水的崩流，在这块小小的石上展现。它沉默着，将千万年的秘密，深藏在那一条条细致的纹路之中。

我抚摸着它们，如同行走在从古至今的路径之上。

洪荒之年，这石当属一巨大的山体，可眺望庐山南面巍峨，北背迢递，悬溜分流以飞湍，七岭重票而叠势。映以竹柏，蔚以柽杉，萦以三湖，带以九江。而旁峰杂出，若花蕊攒置。星列棋错，若几若屏，若龙蟠，若兽匿，九十九峰，支支泼黛。这小小石块经万年雷霆，自母体滑落，粗粝丑陋。又经若干年，在山上斜躺之时，听得陶公荷锄而来，吟诵："结庐在人境，而无车马喧。问君何能尔？心远地自偏。"那石随陶公目光，采菊东篱下，悠然见南山，有十分自得。这情景，让人想起《红楼梦》中那块修炼多年的通灵宝玉，其实天下石头无一不有来历，只是有的被书写，有的未被识得而已，人又何尝不是如此。

而我拾得这石，或许与江州司马白居易有过一面之缘，有诗为证："萧疏野生竹，崩剥多年石。"白公他显然识得这类石头，崩剥之石被他寻来一坐，故而又有新诗"弄石临溪坐，寻花绕寺行。时时闻鸟语，处处是泉声"。那白公头戴笠帽，宽袖临风，相对琵琶女，低眉无言，只听大珠小珠落玉盘，切切嘈嘈如雨声，这般情景在石看来，不知动心不动心？

又有豪放的苏轼站立山巅，叹道："吾闻太山石，积日穿线溜。况此百雷霆，万世与石斗。"这一番万年雷霆相斗过的石头，曾经的轰轰烈烈似不见痕迹，它静静躺过万年千年，或许又是一番暴雨山洪的席卷，这石在溪水中翻滚打磨，最终如当下光滑如玉。

小溪的近旁，便是我们入住的东谷渊明村，陶公的足迹无法寻觅，眼下南山的黄菊也还未到绽放的时节，但篱笆墙的影子依稀在眼前，走在静谧的石板街上，手握这石，心里不觉生起一种笃定。

信步来至庐山抗战博物馆前，眼前突然一亮，只见一块无字的巨石巍然而立，豆青色，质地坚硬，纹路清晰，似无言的诉说。这是当年为了纪念抗战，表达中国人的坚定而竖立的，我拾起的石头居然与这巨石颇为相似，色泽乃至形状，不过是一巨大一微小，但世上万物，常常见其小也见其大，内在的坚定或千万年的命运，谁又能说它们没有相同之处呢？

在美庐旁的草丛中，我还见到了一座庐山石的雕像，底座上刻有文字："我是贝尔吉斯·奥登瓦尔德山人，我是庐山地质世界公园的友好使者。"这是优秀的德国诗人席勒，庐山石化作了诗人高昂的头，而诗人将魂魄融进了庐山，他微张着嘴，似乎在吟诵着他那传遍世界的《欢乐颂》："你温柔的翅膀飞到哪里，哪里的人们就结成兄弟……"那诗歌在天地间铿锵。

庐山石，让我记住了这一切。我把拾起的这一块带回家去，供放在我的书案，每当目光所及那云那水那树那人，那万载风流的庐山，一切便即刻流动在心里。

山哈（畲族）《天目洗心》节选

大树王是天目山随处可见、高大柳杉树中的一株，这棵树少说也有几千年寿命了，因为在宋代就被人叫作"千秋树"。

清乾隆皇帝曾经六下江南，二上天目山。他第一次看见此树时，啧啧称奇，随口道："朕游过天下名山，未见过如此大树。"于是就解下玉带围量，边量边说："大！大！这棵柳杉也可称王。"

从此，"大树王"名扬四方。

树大招风，更何况是被皇上御赐的大树。上山的善男信女纷纷传说此树有灵气，其皮为灵丹妙药，于是你偷偷剥一点皮，我悄悄揭一层肉，不消数年，“大树王”便一命呜呼。如今，几人围抱的巨大树干还如当初那般突突地直立着，枯死的枝条，如一双双干枯的手，伸向蓝天，问天：何辜？

因名累身，大树王落得可悲可怜的下场，实是乾隆皇帝当初所料不及的。

那棵与天命比高的香果树、出世淡然的银杏树和为名所累的大树王，共生在不到百步的山间，我不知道它们是否和我一样，也怀揣着心思，相互思量。

——选自《民族文学》2013年第一期

春探古井

那口井，像始终睁大的眼睛，自幽静的深处，凝视着世上千年。

我小心地走近它，唯恐惊扰了它的宁静。井沿有细绒一般的苔藓，墨绿地附在石壁上，浑然一体，想来也是千年。虽然走近，却不敢抚弄它，即便是轻轻的。到得这里，只有屏气凝神，弯腰束手，俯身探看古井的内心，那一汪水，半明半暗，将所有的心事，似坦非坦。

时在中春，阳和方起，我们一行来到安徽亳州。过去未曾来过，却对亳州这一地名有着兴趣，不少外地人乍一读到，常会忽略了“亳”与“毫”的差异，脱口而出念作一个“毫”。需知汉字有万千，大都可颠来倒去多义并存，而这“亳”字却只有一用，便是用在了安徽这处地方。3700 多年前，商代初建都于此，一代君主成汤王登高眺望，只见沃野千里，草长莺飞，河流穿行，气候温润，定是宜居之地。或是君王独吟，或是文人相凑，于“高”“宅”两字中各取其一，造就独一无二的“亳”，尽显尊贵。

古人远去，留下的痕迹却有无数，让我这个不知端的的外乡人在来亳州短暂的几日里，目不暇接，从古井走到花戏楼，再到曹操的运兵道、华佗故里，足迹所踏之地，古井贡酒芳香四溢，连接了亳州的前世今生。

美酒何来？将军折金锏与长戟，投入井中；怀人桃花，年复一年；井水得桃曲，三日一酝酿，九日一循环，终成传世美酒。因此亳州，便有了“对酒当歌，人生几何”的曹阿瞒，将酒药通神的华佗。

曹操好谋略，亳州城下挖就数十里地下运兵道，以热闹集市为中心，向四门延伸，有单行并行，纵横交错，恰如迷宫，洞壁青砖严丝合缝，小龛放灯，烛光映照兵士粗糙的脸庞，如蚁前行，转弯处会心闪过，想那古井就在旁边。阿瞒夜里将兵士自地道运出城外，白日张扬旌旗，从城外浩浩荡荡进入城内，如此三番，迷惑敌军，以一当十，敌心自然生惧也。运兵道深藏地下千年，自上个世纪初才被发现，惊为地下长城，爱酒的曹公当之无愧为世界一流军事家。

如此才华，更有文章叠彩，于杀戮之间，英雄另抒悲悯贤达之情怀。想那灯下，案几书卷堆放，手执古井美酒一壶，酒至半酣，不禁挥毫为诗，对酒而歌：“对酒歌，太平时，吏不呼门。王者贤且明，宰相股肱皆忠良。咸礼让，民无争讼，三年耕有九年储，仓谷满盈。斑白不负载。……”那日逗留古井之时，顺眼读来，不由心潮涌动，尤阅至“斑白不负载”之句，更令人嘘唏不已。

古往今来，多少豪杰一腔抱负为众生所系，理想境界崇高宏伟，然芸芸百姓所求其实甚少，却又得来实在不易。如曹公描绘的太平之时，民富足，官清明，仓储满，老有所养，不为衣食忧，恩德广济草木昆虫，诸般情景一一对照，但见当下各业多有欢欣，然也存怅然之处，古人尚且已见分晓，今人自当更需努力。

与曹公同时代的另一位伟大的亳州人，便是神医华佗。华佗少时聪慧过人，却是钻研医术而不求仕途，无心做官。他漫游天下，悬壶济世，由酒想到醉，发明了“麻沸散”，成为世界医学史上应用全身麻醉进行手术治疗的最早记载。华佗与曹公，这两位生于亳州的奇人互为知音，互为赏识，却又成了真正的冤家，救了曹公的华佗反受害于斯。英雄气短，人心难测，莫当于此。

好在华佗又活在了今日。走在亳州的街头，除了酒香，便是药香，抑或两者合一，既为酒乡，又为药都，只有在亳州，同出一源的药和酒才又如此鱼水交融地汇聚在一起。这里有中国最大的药材市场，东北的人参，西南的当归，天上的飞虫，地下的蚂蚁……只要能入药的，在亳州都能找到。一尊披着长袍的华佗雕像站立在人头攒动的广场上，清瘦的脸颊，双目微启，似乎思索着拿病的药方。操着各种口音的寻医问药人走动在亳州街头，偶尔抬头看一眼华佗，眼神里习以为常，心思那是一位熟悉的长者。

古井水绵长清甜，因此养育了曹操和华佗这样的亳州人，也养育了一代代耕耘着这块土地却名不见经传的更多的亳州人，就如雕刻在奇妙的花戏楼上的故事，主角繁多，此伏彼起，自有民间话语口传心授，将亳州演绎下去。再看那古井，一汪水收揽了天上明月，于是天下风流，尽在其中。

我一个不懂酒的人，却因喝了古井的水，也似乎尝到了酒的滋味，其中的绵长沉淀了千年，而那甘甜，除来自源流，显然还来自护井的人。

韩文德（撒拉族）《黄昏：三种断想》节选

黄昏：我凝视晚霞炊烟和泉水
静静地凝视一滴血洗染的霞光
升腾着温暖的炊烟以及

纯粹清澈的泉水

我喜欢晚霞偎依天空，炊烟缭绕村庄
沁人心脾的泉水还和往常一样
静静地从家门前流过

而夜色下，西天的月亮升起之前
它们是三种断想：
是无数处女初恋的七次晕潮
是无数灵魂在村庄上空的七次盘旋
是一位虔诚的跪者最纯净的祈辞

——选自《民族文学》2013年第一期

东去赤壁

湖北有味道的山川很多，三峡不用说了，还有武当山、神农架、大别山、江汉平原、襄阳古迹……都是湖北好地方。

赤壁，对这个曾叫蒲圻的地方，我一直心怀向往，总觉得蒲圻、赤壁这些古老的名字里一定藏有无数秘密，几次探访给我留下了深刻的印象。第一次是在夜里，到了赤壁的陆水湖，雾蒙蒙的湖面上灯光闪烁，一眼望不到边，第二天一早起来才发现水是那样的清。乘船走在湖面上，水鸟翻飞，绿波荡漾，还有湖边起伏的小山，清秀而宁静。那情景就像一个梦，一直存在脑子里。

第二次来到赤壁，是在一个天气爽朗的日子，乘车到大江边上，一眼就看见岩壁上刻着的“赤壁”两个朱红大字，顿时像是重重地撞到了心里。设想就在这片沙砾上，这块礁石上，曾站立过的种种人物，心潮便如眼前的大江波涛汹涌。那一刻，感觉与历史是那样的贴近，大江东去，浪淘尽，千古风流人物。那些人物都随大江而去了，留下后人驻足沉思，难以离去，东坡先生挥长袖洒清酒：人生如梦，一樽还酹江月。好不叫人感慨万分啊。

第三次来到赤壁，是在我去北京工作之后，湖北朋友请去赤壁，添了许多亲切。但时间匆忙，只能说是走马观花，一路上目不暇接，新的信息新的感受。有的地方曾经来过，旧貌新颜，特别是在“赤壁”石刻之下，看大江东去，又有一些新的心情。这使我想到，一个地方引起的心情，每个人每次都会有所不同，这或许也是人类认识自我、认识自然、认识世界的感受，总在一代代深化、一代代更新，也正是人类的精神生活和物质生活不断延续的一种动力，也就是说不断要有新的探索，新的创造。

赤壁举办文化论坛，来的人都要说话，我也说了一些粗浅的想法。

赤壁人想打造文化赤壁，首先要珍视这块土地上的传统文化，赤壁、三国文化是中华民族流传至今，一直被人们津津乐道，影响着世代中国人的文化。我们所看到的当年三国版图上，当时的大荆州涵盖了南至桂林，北至河南一带，也就是中原地区的核心地带，正是汉民族集中居住的地方，汉民族是一个十分具有包容性的民族，三国文化具有丰富的汉民族文化精髓。

赤壁文化可以走向世界，能走向世界的证明是其不可替代性。赤壁的故事在湖北是唯一的，在中国也是唯一的，在世界当然更是唯一的。对于一个地方来说，口号不宜提得太多，而应看准目标，往深处开掘。湖北咸宁打造的“向阳湖文化”，作家李城外等人抓住这个话题坚持了几十年的开拓，最初这个话题并不时尚，今天也不时尚，但他们做成了一个文化品牌，引起了人们的关注，并将会长久地留存下去。就好比打了一口井，打得很深，然后它有了不可替代的位置。

我们在谈论文化赤壁时，不仅仅是谈古论今，不是简单地追溯历史，还原历史，更要为今天的人们，包括后来的人们创造新的文化。而且更具现实意义的是，让赤壁人更有文化。

那天走进赤壁的羊楼洞，进入了好几户普通人家，这些人家都各具特点。有一处百年老宅，祖孙三口住在里面，老太太 96 岁了，躺在床上已经不能起来，照料她的孙女说:“我们是奶奶抚养长大的，虽然我嫁出去了，但是我奶奶现在生病在床，我要回来照顾她。”她的话让我感动。

还有一户人家，可以看出在新旧交替之中的生活变化，前面是老宅，后面新盖了水泥的两层小楼，主人热情地请我们上去看他的旧阁楼，里边堆放着他家多年的杂物，舍不得丢，是主人在过去岁月里的记忆；而后面的新楼则摆放着各种新的电器，主人显然享受着信息时代的方便快捷。

走进的第三户人家是一幢非常漂亮的新楼，在小镇街道上引人注目，但大门洞开，却不见主人。我们走了进去，看到了传统但新修不久的天井，看到了挂在壁上的腊肉，看到这户人家浴缸里养的鱼。我问同行的朋友，家里有没有浴缸。他们大都摇头，因为住房不够宽，这些北京的朋友都没有在自家卫生间里安浴缸，可这家有，虽然养着鱼。后来这家女主人听到声音，从楼上的房间走出来，她见来了这么多人，也不奇怪，说她在睡午觉。我们说你这么放心地开着门，会不会有人进来拿走你的东西。她说：“那不会的，我们这里不兴的。”据她说，她家男人是一位木匠，常年在外做工，积攒多年修了这幢小楼。

从这些人家里，能感觉出赤壁的变化，有很多让我们感动之处。但同时，也看到这条街上有不少人家在打麻将，大白天的似乎无事可做，男女老少好多人都在打。赤壁人也面临着农村剩余劳力的就业问题、人们的精神需求如何满足，等等。在这样一个古老而宁静的小镇上，应该有一条类似丽江古镇那样清澈的河，但遗憾的是羊楼洞的小河除了流淌的浅浅水流之外，还堆积着许多丢弃的饭盒、塑料袋以及肮脏的污垢，让人心生忧虑。在其他一些地方存在的江河污染、农村垃圾处理难等问题，在美丽的赤壁也存在。这样一些令人担忧的现象，需要人们在打造绿色赤壁、文化赤壁的口号中真正痛下气力。江山如画，待多少豪杰。

第代着冬（苗族）《唢呐与银狐》节选

阳光斜过林梢，照亮收割后的田野。一群南迁的候鸟像几块飘浮不定的灰色云团，冉冉滑过空荡的谷地，向着升起干硬冷风的河口方向，越飘越远。

鸟声落下来，打断了桑少柏的梦境。

桑少柏坐在条石上，倚靠一棵碗口粗的梨树。树上的梨子早已黄熟，一股风吹来，吹落几枚果柄腐烂的黄梨，零星砸进厚厚的落叶，溅起一阵沉闷的轰响。空中飘满梨子悄然腐烂的甜蜜味道，犹如发酵多时的醪糟被人揭开缸盖，一股醉人的芬芳在秋天的阳光里流淌。

西斜的阳光透过梨树疏朗的枝叶，在桑少柏的背上筛下几块斑驳的亮光。温暖而松弛的味道很快把他引入梦境，他睁开眼睛，一下子看清了所有的颜色和光亮，树的颜色，花的颜色，土地的颜色，庄稼的颜色，以及其他全部的颜色。这些从未见过的色彩在梦中打开，呈现出种类的丰富，也呈现出形态的丰满。透过沁人心脾的光亮，桑少柏看见那只传说中的银狐在河边洗脸。那真是一只漂亮的狐狸，皮毛洁白、柔软，泛起银子一般炫目的光泽。银狐坐在河边，掬起甘甜的河水，把自己洗成长发飘飘的少女。

桑少柏自言自语："好漂亮的畜生。"

他的梦话惊动了滑过的候鸟，鸟声落下来，打断了他的梦境。

——选自《民族文学》2013年第一期

第三辑

灯火阑珊处

努尔，你好吗？

临近春节的元月24日晚，我和次仁罗布到了首都机场，在那里碰面的还有阿来、余华、西川等几位，以及中图公司邀请的摄影家、画家，一行14人，我们将去往埃及。

起飞的时间实际上是2011年元月25日的凌晨，经过11小时的飞行，抵达开罗的时间正是当地上午八九点。简单梳洗了一下，我们就立刻去看金字塔。

坐上大巴之后，上来一个包头巾的埃及女孩，看上去二十来岁的样子，高高的鼻子，黑眼睛，开口竟然是一口流利的汉语，她说：“我叫努尔，我给大家导游。”

她说今天很不巧，开罗有2万人要游行。

这一说，车里好些人都有些莫名的兴奋，说那要去看看。努尔一脸严肃地说不可以，人很多很不安全的。大家问为什么游行，努尔说是为了反腐败要工作，她就着这个话题谈论了一下埃及的形势，话语比我们想象的尺度要大很多。

到了金字塔跟前，发现跟想象中的不太一样，似乎没有那么辉煌，千年的风沙剥蚀，一层层脱落着，好些地方在维修。踩着沙砾，抚摸着千年的泥砖，时光从沙子里流逝。

金字塔下，当地的埃及人做着各种小生意，兜售邮册、纪念币，还有头巾。他们用阿拉伯语、英语甚至简单的汉语执著地推销，最不容分说的方法是将一块头巾塞进客人手里，说是送的，戴着很好，然后坚决地走开，弄得人不要都不行。

努尔远远地站着，如果实在有推托不掉的人，她会走过来用阿拉伯语说上几句，小贩会有些不高兴地看着她，嘴里咕哝着，大概是抱怨她不该多管闲事的意思。

从那里回来的路上，隔着几条街，果然看见长长的游行队伍在逶迤而行，大家探头探脑，但车很快一晃而过，有人说看见了头戴钢盔的警察，有人说啥也没看见。大家一阵嘻哈以后，以为这事很快就过去了。

可第二天，努尔上车就说："今天大家一定要跟着我走，不要掉队。"今天的游行有 5 万人，很多的。

我注意到这位年轻的姑娘又换了一块头巾，漂亮整洁地包在她头上，显出她的可爱，她实际上一脸稚气，但此时却非常认真，说话时使劲绷着脸，想让我们明白事情的严肃。我们的车没有按照原来的路线走，在城里绕来绕去，原来准备去看博物馆，但说那里已被游行队伍挤占了街道。努尔与她的上司一番商量之后，车绕到了苏伊士运河。

运河里仍然船来船往，城里的紧张气氛似乎被这条大河冲淡了，但回程的路上，经过一个小镇，司机差点迷路，因为绕行又掉了几次头，路两旁一些男人和少年看着车厢里的我们，面带诘问的神色，甚至有几个少年拿砖块朝我们的车砸来，大家的心不由也随之提了上来。来去差不多用了 4 个多小时，快回开罗城时，只听坐在司机旁的努尔用埃及话不停联系着什么，脸上没有笑容，因为好几条路都走不通。

好不容易摸索着回到酒店，第二天坐飞机去了卢克索，在那里看了神庙，就在那些神秘巨大的石柱下，我们一次次清晰地听见爆炸的声音，伴着黑黑的浓烟。有人开玩笑说今晚干脆就在神庙里住算了，恐怕这里最安全。这当然不现实，结果还是绕道去了机场，一个多小时飞回开罗，走下飞机才发现候机厅里人山人海。城内已是宵禁，任何人不能走出大厅。

努尔去和什么人周旋了半天，想让我们回到酒店，但机场人员毫不通融，说："如果你们走出大厅，根据宵禁规定出现什么问题，我们概不负责。"这个问题就是随时有可能有人朝我们开枪。大家都说算了吧，我们还是就在这儿等候吧。北外阿语系薛教授深知埃及国情，他就像一个新闻发言人，一会儿来告知一下情况，说完了完了，埃及肯定稳不住了。到这时，我们才真正意识到面临的风险。

一行人围着机场大厅的柱头席地而坐，开始还聊天什么的，但到了半夜，时光变得非常难熬。大家羡慕诗人西川白天买的一块挂毯，此时派上了用场。那上面绣了一位古埃及人英俊的头像，西川起初很舍不得垫在地上，但最后还是抵不住睡意，经过大家一番欣赏之后，最终还是铺在了身下，比大家显然要豪华了许多。

大多数人都无法入睡，只有次仁罗布睡得最安然，机场大厅就像是他的帐篷，他与阿来在光滑的地上都睡得很香，居然还打起了鼾。

我找来一辆行李车，将箱子压在后面，就将行李车当作一把椅子，在那上面迷迷糊糊地熬到了半夜。天快亮时，努尔他们才好不容易说服警察，同意我们离开机场，一开始说只能走八个人，女士先走。留下的几个站在机场门口，看着我们离去，颇有些悲壮。

回到酒店，发现那里也是一片忙乱，好几个国家的大使馆已经将他们的人接走了。而我们要参加的开罗国际书展，中国作为主宾国，开幕式究竟还做不做，几番周折。站在酒店门口，只见不远的高楼下冒起冲天的浓烟，装甲车从我们面前一辆辆驰过。

所有的商店都关了门，我和次仁罗布在街上走了几步，像是在无人街上，虽然风和日丽，但还是赶紧折了回去。

大家几乎两夜没有完整地睡觉，努尔不时出现在我们周围，她的任务就是接待我们，一些事情没有了结，她无法回家。这位才23岁的姑娘一脸憔悴，当导游是她的一份兼职，其实她的正经事是忙着考研究生，但没想到这次接待让她陷入困境。

一路上，她曾偷偷告诉我，她家有7个女儿，她是老四，正好在中间，她从钱夹里拿出几个姐姐的照片给我看，一个个漂亮似电影明星，她用手蒙着，说不能让男人们看见。这是他们的习俗。她汉语说得很流利，诗人西川说努尔的汉语说得像唱歌一样，她的梦想就是有一天能来到中国，她说如果那样的话，她的汉语会加倍地好。

有一次，车正在往前行却突然停住了，我们问为什么。努尔想了半天，比画着说前面在放弹，她想了半天，说是“让人流眼泪的炸弹”。努尔虽然汉语不错，但她所掌握的汉语词汇里没有“催泪弹”这个词，所以她只能说让人流泪的弹。

我们听明白了，很辛酸。这种翻译或许更准确。

人类发明了许多物件，用于世间的万物，也用于屠杀自己的同类，或者让他们流泪。

埃及姑娘努尔，你美丽的国土上，正放着这样让人流泪的弹，这让原本是朝着7000年埃及文明而来的我们，无言以对。

带着惊惧，还有担忧，我们离开了开罗。中国大使馆为我们改签了航班，绕道土耳其伊斯坦布尔，提前离开了纷乱的埃及。漆黑的夜里，看不见这个古老的国度，那些令人叹为观止的建筑，7000年的文明正遭遇着剧烈的动荡。我们只能默默地祈祷，为埃及，为年轻的努尔。

彭兆清（怒族）《兰花妹》节选

我来到阿莉莎的兰花摊前时，她正跟一伙人在讨价还价。也记不清，这是我第几次光顾她的小摊子了。

我认识阿莉莎，也是在小镇的花草市上。

那年，在我赴省城前夕，省城的文友频频传信通电话地叮嘱说，你从兰花之乡来，无论如何要带几盆兰花。其口气是坚决的，没有商量的余地。文友所要的兰花品种也奇：朵朵香啦，豆瓣兰呀，绿素小雪兰，莲瓣珠子兰，双蝴蝶不一而足。有天中午，我到兰花市场无所事事地转了转，也想碰碰运气。进入兰草市场后，我的双眼和脚步一起，停留在一堆喷吐香气的兰花摊前。

"小妹，这兰花咋卖？"我见摊主是一个着怒族服饰打扮的小姑娘，妩媚的圆脸上，有种甜甜的羞怯。她的身子圆嘟嘟的，在阳光下摆动出流畅的美韵来。

"阿哥，你要买？"她低眉下眼，声音怯怯地反问。

"帮朋友买一点。可我不知道这是什么兰？你能告诉我吗？"我如实相告。

"我也不知道……"她不好意思地低下头，说明她也和我一样，对兰草也是一无所知。

经了解，那年，阿莉莎刚好16岁。那如花般的年华，是任何东西都无可替代的。但她却告诉我说，由于家里贫穷，初中毕业后，家里供不起她上学了。她说，故乡的山山水水，有的是数不胜数的兰花，也看见有的人做生意赚了钱。迫于生活的无奈，这样，她也涉足了兰草生意。

她说山里兰花很多。但她不知兰花经，好不容易从山里采来的兰花贱得一文不值。即使如此，为了生计，她也只能做下去。

哦，是这样。难怪她把兰花摊摆在一个不显眼的地方。显然，她也和所有的山里人一样，把做生意看成是难为情的事。由于历史的原因，山里人自古把做生意看成是一件羞耻的事，因此，除了以物易物，进行适当的商品交换外，还没有做生意的概念。

这样，我就认识了学做兰花生意的阿莉莎。

——选自《民族文学》2013年第一期

卢克索的花瓣

杨菁有一天对我说：“我写了一部小说，你给我看看。”我当她是好玩。知道杨菁从事文学创作，是在三十年前。那时我们都在湖北，心怀文学梦想，80年代初已经发表了一些作品。但后来她却不怎么写了，在经历了许多事情之后，在我们的接触中，只听她说起她在学校教书的一些小故事，特别是说学校的两个假期，她都去周游世界，常常是法国、英国，还有印度、埃及什么的，她披着长长的丝巾，站在沙漠或古老的教堂，或是一座叫不出名字的小桥前，与那些风景融为一体。

但没想到她的这部《在埃及说分手》是真写出来了，她写的是当代人的爱情，热烈勇敢，终究回归于理性，这让我想起杨菁的爱情。

1983年，湖北省作协在东湖之滨召开青创会，近百名年轻人聚集在一起，杨菁和我都在其中，大家正在欢悦地谈论文学之时，杨菁却在一个晚上突然消失了。事后才知道她为了追寻爱情，去到了北京。她将人们都视之为最重要的单位、饭碗，还有所谓影响等都抛得远远的，义无反顾地从她的家乡十堰就那么走到了北京。

这在当时是一件非常惊世骇俗的事，引起大家多年经久不衰的议论，可见杨菁的举动是需要多么大的勇气。她性格率真，敢作敢为，在作家中，尤其是女作家中很少见。后来她上了武大，然后到中国戏曲学院当了老师，我开始一直难以想象，她这么一个率性，不愿意循规蹈矩的人如何为师，教诲弟子，但后来的事实证明，杨菁在学校是一个受到年轻学生喜爱的老师，她的课很受学生欢迎，她的率真从来没有因为生活而改变，而或许正是这些，打动了年轻人。

我喜欢和她聊天的感觉，她不势利，口无遮拦，有时候说些正经事，有时候也是杂七杂八的零碎。比如说，我刚来北京的那会儿，她很主人地说："我告诉你哪些地方好买便宜衣服，有时间我带你去逛逛。"但只是说，一晃几年过去了，一次也没有成行。但她同时说："我在写散文，写小说。"却果然是接二连三地出版了。看来她其实是一个正经不耽误事的人。

近年来，我读到她的《欲望水城》和一些中短篇小说，还有一部描写大学生活的长篇也正在出版中，在读完《在埃及说分手》这部长篇小说之后，我对杨菁的看法有了很多改变。原来我只是以为杨菁是个率真的人，这才感觉到她其实是一个内心世界极为丰富，甚至痛苦的人。她的痛苦不是个人的，而是对这个时代对整个文化充满着的忧思，她所描写的故事似乎只是一对男女的爱情，情节并不复杂，但渗透了作者痛彻肺腑的感悟和思考。她对当下时代文明的叩问，体现了独到的立场。她在书中写的"神的伟大的缺失"，是当代人信仰理想缺失的真实写照，令人震撼。

她以一位女性作家的角度，深刻表达了"现在文明"对女性的伤害，她在书中写道"现在"，而非"现代"，"现在的文明是让女性吃亏的文明"，带有强烈的女性意识和批判精神。书中所描写的四个女性的故事，虽然有一些比较表面化，但她们所感受到的"吃亏"却是共同的、深刻的。女性在强大的男性话语之下，无论做了什么样的准备，甚至连做一个装饰品这样一种准备都做好了，但结果是连做装饰品的保险和安全可能都不具备。主人公秦小曼是一个完全做好了装饰品的心理准备，但仍然没有获得幸福和安全感的人。人们不禁会想到，问题出在哪里？

女性的问题，显然牵扯到社会和各个方面，杨菁的痛苦在于她并没有寻找到答案，书中的人物罗硕夫是解惑者的形象，但是其解惑显得苍白无力，实际上是作家自己仍在困惑之中，但这本书的价值或许就在于她所揭示的时代的病症。

《在埃及说分手》的背景融进了浓郁的埃及文化。作家有意把背景放在埃及这个具有人类最古老的文明的国家之中，是对传统文化与现代文明的比较。埃及文明是人类目前残存的宝贵文明之一，杨菁用细腻灵秀的笔触，表达了对这种古老文化的欣赏，同时也以此与中国文化加以了种种比较，她作为一个中国女作家，对人物的命运及文化背景投以世界眼光，是21世纪中国人在全球化背景下的缩影。这给我们另一种提醒，我们的许多写作还停留在农耕文明的视野之中，还是一种农业社会的思考，但实际上中国目前已经不是过去的中国，工业化城市化的浪潮所带来的巨大变化无处不在，杨菁做了一种探索和尝试，虽然尚且不能说她的视野及观察、思考及表达已经成熟，小说中确有让人感觉生硬的东西。但杨菁向世界迈出的这一步已属不易。

杨菁有意识地希望这本书是为读者所写，用她自己的话说："我就是想写一本好玩的好看的书。"她讲究人物故事，试图以情动人，试图贴近大众，让作品成为一种读物，而非象牙塔里的喃喃自语。杨菁过去一直进行纯文学写作，没有写过畅销书，也没有做过怎样去跟市场接轨，怎样吸引读者的考虑，这次的写作她有意把自己的写作姿态放到读者中去，不是自我欣赏。纯文学如何由小众变为大众，一直是大家关心并争论的话题。在有些人眼里，似乎纯的就不是大众的，大众的就一定不是高雅的。我个人并不赞同这些观点，杨菁有着深刻的命题，但同时又要“好玩好看”，正是在努力使纯文学变为大众所接受的。她在书中对场景风光的描写非常用心，语言精致优美。功夫下得很足。

要说其中的不足，我以为她的讲究不是很贯通，有些地方显得随意，大量的对话，有的精彩，有的直白。多种文化的比较有时显得拼贴生硬，结构也略显单薄。作为一部二十多万字的长篇，故事还可以铺展一些，比如罗硕夫这个人物的反复出现，总让人以为后边会有什么噱头或重大事件，但却没有满足读者的期待，有些不了了之。人物说的比做的多，“女人帮”之间的对话和交流反复多次。

这本书是杨菁个人创作的很大突破，如果用心，她会让我们再次惊讶地看到卢克索巨大的花瓣。

杨菁《在埃及说分手》节选

几千年前，当人们来到这个地方时，他们被众多的古埃及神庙震撼了，于是用“宫殿”命名了这座城市。“卢克索”是阿拉伯语“宫殿”的复数。

大名鼎鼎的卢克索神庙就出现在眼前了，一看到神庙前巨大的法老石像，就想起了《埃及游》上的那句名言：“在这里，人类所有的想象力都僵死和失落了。”说这话的是破译了古埃及象形文字的法国学者商博良。这是世界上最大的神庙大厅，有134根石柱，中间的12根石柱高达21米，直径达3.6米，大约

10个人张开手臂才能合围起来。柱顶上盛开的纸莎草花形状，据说那花瓣上可以同时站立100人。天哪，这还是柱子吗？

很难用语言来描述在大柱厅抬头仰望的感觉，此时，你变得如此渺小。渺小的人影湮没在排排巨柱和太阳光影交错的明暗之间，无以诉说。那些柱林具有一种不可征服的、可怕的力量，这种力量，把所有的神话变成现实，或把所有的现实变成神话。一切都是非现实或超现实的，好像有种神奇的力量在对抗着所有的自然法则，将人们从一个世纪迁移到另一个世纪，一直到一个不可知的深处。

在这里，所有的一切构成了一种神学的表达。

——选自《在埃及说分手》文化艺术出版社2008年出版

抛落的硬币立起来

这是一部美籍华人写就的长篇小说，在北京开了研讨会。会上我说，从表面上看，这部小说写的是一代人的命运，去往国外的一代人的拼搏及命运的沉浮。但从另一个角度来看，这部小说写了当代美国社会某些鲜为人知的人物及其环境，是国内的读者很少接触的。

从这个意义说，这本书或许是想去美国或者想在美国求得生存的人值得一读的书，也是许多还没有去过美国而想了解美国的人应该读的一本书。

还不仅在于此。

撇开简单的国家与国家之间的考量，如果我们站在全球化的背景下来看待这个故事，会发现它其实带有很多人群流动的共性。在国内，改革开放几十年来，很多底层的人，来自边远地区和乡村的人群进入了不同的城市，一层一层地进入城市，无数青壮劳力都已离开乡村，眼下的乡村大多数只是老人、儿童和妇女。这些流动的人从最边远的地区进入小的城镇，小城镇的人又一批批进入中等城市，中等城市的人又一批批进入都市，都市的人去往国外，这几乎是开放以来越来越汹涌的流动的浪潮。

人们都在寻觅。离开故乡去往他乡，但在他乡却失去了自我。作家白先勇曾表达过这样的心情，他说他在美国虽然生活了很多年，但实际上始终没有进入美国社会。这个所谓美国社会它不仅是一个生存的空间，实际上是一种文化。也就是说，白先生可能多少年也没能舍弃自己的文化而完全走进西方的文化。《口袋里的美国》这部小说最重要的表现就是揭示了在全球化的背景下，强势文化与弱势文化，多种文化之间的碰撞、相互吞噬，又不断地诞生，这样一些艰难循环的过程。走进美国的中国人带着自己的文化，又向往着西方的文明，不由自主地抗拒着，融合着，背离着。书中的主要情节是一场官司，体现出来的并不仅是中国人的胜利，也不简单是赵大卫的励志，却是对强势文明和强势文化的揭示。

前些年，在我的小说中也曾写过一些边缘群体的人物故事，他们是从乡村来到都市打工的人，他们始终是城市的边缘人，他们之中有的发了财，有房有车娶妻生子，过着城市人的生活，但他们的心灵很难真正同这座城市的深处联系起来，逢年过节，他们想得最急切的还是回乡过年。于是每年春节，是北京最宽松的时节，最头疼的堵车不会出现，马路上行走自如，真正的老北京人会感慨，那些乡下人都回去了，让人好不容易透了一口气。但这些乡下人过完节就会如期回到北京，继续坚持过自己拥堵的日子。

其实很多中国人去到美国，也是这样的情景，就跟国内很多人进入北京、南京、上海一样，可能一生都没有进入城市的文化，看起来进出的都是高楼大厦，甚至开奔驰，吃高档西餐，但这些简单的生活方式并不能取代一个人祖祖辈辈的烙印。

《口袋里的美国》的作者自身就是这样一个带着祖辈的重重烙印去往美国的，显然是带着非常饱满的激情来写作，是不吐不快的那种姿态。这样写作显得朴实饱满，细节的处理没有过多的缠绵和铺张，作者对生活的把握是蓬勃澎湃的，是宣泄式的，甚至如同他所描写的主人公似的，带着一种要打官司、要上法庭的那种心态来写作，一种不依不饶的心态。读者能看出，生活给他提供了写作的动力。作者要把美国从口袋里掏出来，展示给中国人，一个东方人如何跻身西方所谓的“上流社会”，如何让一枚抛落的硬币立起来。

这部小说使我们进一步了解到海外文学的态势。近些年来，可以从一批批作品里看到，海外文学所产生的作家群体，有越来越壮大的趋势，并似乎正与国内的写作在逐渐融为一体。这是因为，许多作家是带着生活和写作走出国门的，他们现在又带着新的生活回到国内，他们要融入的是自己的文化，这样做起来似乎比与西方文化的融合要容易得多。随着国门的不断打开，海外作家的回归，与国内作家走出去，将在不同的时空交汇。

这是一个让人已经明显感觉到的趋势。

津子围《口袋里的美国》节选

张仁（译）

这部小说的产生是从偶然开始的，如同抛一枚硬币来赌命运，硬币的正面是停下来，思考一下走不走的问题，硬币的背面是停下来，坚决不走了。只有硬币立起来，才决定继续向前。硬币有立起来的可能吗？

早年的赵大卫无论如何也不会想到自己会来到美国。美国对于童年的赵大卫来说，只是一个魔域般的概念，当然也不会想到，一个具有东方文化背景的人能够跻身西方所谓的“上流社会”。然而，一场急风暴雨之后，他被甩到了游戏转盘的外沿儿，他决定用对方的规则来讨公道，万万没想到的是，竟然创造了轰动美国的新判例——赵大卫奇迹般地使一枚抛落的硬币立了起来。

寓言是没有标准答案的，小说的主人公赵大卫说：去美国之后第一次见到母亲，她问我想要什么，我说要金钱和美女。母亲有些生气地瞪着我。我连忙补充说，开个玩笑，我想要的是事业与爱情。母亲的脸上立即绽开了慈祥的微笑。其实，我真正想要的是公平和正义，可惜我无法跟母亲讲，因为这句话听起来会显得很空洞，也许需要大量的解释和说明，而要真的说明白恐怕比过往的岁月还要艰难曲折，包括这部几十万言的小说……

——选自《口袋里的美国》，人口出版社 2009 年出版

三位老师

我们这代人有些生不逢时，正经书没念多久，初中只上了一年便遇上“文革”，紧跟着上山下乡随波逐流，再有所学便是东鳞西爪，这时便分外怀念小时候的几位老师，幸得他们的苦心教诲，才有一点童子功。唐代韩愈说：“古之学者必有师。”再后来越发明白，真正的老师就是渗透你的魂魄，影响你一生的人。人生路上，闪耀着他们点亮的一盏盏小灯，或许叫知识、善良、真诚、勤奋、坚毅……它们宁静而又明亮，默默地陪伴着学生的前行。

我的田老师

我的小学是在长江三峡、湖北的巴东一小启蒙的。但在那里只念了一年级，便因为父母工作调动到了另外一个城市恩施，恩施是土家族、苗族聚居的山区，那时还没有成立自治州。那年秋天我背着一个小花书包，转学到恩施舞阳附小二年级（2）班，便认识了班主任田老师。

田老师名槐山，土家人，个子不高，但结结实实的，两只胳膊举着，可任由学生们揪着打秋千。他刚从师范毕业，浑身似乎有使不完的劲，成天笑嘻嘻的像一个孩子王，高兴起来就把学生娃一个个举过头顶，只要田老师在操场上，一定是欢声笑语一片。我们这些小学生就像一个个跟屁虫，上课下课都跟着他。

喜欢听他的课，田老师教语文，讲课时声音洪亮，又讲故事又打比方，长大才知道田老师是一个农家子弟，他将恩施土家的风情、谚语民歌信手拈来，让人听得着迷。那些在课本上看去严肃规整的词汇在田老师的讲述里变得十分有趣，我们这个班上的学生语文成绩普遍地好。我想我后来喜欢文学与田老师教的语文课绝对分不开，但那时未曾幻想去当一个作家，在田老师布置的“我长大了做什么”的作文里，我的理想是做一名拖拉机手。这个宏伟的理想很快就被我忘了，但有一年春节去给田老师拜年，坐下来嗑瓜子时，田老师笑着说：“房广兰，你还记得你的理想吗？你在作文里说要当一名拖拉机手，耕耘在祖国辽阔的土地上，那篇作文还在班上读过。”房广兰是我上小学时的名字，“文革”期间因为父亲挨斗，母亲将它改成了叶梅。我说：“是啊，是您的语文改变了我的理想。”

那时没有偶像和粉丝，现在想起来，田老师就是我们这些小学生的偶像，他除了会教语文，还会打球、游泳、跑步、跳远，动作潇洒，活力四射。我们成群结队跟着他在小河里游泳，在土台上打乒乓，他一遍遍地教，不厌其烦。这些爱好一直伴随我到今天，有时候人们问我从哪儿学来的，我便有些得意，忍不住会说到遥远的田老师，说那时的老师多好啊，那才是德智体全面发展呢。

小学三年级时，父母工作调到了武汉，我转学到武汉水塔小学，却常常思念恩施的同学和老师。两年以后，母亲执意要回到恩施，我也巴不得地跟着回来了，仍然回到舞阳小学，仍然在田老师的班上。走进校门的那天，已经打过了上课铃，田老师站在教室门口等我走近，他的身后站着一群我熟悉的同学，他们无言地微笑着，我难以忘怀那时涌到眼里的热泪。说真心话，那时候到学校比回家的感觉好，当代人有著作《好妈妈胜过好老师》，可在我的记忆中，好老师也常常胜过好妈妈。

我始终认为，我的小学对我最重要最扎实，如果不是田老师，又怎么能够呢？小学临近毕业时，同学们最难受的事就是要与田老师告别，一段时间里很难接受现实。进初中后还隔三差五邀约在一起，跑到小学去看田老师，喋喋不休地对他倾诉在新学校的种种事情，把刚接触的新老师拿来与他比较，带着各种抱怨。田老师平静地听着，却不像从前那样跟同学们逗乐，也不发表任何意见，却催着我们快回去。还没等我们转身，他就快步朝着他刚接手的那班学生走去了，看着老师头也不回的背影，我们一个个怅然若失，心里老大的不舒服。可事后却听说他私下里打听着我们这班同学毕业后的情况，问了又问，关切之情溢于言表，原来老师的良苦用心是想逼着我们尽早适应新的环境，我们像飞出鸟巢的小鸟儿一样，终归要到更远的世界里去啊。

在我心目中，田老师是最好的语文老师。而且读过土家历史后得知，田姓土家人曾做过长达数百年土司，并喜爱写诗著文，相传至今的诗集《田氏一家言》为清代康熙年间容美土司田舜年编订的大型诗文丛集，共收录五代九位田姓诗人的作品，多有“我今为赋好春歌，东皇靡丽盈烟浦”（田玄《春游招欧阳子》）这样意象悠远、风格明丽的诗句。有这样祖先的田老师后来却改行教了体育，我听说之后十分惋惜和不解，回想老师讲过的语文课，心想怎么会这样呢？可几年后有一次偶尔翻阅《湖北日报》，却见一大版表彰全省优秀老师的报道，心中不由一动，看着看着就突然见到了田槐山三个字，我不禁又惊喜又骄傲。田老师他果真是干一行爱一行，行行都干出了光彩啊。后来得知老师转行的原因很简单，就是因为有一阵没人教体育，缺教师，他就主动请缨啦。他惭愧地说，虽然他业余爱打球爱跑步，但并不专业，为了不误人子弟，他多次找机会参加各种培训，日夜操练，拍球把手都拍肿了。

多年以后我的女儿也上了舞阳小学，非常有缘的是，教她数学的梁老师正是田老师的爱人。我因为瞎忙，有时候顾不上女儿的学习，梁老师常将女儿叫到家里补课，田老师在一旁帮忙，还把我拿出来做榜样，说你妈妈上小学时成绩多么好，总是数一数二的，你得向她学。年幼的女儿不甚了然，茫然地瞪着眼睛，一副听不进去的样子，有时候被我碰见，心里着急得很。我让老师操了心不够，女儿一代又让老师费神，这如何是好？灯光下，老师夫妇的两鬓已开始斑白，让我拿什么回报你们？

田老师看出我的心情，却什么也不说，只是一如往常淡定地微笑，将一杯清茶放到我的面前，仿佛一切都理所当然。后来写作我用过一个笔名，叫“槐子”，槐之弟子也，满心感激地用以纪念田槐山老师所给予的教导。这份心情随着岁月荏苒，应是越来越浓，可后来因为离得远，与老师却极少见面，一晃居然几十年过去了。今年春节我找到他的电话，急急打过去，田老师的声音依然是那样清亮，我不由满心欢喜。

我的宋老师

进到初中，班主任老师姓宋，三十来岁的样子，清瘦的长脸，有些发黑的薄嘴唇，他抽烟很厉害。小平头，头发一根根直立着，显得很严厉。上课时，宋老师常将两只瘦胳膊撑在讲台上，以至身上那件宽大的灰衬衫也被撑起来，整个儿看去空荡荡的。

没有哪一位老师不喜欢学习好且听话的女孩子，从他目光里闪现出不常见的笑意，从他背着手踱步而在我的课桌前稍停片刻，从他点名发言常常点到我的名字，12 岁的女孩得意洋洋地感到老师的宠爱。

12 岁的女孩很爱玩儿，还不懂得约束自己。有了那一点儿得意，下课便去林间捉迷藏，上课时也想入非非做一个变为蝴蝶或小鸟的梦，不知不觉在课本上点染一团墨，至于熄灯铃前在寝室里的嬉戏更是其乐无穷，你扮狐狸我扮乌鸦，十几个女孩疯作一团，熄灯铃响了裹在被窝里还要讲一阵子悄悄话。

种瓜得瓜，种豆得豆，结果是刚进初中不久的期中数学考试只勉强及格，女孩脸上一阵红一阵白，抬头便看见宋老师那双失去笑意而充满忧虑的眼睛，简直就是触目惊心。老师将我叫到办公室，那是一间很大的屋子，摆着一张张可称之为雄伟的大办公桌，暗红的油漆泛出神秘的光泽。他没有训我，叫我坐在一张小凳上，沉思了片刻，才缓缓说起话来。话其实是很平常的，无非是说国家需要接班人，像你这样在小学基础好的同学应该继续刻苦学习，不要辜负了学校的期望，等等。可他那凝重的神色，那忧心忡忡的语气以及屋子里那种肃穆的气氛使我不禁微微战栗，以至永远地铭心刻骨。自那以后，我再不敢懈怠。

转眼到了夏天，学校去乡下帮助农民伯伯割麦子，这是大家都感到新奇和快乐的。细胳膊瘦腿的宋老师在金黄的麦浪里变了个人，一改平日的庄重矜持，有说有笑地舞着镰刀，马儿似的独自蹿上前去，留下一排排割倒的麦子。大家都争先恐后地往前赶，我只觉得左手食指突然被什么撕了一下，低头一看，食指已被镰刀拉开了一个大口子，白森森的骨头露了出来，一瞬间便渗红了，一股又红又浓的鲜血涔涔地往下淌，我骇得大叫一声，惊慌失措地呆住了。

周围一片惊呼，没看清宋老师是怎么一下子就跑到了跟前，煞白的脸，二话没说就撕开了他那件灰衬衫的袖口，扯一根布条死命地勒住我的手指，然后背上我就跑。回城的路有十几里，我伏在他的背上，脸正触着他的满头硬发，眼见得他那发根里冒出的一颗颗汗珠，仿佛就像一颗颗珍珠那么大。是宋老师交了手术费，又代表家属签了字，医生给我缝了四针，家里人才闻讯赶来。

就在这以后不久，“文革”来了，课也停了，学校里满地飘着大字报的碎纸片，却没有了人影儿。一年多之后再到学校去领毕业证，听说宋老师调回了家乡，他有一个务农的妻子。同学们都打听他，却都说不出名堂，大家各自东西，心里的那一分惆怅也只好随风而散。

又是几年过去，我已在恩施州委宣传部工作，出差到州里的一个小县城来凤，与当地人闲聊时，突然想到宋老师，记得有人说他的家乡是来凤，便随口问了一句，不料当地那位男士说：“宋老师？他就在一中啊！”我兴奋得一下子站起来，连声逼问，弄得人家很有些张皇。却原来踏破铁鞋无觅处，得来全不费工夫，宋老师就在来凤县中学教书。

当天下午，我便借了辆单车，急不可耐地向那座校园奔去。一路上，我想象着同宋老师见面的情景，会是怎样的激动，弄得心里就像开了锅的水。进校园找人一问，某栋某单元某楼，明确无误，我小心翼翼又满怀激动地叩开了那扇乳黄色的大门。随着门的打开，一眼就看见了宋老师。

跟记忆相比，眼前的老师显然苍老多了，粗黑的头发已是花白，额前也布满了皱纹。我生怕自己的眼泪会滚出来，索性大叫了一声：“宋老师！”他立刻热情地把我朝屋里让着，说：“哎哎，请坐，请坐。”但却并没有显出什么特别的惊喜和意外。这使我有些诧异，难道他没认出我来？我说：“宋老师，我是您从前的学生，您不认得了？”

他顿了一下，说：“是的是的，你的面孔是很熟悉的，你是72

级的吧？”我摇摇头，他又猜，还不是。老师的脸上显得有些窘迫，狼狈地又说出一个班级，仍然不是。显然，他是想不起我是谁了。我不能不失望，甚至有些酸楚。可我转念释然，老师接下来带着歉意问我的名字，我笑着不肯说，因为那已经无关紧要了。

那晚我同宋老师，还有他的妻子坐在火盆边，一起聊了很久，聊过去和现在的学校，聊大家都经历过的许多变化，一边嗑着师娘炒的瓜子，很香。来凤是最早成立土家族自治县的地方，师娘一看就是土家人，穿一身宽袖的青衣，包着一盘头帕，朴实好客，茶斟了一道又一道。我们相谈甚欢，但到最后，老师也没想起我的名字。

是的，在我的记忆中，老师给了我那么多心血；而在他来说，却原来是很平常的。老师用心血浇灌的小树不是一株两株，而是一片片桃李芬芳的林子啊。

我的邓老师

邓老师在初中给我们班教语文，他讲起课来眉飞色舞，唇齿间如流水飞泻，正应了口若悬河一词。我就读的这所中学叫恩施二中，是全地区最好的中学，学生都是从各地考上来的，争强好胜者不少，因为邓老师给我们上语文，引来许多人羡慕嫉妒恨。

有一次讲“十年春，齐师伐我”，大家印象尤深。邓老师每讲一篇文章之前，都会提前布置一些思考题，请大家先熟悉课文，他上来会先提问，这显然是为了启发学生的自学和思考能力。这天点了一位男同学，问“齐师伐我”是什么意思。这位同学低头想了半天，说：“就是齐老师要打我。”大家哄堂大笑，邓老师气不打一处来，说：“你干脆说邓老师要打你好了。”一顿批得那男生狗血淋头。接下来讲这篇《左传》中的《曹刿论战》，“十年春，齐师伐我，公将战。曹刿请见，其乡人曰：肉食者谋之，又何间焉？刿曰：肉食者鄙，未能远谋。遂入见。”邓老师像说评书，说鲁庄公十年，也就是春秋战国时期，齐桓公借口鲁国曾经帮助过同自己争做国君的公子纠，出兵进攻鲁国。大兵压境之下，鲁庄公准备应战，曹刿这人请求进见，他的同乡说：“吃肉的大官会谋划这事，你又何必参与其间？”曹刿说：“吃肉的大官目光短浅，不能深谋远虑。”就入宫进见。

接下来更为精彩，曹刿这人不仅爱国进言献策，还胆大，直接问君主凭什么同齐国打仗。庄公说平素不敢独自享用衣食，一定把它分给别人。又说祭祀的牛羊、玉帛，不敢虚报，一定对神信实。曹刿说这是小恩小惠，小的信用，不能使百姓跟随，神灵保佑。庄公最后说大小案件，即使不能一一明察，也一定实事求是。曹刿说这才像一个君主干的事，可以凭这个打一仗啦。随后要求与庄公一起上战场，指挥鲁军进行反击，最后取得了胜利。邓老师这堂课讲得精彩，旁征博引，亦庄亦谐，我们就跟听评书一样，记住了所有的词解，记住了这篇文章，也懂得了其中的道理。

邓老师平时的模样有些清高，学生们不太敢上前跟他亲近，我和几位同学只去找过他一次，到他的宿舍取练习本。进门就让我们吃了一惊，同样一间小小的屋子，别的老师简陋得很，他那里却鸟语花香的，墙上贴了漂亮的画和书法，靠墙角有一个别致的三角柜，上面摆放着花瓶、石膏像一些玲珑物件，还有一瓶晶莹透亮的鱼肝油。紧跟着“文革”来了，第一批黑帮就将他邓治凡划了进去，他出身地主，姓名就取得反动，是修正主义教育路线的忠实执行者，等等。但我小小的心里，却总觉得邓老师这人不简单，他的才华就像埋在地里的宝藏还未完全展示出来呢。

又过了些年，邓老师低调做人，在钻石王老五当了多年之后，突然娶了歌舞团一位女演员，郎才女貌地走在街上，大家都感觉十分般配，十分好看，甚至将对邓老师的一些批判也减了风头。岂知邓老师早已是摩拳擦掌，从 1984 年开始，他着手做一件让人惊叹不已的大事，独自编纂《汉语同韵大辞典》。消息传开，同仁们都认为这事太难太不可能了。他这一做就做了几十年。

在他后来的文章《二十五年“磨”一典》中记述，其实早在 1967 年他就有了行动。那年春节他借去武汉探望岳父母的机会，私下去武大拜访一位中文系名教授李格非，好不容易问到珞珈山上李家，却得知教授扫厕所去了。他又循迹找到那处公厕，只见一位老人正勾着腰扫啊扫啊，扫了又用水冲，然后将两张写着“小便入池，干净”、“大便落坑，卫生”的纸条贴在墙上，他一猜这人就是教授了。上前一问，老人说:“你找他干什么？”他说向他请教几个问题。老人说都什么年代了，还请教问题。他说什么时候都需要知识啊。几番表白之后，老人才点头说:“你跟我来吧。”这天，在武大批斗声此起彼落的校园里，邓老师和李教授却在讨论汉语，颇有些像孔夫子的学生与先生的问答。邓治凡问，《核舟记》中“石青糁之”的“糁”这个多音字在什么样的情况下读 shēn，在什么样的情况下读 sǎn，有没有规律可循。李格非答:“有。一般说来，当名词用时读第一、二声，语音显得平稳；当动词用时读第三、四声，语音显得有变化。这是基本规律。这里是名词作动词用，应读第三声。”邓老师又问，《乐羊子妻》中“无它异也”的“它”这个多音字在什么样的情况下读 tā，在什么样的情况下读 tuō，有没有规律可循。李教授答:“也有。一般是先秦之前的古文里用来表示‘蛇’一类爬行动物时就读 tuō，两汉以后的经文里用来表示其他事物时就读 tā。《乐羊子妻》节选自《后汉书·列女传》。这里是代词，指其他，读 tā。”

那天，邓老师大有与君一席话，胜读十年书的快乐，他踏上回到恩施的山水之路，心思却完全沉入了汉语的世界。打那以后，他呕心沥血，汲取五湖四海的智慧，自1984年正式启动到2010年正式出版，可谓一部大辞典，半生磨砺史，其中甘苦常人难以想象。他曾连续遭遇丧妻和病痛等坎坷，将多年工资和积蓄几乎全用于此书的编纂，中间几度难以维持，但关键时刻胡适先生的诗《四十感怀》鼓舞了他，“当了过河卒子，只有拼命向前”，拼命再拼命，终于将长达1000页，共246.5万字的大书交由崇文书局正式出版。具有权威性的《汉语大辞典》的编委和专家们公认，这部《汉语同韵大辞典》填补了现代汉语词典方面的一个空白，是继《佩文诗韵》、《中华新韵》和《新诗韵》等书之后的一部另有特色的新韵书，具有解释词义、规范语言多种功能，为汉语的发展做出了重要贡献。

不久，我在后海收到了邓老师寄来的这本沉甸甸的大书，正值北京的金秋，阳光透过小院的枣树映照在隐隐书香的纸页上，我阅读着那些美妙生动的汉字，突然觉得它们一个个就像是邓老师的孩子，跳跃着、舞蹈着向读者招手致意！我遥望南方，向我尊敬的老师，深深地鞠躬！

孙玉民（赫哲族）《神秘的依尔嘎》节选

在严寒没有过去，皑皑的白雪没有消融的得勒乞山上，北国独有的花卉依尔嘎从悬崖间的石缝中顽强生长出来，盛开出一簇簇鲜红的花朵。一大片一大片的花朵，在寒风中像无数旗帜般摇摇曳曳，映红了山下淌着冰排的黑龙江。母亲生她的时候正赶上采这种好看的草药花的时候，于是就给她起了这个美丽而又硬硬实实的名字——依尔嘎。

依尔嘎12岁的时候，家里来了一队专打日本鬼子的八路军，他们大部分都是比依尔嘎大不了多少的男孩子，穿着各样黄不棱登的破旧军装，又给挑水又给扫院子，待人可好了，他们忙活完之后就一边哼着打鬼子的歌曲一边练瞄准。依尔嘎看着那个端着步枪半蹲着，手腕上长着紫色痣的小八路，简直入了迷，是他给她做了一只木头雕刻的小鸟，她喜爱极了。她想，自己如果像小鸟一样在天上自由自在地飞就好了。

"小阿哥，你真好，你能告诉我你叫什么名字吗？"

"我叫雁来，你呢？"他正正单帽，扭过头温和地问。

"我叫依尔嘎，你看见山上的红花就会记住我的名字，因为那花也叫依尔嘎！"

"那么，你以后看见了天上的大雁，就会想起我的！"

依尔嘎抬头往天上看了看，天上没有大雁，她若有所思地问雁来："我也想和你们一起飞，去打鬼子，这样我们还可以天天在一起。哎呀，可是我会想阿妈的，会想死的，你不想阿妈吗？"依尔嘎半天没有听到回答，再看雁来双眼正刷刷地流着泪，好长时间才告诉依尔嘎说，他的父母都被日本鬼子害死了，八路军就是他的亲人。

……

——选自《民族文学》2013年第一期

八里庄的灯火

京东八里庄，在文学者的心里，是一处充满诱惑的地方。因为鲁院，天南海北的文学青年如潮水一般轮次拥向这里，圆一个文学的梦，这里又是一处充满梦幻的殿堂。

对于一个文学青年来说，如果一生中有 10 个必须要去的地方，我想许多人都会将八里庄的鲁院列在其中。

其实这里的风景一般，除了城市中常见的一些灰蒙蒙的楼房，再无别的什么可圈点的景致。过去有一条小河，附近都是一些矮小的建筑，经过一座灰白的小桥，近旁就是鲁院的大门。初来北京的人会觉得这地方偏僻杂乱，但住出感情之后，那小桥会变得生动起来，仿佛那是一个通往家园的标志。而如果是在夜晚，只要踏上小桥，就会看见鲁院那幢独一无二的楼房闪烁的灯光，明亮而又温暖，人的心里会突然涌起一股热潮，会朝着它不由自主地加快了脚步。

1990 年，我从鄂西的大山奔向鲁院，我不知道会从这里得到什么，但我感觉，为了文学，我必须来到这里。

在那之前，我已经亲近着文学，1979 年《长江文艺》发表了我的第一篇小说《香池》，以后我再未间断，虽然同时做着这样那样的事情，但总有文学陪伴着。后来的一个春天，冯牧先生领着《中国作家》一行来到鄂西，我代表恩施州文化局到三峡边的巴东码头迎接，老人家当时已年过七旬，稳步登上江边一百多级石阶，喘着气

草原雄风　　白淑珍 / 摄

快乐的小姐妹　　白淑珍 / 摄

欢天喜地　　孙　永/摄

一言不发地转身看着脚下滔滔江水，眼神湿润。而后他又先后行走于鄂西的野三关、腾龙洞、鱼木寨，常是用那种湿润的眼神，久久地看那郁郁葱葱的大山、古老的碑林，以及村寨里的土家人。有一天，他站在高高的山顶，俯瞰着苍茫起伏的群山，突然说："这里是应该出文学的。"站在身旁的我心里一震。老人读了我一本薄薄的小说集《花灯，像她那双眼睛》，回到北京后，他让《中国作家》的编辑告诉我说，应该去上鲁院。

就这样，我接到鲁院第12期研修班的入学通知，地方领导一开始坚决不同意，认为脱离了我的本职。那时我刚从建始县副县长到州文化局牵头工作，一大堆公务等着入手，可我却要去鲁院文学培训，州里的领导觉得简直不可理喻，请假报告不成，但文学的热情像火焰一样升腾着，在一种忘我的状态中，我锲而不舍，奔走游说，临开学前才终于获准。

从鄂西到八里庄的路的确很遥远。在巴山楚水环绕之中的鄂西，生活着古老的土家族、苗族，到清王朝雍正十三年"改土归流"，实行流官制，有了多种文化的汇合。即便如此，土家族还是保留着许多属于自己的文化，他们敬畏天地，以跳丧的方式表达对生死的庄重泰然；他们仁侠尚义，知恩必报，一语相投，倾身与交，偶触所忌，反言若不相识；彼此有仇衅，经世不能解，待明察者一言剖解，往往贴首而服。

我从西南那样一个地方辗转来到八里庄，聆听了何镇邦、童庆炳等老师的讲课，对我的鄂西有了别样的回顾，在三峡的天地之间，向我走来一个个熟悉而又陌生的人物，他们投以殷切的目光，使我坐在八里庄的灯光下，开始描画他们的形象。鲁院的顶楼是我们的课堂，而夜晚则是写作最好的去处，比三个人一间的宿舍要安静肃穆得多。常常吃完晚饭，到小河边溜达一圈回来，就夹着稿纸上楼，或遐想，或反刍，各位先生的讲课在脑子里化作又一团火焰，使人夜不能寐。四周不仅是我，还有一些熬更守夜的同学，只听钢笔在纸上划过的唰唰声，好比春风化雨，又好比农人割麦，我在八里庄度过了许多个那样的夜晚。

在鲁院学习了一年多，其间地方非要我回去处理一些事情，中断而后又再次连续就读，再度春秋。就在鲁院的楼上，我写了一部三峡人的小说，投给了《中国作家》，时任副主编的章仲锷先生将原来的标题改为“撒忧的龙船河”，发在 1992 年的第 2 期，获得当年“中国作家优秀小说奖”。相继，又写了中篇小说《花树花树》、《黑蓼竹》、《魁星楼》等，分别发在《人民文学》、《十月》、《当代》等刊物上，《花树花树》等被翻译并选入联合国教科文组织《世界小说选》，这对于 1992 年的我来说，是非常愉快的收获。八里庄的良田和鲁院的园丁让我不断地尝试耕耘，我的文学之路从这里舒展开来。

我的人生曾经历好几次关键的选择，上鲁院无疑是顶重要的一次，无论何时，我都为自己这次坚定的选择而骄傲。

因此，在近年我走进鲁院，又坐在顶楼的课堂里，面对来自全国各地那些年轻而又陌生的面孔时，我不能不祝贺他们的到来。或许他们跟我一样，也经历过漫长的跋涉，才抵达此地。替他们感到幸福的是，近些年来，鲁院的环境得到很大的改善，过去我们三人一室，没有洗澡间，常是几位女生躲到水房里，由一人看门，然后在里面偷着洗浴，而眼下来鲁院的学生全都住着单间，并带有卫生间，电视电脑，鸟枪换炮，不可同日而语。来的学生自然也是经过精挑细选，择优而录，显示出当代中国文坛的潜质。因为在《民族文学》工作的缘故，有幸接触到在鲁院培训的许多少数民族作家，如次仁罗布、鲁诺迪基、李进祥、肖勤、李梦薇等，进一步得知今天的鲁院除了硬件的精良，更有着组织策划的精心，而随之教学辅导质量的逐年提升。

八里庄的灯光是那样的诱人，它照亮青春和智慧，照亮无数人的文学之梦。时代呼唤文学精品，鲁院是打造精品文学人才的摇篮，今天的灯火将迎来明天的灿烂，这显然是人们充满信心地期待着的。

叶梅（土家族）《撒忧的龙船河》节选

那河面百二十里，起源于龙船寨头一处无名山洞，沸腾泉水在苔藓密布的石洞之外积成深潭，继而跌宕出三道百丈悬崖，蜿蜒九滩十八弯，依次经过苦竹、夫妻、老鹰三峡，最后汇入长江。那河看是纤细实际奇险刁钻，河上礁石如水怪獠牙狰狞参差不齐，水流变幻莫测，时而深沉回旋织出串串漩涡，时而奔腾狂躁如一束束雪青的箭镞。

覃家弟兄不敢怠慢，老大掌舵老二扳桨，刺啦啦将一河水挤出一条通道。转眼上滩，兄弟昂然呼道：

“拖，拖拖！——”

“拖，拖拖！——”

峡谷顿时震荡，回音缭绕不绝，岩鸟惊飞。莲玉先在船儿颠簸起伏之中吓得闭住双眼蜷在船底不敢动弹，这时也不禁睁开眼来，只见两岸青山，间或有血红点点，三两猴儿于茂密林中嬉戏。再循着号子声寻去，莲玉大惊失色地发现桡夫子覃老大于岩壁上拖着纤绳，全身却是一丝不挂，那赤裸的古铜色肉体在夕阳余晖映照的青翠之中格外突兀，厚实的脊梁，硕圆的扭动着的屁股和粗壮的双腿在小城女子莲玉眼前烧起一蓬大火。她脸红心跳地转过脸来，羞愤得欲哭无泪。

那覃老大肩负纤绳在猴子出没的嶙峋山岩上仰天长啸：拖，拖拖！——拖！——只觉得胸中一团团沉淀畅快地升腾而去，这时在空寥的峡谷河流之中听到自己唯独的声音，天地和他便浑然一体地雄壮起来。待得如雨的汗水噗噗有声地滴答在脚下滚烫的山岩，第一道滩算是攀缘已上。覃老大掷下长蛇状的纤绳，一跃跳入河中。

河水温润如脂，游动时如依偎在先人的怀抱之中。祖祖说过，先人当年在赤洞黑洞前掷箭中的而取胜，因此定了主张要不断寻找水草肥美的地方，带族人逶迤西行，一路厮杀后终于在西南建立了威震四海的巴子国。祖先就是沿了那河一步一步迁徙而来的，河里有祖先流动的精液。覃老大因此喜欢这河和豌豆角。

——选自小说《撒忧的龙船河》，《中国作家》1991 年 2 期

我的 2009

2009 年过去了，2009 的悲喜留在了我的心底。

这年元旦，我搬家了。只差一个月，就在和平里住了整 3 年，那间被我贴上绿色印花玻璃纸的小屋已经散发着难舍难分的温馨。东西向也已经习惯接受，每当有太阳升起，阳光一早就会毫不吝啬地透过大窗洒满房间。走进小小厨房，在那个用 50 块钱从大街上叫回来的乳白色矮柜上操持早餐，有滋有味。但这毕竟只是我从武汉调北京之后的租用房，搬家是必须的。分到的房子在靠近西客站的达官营，买它花了我工作以来的所有积蓄，并不得不朝朋友亲戚张口借贷，以至后来看到那部遭遇批评的《蜗居》，我深有同感。装修是我亲自操心的，为了节省适意，没有多的讲究。

于是，可以将老母亲接到北京来了。一个周末，我和武汉的姐妹朋友清空了省文联的住房，母亲的物品堆在屋中央，像一座小山，老人有些憔悴地看着它们被一一搬下楼去，终究还是将那些预备送人的衣架碗筷又悄悄放进了包裹。空荡的屋子里，只留下了一个发黄的画框，那是女儿的爸爸从前手工做的，我取下它来，和我的书箱放在一起，对这个住了 8 年的屋子说了声再见。我知道，有些东西是留不住的，一如流水，或者时光。

到得 3 月，北方的大地已有了明显的绿意，星星点点的花蕾闪现在枝头，女儿结婚了。她穿着洁白的婚纱，挽着她的爱人站在那里，含笑迎候着前来祝贺的亲友，从那一刻起，我得承认，女儿真的长大了。我们老少三代住在一起，我想，这应是人生幸福的时光吧。让我们好好活着，好好做一些该做的事吧。比如，办好《民族文学》；比如，写好小说。

年初，时任中国作家出版集团党委书记的张胜友就对我说："要办大事了。"接下来一次作协的会议间隙，刚从国务院新闻办副主任调任中国作协党组书记的李冰缓步走了过来，对我和张胜友说："打断一下你们的话，可以吗？"他微笑着问，"你有没有兴趣，办少数民族文字版？"我说："太有兴趣了。"在那以前，《民族文学》已给作家出版集团和党组打过报告，希望创办下半月刊，并联系了一些社会支持的力量，但还未获批准。在我来到《民族文学》倍感艰辛的三年里，领悟到邓小平"发展才是硬道理"果然是有道理，《民族文学》如果不提高质量，不思进取，不面向更为广阔的时代与读者，只会越走越窄。创办少数民族文字版不光是时代的需要，对于《民族文学》来说既是一个挑战，也是不可多得的发展机遇，虽然人手不够，虽然困难重重，咱们也得上。过程复杂但也很明朗，杂志社全体同仁倾心投入，作协、集团倾力支持，2 月向国家新闻出版总署打报告，4 月即获批准：《民族文学》蒙古文、藏文、维吾尔文三种独立刊号，在新中国成立 60 华诞前夕，如花儿一般开放而正式创刊了。中国社科院的专家评论说："这是建国以来民族文学发展的一次重要事件。"国务院总理温家宝专门为此题词："办好《民族文学》，促进民族团结进步。"捧着那张普通的宣纸，边角还有点微微的皱褶，但那两行大字却是熠熠闪光，《民族文学》的编辑与国家民族语文翻译中心的翻译家，还有老主编玛拉沁夫、集团新任党委书记何建明围坐在一起，大家心里充满了温暖。

在这一年，《民族文学》策划举办了"全国少数民族作家《祖国颂》创作研讨班”，这是近年来中国少数民族文学规模最大、人数最多的一次研讨班。受邀作家来自全国各地55个少数民族，每个民族都有一至两名代表。他们多在《民族文学》杂志发表过作品，并经由各省区作协推荐，具有一定创作成果，其中包括具有一定创作潜质的80后作家，可以说是当今国内最具代表性的多民族作家群体。李冰、陈建功、高洪波、陈崎嵘、杨承志、玛拉沁夫、吉狄马加、阿来、阿扎提·苏里坦、胡平、李敬泽、李建军、牛玉秋、阎晶明、崔道怡、张守仁、降边嘉措等到会举办讲座。55个民族的兄弟姐妹们欢欢喜喜地参观了天安门、国旗班、奥运村，一边思谋着笔下的功夫。闭幕式上，中国作协主席铁凝和大家站在一起，齐唱《伟大的祖国》，那歌声传得很远。

2009年的秋天，我的两本书面世。作家出版社出的小说集《妹娃要过河》，内蒙古人民出版社出的散文集《大翔凤》。《妹娃要过河》，美丽的封面，一双红鞋从长裙下伸出来，却不见伊人面容，正如至今也未曾谋面的美编，给人想象的空间。我为这书写了篇后记《妹娃为什么要过河》：“……无论走到哪里，无论眼前的情景如何迥异，总舍不去那一幅幅图画：巴山楚水间的人儿，那些美丽壮健或粗糙苍老的女人，那些与浑身汗腥或刚强或狡黠的男人相守相角逐的辛苦的女人，那些心怀梦想却如风而去或顽强如草代代延续的女人……”其实我在别处也读到过她们，在神秘的香格里拉，在苍茫的青藏高原，在黄沙漫天的大漠，在江南的水井，还在身背行囊远渡大洋的人群里，不时读到她们。回眸一笑在我的梦中，拉动着我的心，这些女人，这些青春的妹娃，这些即将衰老的身影，这些眼含热泪却没有工夫擦拭的女人……现今这个时代，虽然还是以男性话语为中心，但女性已经有了更多的命运自觉。要知道，女人是如何缠绵于对美的向往，那美的具象是多样的，可能是对一个男人，她深爱着终生都不想改变，她将生命的意义都融入其间；也有可能是一条通往远方的路，她痴痴地看了一千遍一万遍，想象着路的延伸，想象着每一个没去过的地方；还有可能是她的孩子，她要用割草或替人做保姆的钱供孩子上学，壮实地长大成人……她向往的美太多。因此有了全世界传唱的龙船调：“妹娃要过河，哪个来推我？”

在河的彼岸，星空闪烁的彼岸有着女人的希望，虽然河水深浅不一，有着不可知的风起云涌，但过河——是一件多么诱惑女人的事情啊。世界有了女人的意义不仅在于生命的繁衍，女人天性的和平包容，平衡着世间许多不平的事物；女人过河的欲望鼓舞男人们不仅要抖擞精神来推波助澜，更要不断翻山越岭，寻找以至征服新的河流；有了女人的暗示和陪伴，过河对男人来说，又是一件多么富有挑战意味的事情啊。

这些要过河的女人，闪动在我的小说里，她们是《最后的土司》中的伍娘，《花树花树》中的昭女、瑛女，《撒忧的龙船河》中的莲玉、巴茶，《青云衣》中的妲儿，《五月飞蛾》中的二妹、桃子、橘子、安安，还有乡姑李玉霞……她们从远处走到今天，对命运改变的期许，对渡过河流的心驰神往，女人骨子里的坚韧与无奈，浪漫与现实，温情与倔强，使她们在不同岁月里却有着相似的梦想，又因为性格的差异而走向不同的路径，那载着她们的一只只船儿各自漂流。我凝望着她们，犹如看着我自己的电影。

我沉醉在文学里，无论是办刊还是自己的写作，它们都是文学，是我这一生辛苦追寻的河流。却万万没想到，母亲突然得病了。国庆节前，母亲弯着腰坐在沙发上，说是胃疼，在担忧中陪着母亲看京郊的焰火，绚烂的闪烁之中，母亲脸上的表情却淡淡的，显然总怀着隐痛。可母亲说没事，她认为是水土不服，因为北方的风太大，水也太硬，出门就是车流和庞大的立交桥，没有武汉那么浓的市井味儿，想吃什么可以随时到街上买，而这里只有一些馒头、包子、大饼、油条。看过中医，那汤药吃得她连番呕吐，后来又去医院，人多得要命，根本挂不上专家号，挂特需门诊，请朋友找关系，大夫将我们叫到一边，顿时让我如五雷轰顶。母亲得了重病，非常严重……巨大的伤恸和绝望在那一刻如潮水般袭来，我和妹妹相拥而泣。那是一个周五的下午，天将黑了，窗外是一片黑色的天空。

真的是难以接受，母亲一直身体很好，她勤于锻炼，起居规律，很少吃药打针，怎么就突然得了这么重的病呢？我心里恸恸的，六神无主，感到万般无奈和无助，不知道该怎么办，用什么来救我的母亲？

我和妹妹去了雍和宫，清朗的早晨，风吹过来，冷冷的，但太阳照耀的地方却有着温暖，我们不时穿过冷风，不时走进阳光，以虔诚的心，为母亲祈福免灾。身边人来人往，怀着各自的心愿。因为母亲的病，许多熟悉或陌生的朋友纷纷送来关心，一位素不相识的网友来帖写道："许多时候，我们听同事或朋友说他（她）哪里不好，我们会建议说：用哪种药好，或是哪个医生好，又或是哪家医院好，甚至想起自己曾用过的一个偏方，建议他（她）试试，可是真的到了自己至亲至爱的那个人病了，看着他（她）那样地承受着疼痛，我们就变得'六神无主，从来没感到这样的无奈和无助'（他引用了我博客中的话）——爱，让我们变得脆弱；同时，我们还要在爱中变得坚强！"我谢谢这位朋友的启示，我和妹妹、我的亲人，都期待于红尘之中寻找一种更加宁静的力量，一种超越提升的力量，让我们能坚强，面对人生的欢乐与悲苦。让天下多一些太平，多一些奇迹和抚慰，让我们的母亲不再痛，平安地活下去！

生命的力量开始展现，大哥从远方赶来，坐下来一口气都没歇，就一连说了给老人治病的六七个方案，他还谈到哲学，谈到周围好多朋友的悲欢离合，不知不觉几个钟头过去了，我的焦灼随着他的话终于化开。那屋子里暖气烧得很足，我突然看到他头上的帽子，便问他为什么不把帽子取下来？这时大哥才说他的额头撞了一个坑，流了很多血，他没来得及去医院，只贴了块创可贴，一揭帽子，头发跟血块都粘在一起了。我无言地看着他，很想流泪。母亲在大哥的安排下，进了一家可靠的医院，外科主任给老人动了手术，姐妹几个日夜守候，在经过艰苦的恢复阶段之后，母亲走出了医院。她几乎有半个月没能喝水，更别说进食，现在她端起茶杯，轻轻地啜上一口，说:“真甜啊！”她靠在躺椅上，侧对着窗外的阳光，说:“唉，真好啊！”

我为母亲的话感动。

几乎与此同时，中央民族大学主办召开了“叶梅文学作品学术研讨会”。12 月 15 日，天气很冷，北风将民大教学楼的条幅吹得像张开的船帆，呼啦啦的声音即使坐在那间多功能厅里也听得见。我耳听着专家们的批评，心想着病榻上的母亲，用感恩之心咀嚼着人生的奇异。那么多的希望和期待，又那么多的绝望和无奈，唯一能做的就是，捏紧时光的丝带，珍惜每一丝每一缕。2009 年在我的心底，将文学和生命融为一体，我们经历着人生，又能书写人生，还有什么比这更好的呢？

罗荣芬（独龙族）《山高水远》节选

1953年秋天的一个早晨，独龙族南边孟登木村整个家族老少男女在陡坡茅草屋前，默送家族的女孩子被工作队领上路前往贡山。有个老太太在人群里喊出声：“念啊！念啊！人家地方不好就回来哟。”没喊完，小姑娘瘦小的身子就被野草淹没。整整4天，当13岁左右的女孩吃光火烧洋芋和鸡稗子粉粑粑，那父亲编制的斜挎着的手工篾箩“答过”在身上轻巧摇晃时，她再也迈不动步子，骑跨在一块大石头上哭了起来。她就是我的母亲，旧时独龙江总头人孟坎的孙女，喊话的是我外婆。打离开独龙江，一起走出来的4女2男，都有了一个全新的称呼。工作队为母亲起的名字是孟秀英。来自北部百利家族的文面女也有了白丽珍这个名字。到贡山，再往怒江州州府碧江，那里开办了为全州各民族培养工作队员的培训班。几个不谙世故人情的孩子在课后玩抓石子游戏。为保证听得懂，老师先用汉语讲一遍，那会说傈僳语的老师向怒族学员翻译（贡山怒族学员既懂傈僳语，也会讲独龙语），再由这个怒族学员对着这几个孩子讲述一次。每堂课要经过三道翻译，她们才听懂课堂所讲的内容。

在母亲离开独龙江的前后几年，她的舅舅伊利亚于1956年参加了“全国少数民族国庆观礼团”。这个自1947年起在独龙江南部担当传播基督福音的个矮脸圆、皮肤黝黑的独龙男子，所闻所见使他面红心跳，激动得厉害时手脚都抖起来。观礼结束又应邀辗转滇西，参加中缅总理在中国瑞丽举行的联欢和边界问题座谈会。其间伊利亚提供独龙江自古为中国领土的证据，对英国殖民者在1911年侵占我国领土片马以及提出高黎贡山分水岭为界的无理主张，做有理有据的抨击，宗教神职人员如此犀利的表现使在场人员印象深刻。两年前有人到独龙江接他到国外，得此面善气和之人的激烈训斥。他一生拥护共产党，离世之前，云南省基督教协会副会长是他多个职务之一。

——选自《民族文学》2013年第一期

瑞雪中走近的春天

2010年的春天，是在早早到来的瑞雪中走近的。如同那场悄然而至的飞雪，世间正发生着许多让人想不到的奇妙变化，有许多故事在延续，也有许多新的故事在这个春天将萌芽。

“富有活力、难以预测、进取心、美丽、雄心勃勃、固执、关注未来、有爱心、很中国的、好奇、机智迂回、坚强”，这是书写《中国大趋势》的美国学者约翰·奈斯比特对今天中国和中国人的描述。

而另一位老者，显然比奈斯比特要年长得多，2560年前的孔子，以“和为贵”、“和而不同”的儒家学说在今天走遍世界，目前在全球开设的300多所孔子学院，不仅教不同肤色的人用汉语说“你好”，也教他们怎样在中国做生意，怎样了解中国的文化，阅读“四大名著”和其他中国书籍。敏感的世界意识到，这其实是正在显示着中国的“软实力”。

伴随着经济的飞速发展，冰雕的北极熊在哥本哈根会场外点滴消瘦，从它身边走过红绿两道大门的各国要员都不得不面对一个严峻的问题，当今世界，我们究竟要做什么选择？或者只能做什么选择？

今天的时代和生活似乎远远比我们的想象更复杂更精彩。那位已经年逾八旬的奈斯比特精力充沛地飞行，来往中国上百次，他本是专门研究不同国家和人民，思考他们的行为、方式，他们做什么，结果会是什么的学者，而在中国他感受到一次次的惊异，他感慨：“你们有很了不起的故事，但是你们没有讲。”

作为应该是讲述者的文学，在又一个春天来临之时，应该如何面对呢？我们思考着。过去一年里，《民族文学》骄傲地将55个少数民族的作家请到了北京，一个都没有少，大家倾诉本民族的故事，唱响同一个主题“祖国颂”。金秋硕果飘香之时，《民族文学》的蒙古文、藏文、维吾尔文版经过多时的紧张筹备，满载无数人的期待终于面世。刊物的足迹走向牧区，走向高原，走向冰川脚下的小镇，走向碧蓝的青海湖畔和波涛汹涌的金沙江，那苍老的、稚嫩的、有力的一双双手翻阅着它们，从他们那里传递而来的惊喜和感喟让人心颤动。

“办好《民族文学》，促进民族团结进步”，温家宝总理的题词是《民族文学》努力的方向。多出精品，走向广大读者，彰显和推动共同团结奋斗，共同繁荣发展的主题，《民族文学》大有可为。而这一切，我们期待更多的少数民族作家、翻译家、评论家的参与。《民族文学》特约百名翻译家，将从本期陆续一一介绍，他们来自母语写作翻译的不同族群，是中华多样性文化的宝贵财富；我们将尽绵薄之力，设法搭建多种桥梁，扩大少数民族文学的对外交流；而待春暖花开之时，多民族青年作家改稿班将如期举行，期待所产生的精妙作品如花儿一般开放。

向世界讲述中国多民族了不起的故事，为什么不呢？2010年的春天，我们向远处望去。

塔里哈提·阿尼瓦尔·伊尼克尤夫（塔塔尔族）

《欢庆萨班节》节选

在绿树成荫、风景优美的地方——乌拉泊风景区响起了欢乐的节日歌声，乌拉泊位于乌鲁木齐南郊20公里左右，是乌鲁木齐各民族群众举行各种室外娱乐活动的场所之一，也被古人命名为欢乐的牧场，在这里集汇了穿着节日鲜艳服饰的塔塔尔族男女老少，歌声、笑声、乐器声凝聚在一起，刺激着整个风景区。这是2008年6月21日的萨班节。这是一个风和日丽的晴天，来自乌鲁木齐地区的塔塔尔族穿着本民族的节日服装，聚会和欢庆，人们相互问候，祝福和庆祝节日，女士们风情万种地来接待客人，被邀请参加节日的还有汉族、维吾尔族、哈萨克族、乌孜别克族等其他各民族的贵宾。

……

以家庭为单位进行的聚餐开始了。他们在草地上铺着地毯，摆着餐布，摆满了早在节日之前，家家户户都已准备好了琳琅满目的各种美食。如用大米洗净后晒干，上覆奶油、杏干、葡萄干等，放在火炉中烤制而成的一种糕饼“古拜底埃”。蜂蜜、鸡蛋、砂糖、清油、面粉和在一起，放在烤盘上摊开，上面点缀核桃仁、杏仁及葡萄干，经火烤而制作味道香甜酥松的“巴卡力”。熟肉块（牛、鸡、鸭、鹅肉块）和煮熟的土豆片放在平底锅中焙烤，然后将肉块和土豆片混合食用的“克孜都日米拉”。用面粉与鸡蛋、奶油、砂糖、鲜奶、可可粉、苏打制成的“去买西”。煮熟的牛肉、羊羔肉、鸡蛋及每种糕点都做得十分精致，像灵巧的工艺品。

——选自《民族文学》2013年第一期

母亲留给三峡的歌

端午节比不上春节，或者中秋，但在我的家乡三峡，从来都把这个节当作一个非常重要的节日。因为屈原随江水而去，他的家乡三峡一带的百姓每逢端午，都会划着龙舟，将包好的粽子丢往江里，叫着“三闾大夫，魂兮归来”！

那年，屈原故里的朋友给我来信，邀我去往三峡过端午，因为那里将举办龙舟节，有诗歌会，还有龙舟比赛等等，我心里想去，但还是婉言谢绝了。除了刊物相关的事，还有一个最重要的原因，就是当时大病之后的母亲在京，好不容易放假，我想陪着母亲说说话。

那天就跟母亲说了好些。其实主要还是听母亲说。

我曾写过一篇散文《母亲的语录》，后来又有人写《姥姥语录》，我要早知道就不那么取标题了。但母亲确实有一些经典之词，母亲是一个善于叙述的人，她总会将一些不打眼的事说得有声有色，说到了骨子里。

那天我们说到了山东的大哥。因为母亲得病，大哥夫妇从山东东阿的乡下专程赶来看望，带着一些红枣和小米，说：“娘啊，你尝尝这枣，可甜呢。”母亲说“好好”，她吃了一颗在嘴里，反复嚼了好半天，才吐出来。她的病已经不能让她咽下那些枣皮。大哥还带来东阿的有名的阿胶，说：“这个是最补人的，娘你一定要吃。”

母亲看着那些黑得发亮的阿胶，拿起一块敲得梆梆响，说：“好好，我吃。”

大哥夫妇就陪着我母亲住了快半个月，他们每天都说很多的话。

我不在跟前，我得在后海上班。端午那天，母亲就把她与大哥在一起说的话背给我听。并就着这个话题说到从前，大哥不是她生的，她见到大哥的第一面，大哥已经快 9 岁了，一个半大小子站在墙角，低着头不吭声，那个样子仿佛就在昨天，母亲说。

那年她和我父亲从湖北回到山东，走进那个黄河边上的小村庄时，她说她只知道老家有公公婆婆，不知道还有这么一个半大小子，一走进院子，公公婆婆迎出来，将这个站在墙角的小子叫到跟前，说：“小啊，快叫娘！”

母亲当时一下子就愣住了。她那会儿还年轻，才二十多岁，年轻气盛的时光，她一头乌黑的短发，头一甩她就要走。到黄河边赶船去县城，然后从县城再搭车回湖北。母亲说：“你父亲从前没告诉我这些，我跟他在一起（她和父亲之间从来不用结婚这个词），他一直没有给我说过，家里还有个儿子。”

二叔赶到县城将母亲追了回去，二叔当时是村里的年轻人，长得有模有样，高高大大的，能说会道，一说就把母亲说笑了。母亲后来说：“你二叔那样不讨人嫌，会哄人。”母亲跟他回到村子里，但是不跟父亲说话，父亲那时在南方的一个县里当县委书记，还是很威风的，但回到乡村又遇到母亲生气，他用回避的方法对付，只当没这回事似的。

但母亲不依不饶，她说：“你都结过婚有孩子了，你还把别人留在家里干什么？”她说的是大哥的亲娘。大哥的亲娘嫁过来就在这院子里，父亲南下之后，她在家里带着孩子，照顾公婆，还有一帮小叔子。二叔后来有一次对我说：“我那嫂，唉！冬天里那个雪水，可凉呢，她在井台上给俺们弟兄几个洗衣裳。你看她那手指头，冻得跟胡萝卜一样。”

端午那天，母亲说到大哥，又说到大哥的亲生母亲，她说：“我很佩服她。”

我没有深问，母亲与父亲的前妻没有说过话，严格意义上讲也没有见过面，那年她回去，人们将还没有离家的大哥的亲娘弄到亲戚家去了，在母亲一番义正词严之后，父亲说服了自己的父母，同意大哥的亲娘改嫁。大哥的娘后来嫁到了黄河对面的一户人家，又生了三个孩子。

母亲说佩服她，让我有些意外。母亲是个性格倔强的人，很少说佩服什么人。她当着大哥的面，究竟还问了什么，我不知道，但大哥夫妇一左一右地陪着她，开口闭口叫娘，让我心里发热。

大哥临回山东时，母亲给了他许多东西，也许她知道自己的病情不好，用一种最后告别的方式清理了她看来是比较重要的东西交给大哥，又给他们夫妇买了新的衣服，一定要他们穿在身上，说：“你看看，人靠衣裳马靠鞍，这么一打扮，你们说好看不好看？”大哥穿着白底红条的T恤，大嫂穿了一件短袖的花衬衣，呵呵地笑，说：“娘啊，你让我们怎么背得动？”东西堆在那里，果真像一堆小山似的。

母亲说不要紧，背不动就寄过去。大哥转过笑脸，擦了一把泪。

那年端午，母亲又说到三峡。她特别爱说三峡，但这回是专门说给我听。母亲说：“那是一个大话题，你应该写一部小说。”

我说：“是的，我早就想写。”

她拍打着双手，因为病，手臂比从前瘦了很多，但仍然很精神，她夸张地提高声调说：“我们支持你。”这个“我们”，指的是在座的我妹妹，还有家人。

母亲说："因为一场病，我把许多事都想透了。人生是很短暂的，我们要珍惜每一天。"

她说她的父亲过去是一个小康人家，家里做着豆腐生意，还有卷烟，有帮工，在巴东码头上卖豆干，下宜昌上万县的人都爱买叶家的豆干。后来是小日本的飞机炸了巴东，一家人的房子被炸成了废墟，走投无路地进了被服厂。她说她父亲是"世"字派，字子修。

我的脑海里浮现出一个穿长衫、面容清雅的男子，走动在三峡小城的街上。他们很规矩地过着日子，男子身旁是他的妻儿，那小小的女娃儿，娇憨任性，骑在父亲的脖子上看龙舟，嘴里吃着炒香的胡豆。

母亲家族有很多故事，她的父亲是城里人，开铺子的老板，兄弟姐妹不少，母亲是江边的桡夫子人家，川江有名的桡夫子，一家好男儿。

那天端午，母亲的话说得酣畅，一直说到快吃晚饭的时辰，还有些意犹未尽。她说的故事有一些是我早些时候都听过的，但每次听来都很有意思。尤其这天端午，因为这个节日与三峡，与过去的连接，母亲的话就像一部部电影。

只是病后的母亲还是虚弱，我一边听她说话，一边又怕她太过劳累，并想她该如何增加些营养。她吃得太少，很多东西都不能吃，不知道怎样让母亲强壮起来。晚些的时候，我和妹妹去到街上，又去给她挑了些牛奶、点心。那天还有朋友来看她，想得很周到，带来各色杂粮、酱菜、鸡蛋和肉。但母亲只能挑着吃。

那晚，看了一会儿央视的青歌赛，余秋雨先生正在挨个点评，过去对余先生的点评颇有微词，但那天却感觉很舒服。在一个世俗化越来越重的时代里，有余先生端坐在万人瞩目的评委席上，大谈美学、文学，也是一种精神的补偿。可惜那些歌手十有九个答不上来，显然还在下面做过一些功课，但张口结舌，牛头不对马嘴的对答，就像刚从扫盲班出来的样子。所唱的歌，大多数歌词都极尽空洞，好像专设了一个“空洞奖”，大家都争先恐后地朝着那儿去。

相比之下，母亲的话多有意思啊。

但没想到，转过年来的正月十三，北京刚在前夜下了这个冬季的第一场雪，就在这一天，在一片银白的世界里，漫天雪花飞扬之中，我敬爱的母亲离我们远去。我相信，她像一只脱掉任何羁绊的飞鸟腾空而起，她的灵魂轻盈自由地在高邈的云天里翱翔。我相信，她时刻亲切地注视着我们，倾听我们含泪的诉说。

母亲，您听见我们姐妹的悲泣了吗？您给了我和两个妹妹以生命，是您将我们从混沌之中带到了人间，给了我们察看世界万物的眼睛，给了我们行走大地的双足，给了我们生存劳作的手臂，给了我们能够感受喜悦和悲苦的心。我们的身体发肤受之于您，这一切，让我们如何来报答您，母亲！

母亲 1934 年出生于巴东三峡，那是一个动乱的年代，她 6 岁时因全家房屋遭受日本飞机的轰炸化为废墟，而后随母亲进入抗战时期国军后勤被服厂做童工。工厂先后辗转迁移到武汉、江西等地，母亲自幼分担家庭的重负，颠沛流离饱尝人间冷暖。1948 年工厂迁至广西柳州，母亲在锁眼车间做女工，1949 年 11 月后即参加四野文艺宣传团，宣传新社会新风尚，后因家中老人要求，与哥嫂兄弟于 1950 年 8 月回到三峡巴东，参加土改，在巴东工作多年之后，又先后在恩施、武汉等地工作。

三峡，是母亲最为亲切的地方。童年的苦难铸成了母亲刚烈的性格，如同三峡的山和水，时而峻峭时而柔情，她常说的一些话成为我们生活中的座右铭。

“三峡我的家乡”，这是一首歌名，也是母亲病重时常说的一句话，也是她最后的话。母亲爱家乡，爱三峡，是在骨子里。自从“文革”期间挨批之后，她在好多年里很伤心，几次三番地说要离开，说看也不想再看这个地方了。后来我在武汉工作，将她也接到了武汉，她走时说：“我头都不得回。”

她真的好些年里不提三峡，甚至从那边来的人她都不想见，她回避着，说我：“还见他们干什么？差点没把我整死。”可是她心里却并不是那么想的，只要电视里一响起那一方的音乐，她就会凝神一动也不动地听着。要是发现有人在看她，她会有些不好意思地笑一笑，扭过脸来说别的。我知道她心里是想着那块地方的。

后来生了病，她再也不加掩饰，逢人就说她是三峡人，还会问别人：“你知道那首歌吗，《三峡我的家乡》？”说着会哼上几句。母亲年轻时爱唱歌，她的嗓音清亮，像神农架下淌过的溪水，她唱过《白毛女》，也唱过《王贵和李香香》、《夫妻识字》等，唱过太阳出来磨盘大，全家老少纺棉花。小的时候，我常见她拿着一张张歌片，就跟黑白照片似的小歌片，有《芦笙恋歌》、《三杯酒》，她小声地哼着，那是她最惬意的神情。单位联欢也会请她出来唱一个，我们这些孩子从大人们开会的楼下过，会猛然听见母亲的歌声：“小河的水呀清悠悠……”亮亮的，传得很远。

到后来母亲最爱唱的就是这首《三峡我的家乡》，这是一首由湖北艺术家创作，并且由一位清江边出生的歌唱家演唱的，带着山野之风和三峡的回声。母亲让我将那张歌碟找来，一遍遍地听。她是那样向往那一片山水，喃喃地不止一次地说，最后一定要回到家乡。在她生病期间，听说宜万铁路通车，可以从北京西客站直接坐火车前往巴东一带，不禁欣喜万分，跃跃希望坐车前往。我想一定要让母亲了此心愿，买好了车票，做好了一切准备，但临行前两天，母亲的病再次加重，让人难过的是终未成行。母亲亲笔留下书面遗嘱:“善后事宜从俭，将我的骨灰撒到三峡，因为那是我的家乡。”还吩咐，送别的时候不要放哀乐，要放那首《三峡我的家乡》。这让我痛彻肺腑，但我想，我一定要一丝不苟地照办。

母亲一生对事认真，特立独行，保持着精神的洁净；一生尊重知识尊重创造，教诲我们要将事业看得很重，将世俗功利看得很轻；一生淡泊物质，不事喧嚣，棉布衣衫，粗茶淡饭；一生喜爱自然，喜爱歌唱，喜爱花儿的芬芳和小草的清香……母亲是一位热爱自由的人，始终保留着的独立人格如高山一般坚强，爱憎鲜明，自尊倔强卓尔不群，让我们不断理解不断思索；母亲是一位热爱生活的人，内心充溢着的浪漫激情如长江之水不停地流淌……

母亲的晚年分别在武汉东湖和北京密云度过，好在那些去处都有荡漾的水，在武汉她常绕东湖而行，丈量着水的波澜；在密云，她背着鄂西土家人的背篓，沿着潮白河一直走到密云水库，或许是那片北方的水让母亲感受到三峡的水色，或许是南来北往的风会将她的遐思带到她想去的地方。母亲走了，按照土家人的观念，是从一个门槛跨入了另一个门槛，母亲解脱了病痛，如凤凰涅槃获得了新生。

我们为母亲送行，我们护送母亲一路南下，去到了她最后也一直想去的黄河之畔，见到了父亲的家乡山东东阿的大哥和众位乡亲。

黄河岸旁的古老村庄用最诚挚最朴实的礼节迎送母亲，大哥和二叔、六叔家的兄弟们披麻戴孝，久跪不起。而后，我们护送母亲回到了三峡，真个是“巴东三峡巫峡长，猿鸣三声泪沾裳”，母亲最终回到亲人们的怀抱，一位远行的三峡女子，有屈原的古歌迎接她的归来，有万顷江水拥抱她的魂魄。

如亲爱的母亲所愿，她终于回到了三峡，她和她喜爱的歌，都永远留在了三峡。

柏桦（傣族）《母亲的村庄》节选

我的母亲柏老太太出生在一个名叫席草寨的傣族村子，她比共和国年长9岁，已是年近七旬的古稀老人。柏老太太一生坎坷，年仅7岁便失去父亲，母亲改嫁他乡，年幼的她和姐姐在老叔家长大成人，12岁才背起书包走进学堂，因学习成绩优异，18岁被保送到初级师范学校，毕业后分配到县里一处高寒山区的乡镇小学做了光荣的人民教师，后来，又调到另一处乡镇的中心校任教，再后来，调到州府，在一个县级幼儿园做了副园长直至退休。

母亲的成长历程，无疑是贫困落后的中国边疆、中国农村妇女的一个充满希望的传奇故事。我比母亲还要幸运，竟然跑到北京念了4年大学，这是席草寨村我的母亲辈和外婆辈的人们不能想象的事情。我的工作比母亲"阔气"，母亲是小学、幼儿园教师，而我大学毕业就分到老家的一所大专学校教书。工作以后，时间或长或短的，我又在中国人民大学、鲁迅文学院、中央社会主义学院、北京大学做过学生，有了很多往返穿梭于云南边疆和祖国心脏的机会。

……由于迄今为止我是那个村子目前健在的后人里面进过的学校最多、到过的地方最多的人，无意中我已把自己当成这个云南省省级文明村派出的形象大使和代言人。

我很高兴有幸成为"诗人"和"作家"，借此让文山州、云南省以外的人通过我知道席草寨村的存在。在我长达一万多字的散文《被都市遗忘的村庄》中，我用了很大篇幅描述席草寨村和那里的亲人们，重温故乡带给我的鲜美回忆和绵绵乡愁……

母亲的村庄，两代人的光荣与梦想，我们和祖国母亲一起成长。

——选自《民族文学》2013年第一期

坐车记

参加一个研究班学习，集体去安阳，本来说有动车，但只在上午，却有课要听，不便打乱校方安排，于是定为下午乘坐 T61 次火车。

进到西客站候车虽然去得还算早，但候车室已座无虚席，大家提着包站了一会儿，还是每人花了 15 元去，进到一个茶座旁的通道，那里有橘红色座椅，然后可直接进入站台，方便了许多。等了半个多小时，下午 4 点多上了车，车厢里看上去很空，但还没来得及高兴，一会儿工夫，三三两两的人就上来了，很快占满了座位。接着，仍然不断有人拥上来，转眼身旁的过道便被挤得水泄不通。

一个戴眼镜穿着工装的小伙子挤在我们身旁，一直站立着，几次三番想到车尾那边补张座位票，却怎么也挤不过去。车开了一两小时以后，人稍微稳定一些，他才好不容易挤了过去。两节车厢衔接处，有一位列车员在众人的围挤之下，似乎在办补票。这位戴眼镜的小伙子挤过去，好半天又挤回来，垂着头，手里多了一小马扎，说："一共才卖了 4 张卧铺。我们啥也没补上。"

我问他们去哪里。他的回答吓了我一跳，他们去的地方是六盘水，从北京到那里得在火车上过两夜，也就是后天才会到。

他拿着那个小马扎，说座票也没了，就让买了个这，15 块钱。也就是说，这小马扎就是他两天两夜的安身之处了。

车上多是来北京打工的年轻人，有一姑娘拎着几个大包，站在过道里，被人挤过来挤过去，像一株洪流中的小草，让人不敢与她的眼睛相对。我想让她把包放下来，但行李架上、座位上都堆得满满的，小小的茶几上也已经放了好几个包，我费了很大劲将那些包摞起来让她往上也放了一个。她感激地笑着，但手里仍还有一个沉甸甸的，她就那样使劲地提在手里，在来回挤动的人群中，一次次尽力靠边站着，将双臂和腿缩了又缩。

那情形没法让坐下来的我们安稳，我们同学的几个提议轮流站起来，请她稍坐一会儿，她迟疑着不肯坐，说："怎么好意思让你们站着呢？"

我们说不要紧，我们换着站一会儿，也是活动活动。那明显是安慰她的话，因为过道里根本就谈不上活动，连撑撑胳膊腿都要小心碰了别人的头和脚。

刚上车那会儿，车上的味道就不正，随着人多，空气越来越混浊，摇晃中车窗外面的暮色降临，大家都满脸疲惫，一个个东倒西歪的样子，有点度日如年。

到安阳的时间是晚上 10 点多，在车上要待 6 个多小时，中途不得不想法填饱肚子，还得上厕所，挤动起来让人想起小时候遇到串联的情形。若干年过去了，我一直以为火车上那样的拥挤已经成为历史，但没想到就在眼目下，又一次再现。

而据这位穿工装的小伙子和那位常坐火车的年轻姑娘说，目前硬座列车的情况大都如此。若是春节，更是挤得水泄不通，喘气都难。

我们常常指责国人不文明，这里吐痰那里闯红灯越斑马线，但看了眼下的情景，我不由得想，就是再体面的人，到了这种环境中，又能怎样呢？不照样不顾体面地用身体挤来压去，为的只是求一个小小的站或坐的空间而已。

我抬头看了一眼车厢两头缀着的牌子，上面清楚地显示：定员112，但实际上远远不止，大致数了数车厢内的人至少超员七八十，而车厢接头处、厕所洗手处更是挤得结结实实，也就是说加起来一节车厢超员两倍以上。我问列车员："为什么允许这么严重超员？"

他不高兴地说："这不是我们管的，票是车站卖的，晓不晓得？""车站卖的你们就让无休止地上吗？"我问他，他像没听见似的挤开了。

中途一处前不靠村后不靠店的地方，黑暗中，莫名其妙地停了50多分钟，没有任何人来对此加以说明。这辆车上没有广播，即使到站停靠车也没有任何提示。

晚上10点多，车终于到了安阳。我将座位让给了那位穿工装的小伙，但他只能坐一会儿，转眼下一站会有人持这座位票上车，他就得让开。但小伙乐观地笑着，说："没关系，我们年轻，还能挺得住。"他和他的伙伴们是去六盘水一家钢铁厂安装管道的，那是很强的体力活儿，还时不时有险情。

为什么我们的火车不能让这些普通人坐下来呢？

纪尘（瑶族）《人间》节选

当我吃完东西，西蒙下来了。这就是男人的优点——他只用五分钟就将食物收拾得干干净净。看在这点分上，我原谅他的懒觉。

那天的目的地是罕萨山谷的吊桥。

第一座吊桥很好找，沿着公路外悬壁边一条被人踩出来的小路走上大约半小时就可看到。我们选了个便于行走的坡地下到河滩。枯水季节的河床显得十分开阔平坦，少量的河水缓缓流淌。

从目测来看，吊桥全长六七百米，每两块木板之间的距离平均半米左右，以马钉固定，不过不少马钉已松动，因此木板不是向左歪就是向右斜。桥头有一根碗口粗的木头，几根用以承重的钢索绕在木头上，木头两侧用石头压住——桥就这样固定好了。

尽管在中国我也走过一些吊桥，但那些桥的木板要密实得多，绳索的固定方式也让人放心得多。不管怎样，西蒙已上去了，而且走得挺快。我也上去了，过桥的时候，我尽量集中注意力，不往下看。虽然木板很不踏实并有些晃悠，但总体来说一切都很顺利——通过这座桥，我花了大约十分钟。

然后我们开始寻找那“传说中”的第二座桥。西蒙曾在明信片上看过它，这个英国大男孩一连用了几个“非常有趣”来形容那座我一无所知的桥。我想它大概更长更大一些吧。如果找到，我打算再花十分钟通过。

寻找吊桥的路途比我想象的要遥远，也艰难得多：一片无边无际的茫茫戈壁，而且一直在持续地上坡。西蒙虽仍一如既往地走在前面，但不久我能看到他停下来坐坐，显然也感到了疲累。

——选自《民族文学》2013 年第一期

三枪究竟能打多远

一直保留着对张艺谋的期待。

尽管在黄金甲铺天盖地而来之时，满眼都是膨胀而不敢目睹的乳沟，以至一位著名女诗人在发来的短信中调侃："时间就好比黄金甲里的乳沟，只要挤一挤，总是会有的。"

尽管到处都是张导演的"印象"，将那些优美平静的山水演绎成了人头攒动的集贸市场，漓江的鱼儿丽江的雪山都被不停歇地惊扰，燃烧的火把灼舔着刘三姐曾依偎过的绿树，还有那些一把把明亮了服装而被丢弃的电池；

尽管张导演一方面明知道魏敏芝所在的学校连一根粉笔头都舍不得用，而另一方面在我们这个资源并不富裕的国土上一次次引导着大排场大铺张大渲染大奢侈……

尽管有许多尽管，为张导演脸热，为再也无法忍耐但还是忍耐的失望，但心中仍暗留着红高粱的余香，眼前晃动着那位执着地表达着国民的人本意识苏醒的农妇秋菊。在看了年轻人贾樟柯反映底层生活的《三峡好人》之后，我想张导演也应该有所动作了吧？

改革的中国，多事的中国，大喜大悲的中国，风生水起的中国，该有多少故事等待文学艺术的再现，又有多少或拼搏或焦虑或空虚或茫然或疼痛的人，期待诉说和精神的抚慰。一位年过八旬的外国人奈斯比特都说：“你们有很了不起的故事，但是你们没有讲。”

而事实上，并不是没有讲故事的人，或想讲好故事的人。只是人们对拥有了话语权和丰厚资源的张导演之类太多的期待，或者换句家常的话说，张导演之类被善良和恋旧的中国人宠坏了。因此尽可以一边潇洒地在豪宅里品尝美酒，一边玩似的用美元买个旧的洋框架，套上大红大绿的中国袍袖，就支上三枪了。

在一个忙碌之后的晚上，我打开了“三枪”。虽然在此之前，女儿已在影院看过，回家后牙疼似的哼唧：“烂片，真是烂片。”但我不愿意相信，我想再怎么烂，凭着张导往日的风范，又能烂到哪儿去呢？更何况前些时一打开电视，就看见张导在说道“三枪”，三两句之后，自己就忍俊不禁。我想，哪怕就什么也没有，只是乐一乐也行啊。

辛苦忙碌的中国人，如果在吃不起精美营养餐，也吃不起时尚快餐，甚至连个普通家常菜也无处消费的情况下，哪怕吃碗桂林米粉、云南米线、北京炸酱面也行啊。可张导给我们端上来的是什么呢？一个老掉牙的偷情案，无能而残忍的老板，风骚多情的老板娘，年轻胆小的小白脸儿，自私懵懂的伙计，藏而不露的巡捕，再无须多说，稍有一点儿编故事能力的作者，就可以编出无数个花里胡哨的故事来，可惜张导拿着中国人的钱不当数，非要花在外国人身上。其实在目前任何一个县城或任何一个文学社，都可以找到比这个故事要精彩得多的撰稿人。

这且是另外一个话题，再说张导的“三枪”，一枪打出的是无聊，一枪打出的是苍白，一枪打出的是恶心。无聊是无话找话，无事找事，无事生非，无中生有，因此无聊至极。苍白是内容白思想白，可惜了那些渲染出的色彩强烈的画面，越是夸张越是衬得思想和内容一片空白，张导命题为描写了人生命运的不可把握。张导的虚幻其实来自这些年的才力空虚，远离现实，从这一点上来说，“不可把握”倒是说了一句真话。

至于恶心之处，更是比比皆是，不断刺激和挑衅着观众的忍受底线，再换句话说，张导是在无视中国人的审美情趣，对当代人的鉴赏实际上是采用了一种高高在上的鄙夷和嘲弄。低级并不令人气愤，气愤的是明知道国人的需求和病患却偏要故意而为。

看来不是我独自对“三枪”有意见，在我认识的人中间，除了北大张教授，真的就几乎没有人为“三枪”叫好。只是有一天坐在车上，同司机小俞聊起来，京城街上车流滚滚，走几步堵几步，他歪着头，无所事事地扳动着方向盘，说：“咳，那不就是一个无聊嘛。”言下之意，较那个真干吗？现在无聊的事多了。

后来，小俞兴致勃勃地带来一张光盘，说这是个让人能看得进去的电视剧，已经播了好些时的《双面胶》，演这部电视剧的女演员海清又演了《蜗居》，小俞说这两部戏真逗，说的都是老百姓的事，住房啊、看病啊、上学啊、白领忙碌啊、婆媳关系、夫妻感情啊等等。琐碎得很，但一看就看进去了。

有一天到家附近的超市买东西，顺便溜达到旁边的小商品市场，发现卖什么的都有，比如各种电影电视剧光盘。一位烫发的中年妇人拦住我，推荐她手里的碟，就说这《蜗居》好看，她一边说一边嘴里啧啧的，说她自己就看了两遍。要说做腻了肉的人不爱吃肉，卖碟的人就不爱看碟，但这女人就说好看。于是我就买了。当天一看，果然，耽误了我大半天搭一个半夜的工夫，早晨起来，头昏昏地往后海去，生怕跟人谈《民族文学》谈岔了。

《蜗居》为什么会吸引人呢？一想其实没别的，就是说的身边事，说的跟老百姓的痛痒相关的事。如果要挑毛病的话，还真不少，但所有的一切都抵不过它的真切，说的是人话，能感觉出这编剧和导演对当代人的关切和怜惜，能感觉到当今时代生活的烟火气。

《双面胶》显然与《蜗居》是姐妹篇，表现的都是当代人的生存状态，不管里面有多少瑕疵，但它好比一面镜子，让我们能照出当今的人生，能找到我们自己的影子。还值得一提的是，《双面胶》里出现的是一批真正意义实力派的演员，尤以扮演两对父母的潘虹等人光彩夺目。潘虹似乎一直是位不事张扬的优秀艺术家，虽然她在《双面胶》里扮演的虚荣抠门的上海妇人只是个配角，以她的名气可以说是屈就，但她演得丝丝入扣，用心到了每一个细节。我想这不仅是潘虹等人一种职业精神的体现，也在于他们对剧本的理解把握得心应手，自如地调动了个人丰富的生活积累。

相比之下，三枪类的苍白是无法给演员提供更多创作空间的。昨天参加首都版权界的迎春联谊会，相见的朋友聊天时，有人提供了一副对联：赵本山寨张艺谋财，孙红雷人小沈阳委，横批是：三枪毙命。平心而论，孙红雷、小沈阳都是好演员，不管他们来自哪个行当，都是精彩人物。但可惜三枪让这几位瞎忙活了一场，看孙红雷在那里摆出一副煞有介事的样子，想做得深沉或冷峻一些，无奈内心找不到支撑，眼神是空洞的。即便束紧身子从那洞里钻进钻出，又骑着马昼伏夜奔，弄得神出鬼没的迹象，恨不得逼到观众面前问：你怕不怕？你怕不怕？……观众就是死活不受感染，既不会心生惊惧，也不会心生喜悦，当然更没有什么感动可言。

或许张导会说：“我就是做一贺岁片，想让老百姓一乐。怎么了？”实在话，对张导的批评其实并不是针对他个人，在大家所评选的2009烂片排行中，毕竟“三枪”只是其中之一，更何况排在第一、第二的还有甚者呢。可张导的影响和知名度让他被典型化了，被充斥精神领域里的虚幻无聊弄倒了胃口的读者和观众对张导的期待变作了怨怼。

这一点，张导应该以为骄傲和痛。

顾伟（锡伯族）《锡伯族之歌》

面对旧墟石室，北魏鲜卑拓跋氏说：
启示云冈、龙门石窟的鼻祖
绳索已经被熊熊烈焰焚烧殆尽
东胡部族的鹰笛，一字一句的乡音
几万匹战马，数十万颗征服的心
扩张了疆域胸围的拓跋氏
沉默于荒漠，向西：
契丹商队又将桃花石锦缎铺陈
弹劾，掷地有声，成就了生离死别
锡伯族，一簇箭镞，砰然迅疾
从东北故土射出，在伊犁河谷散落
洞穿无援的心灵史
因为行程万里，要弹奏东布尔
因为乡音盘桓，要跳起贝伦舞
晨光和夕阳在跋涉者心灵深处奔跑着
连接骏马与骑士的辽远是一轮明月
拨动东布尔，向迁徙的队列致敬
古老的舞蹈在跋山涉水。琴弦上

跃出一只受惊的黄羊，复活的精灵
一路西行，驰骋在激荡的鸣箱里
飞临中亚，一只大鸟猛然收拢了翱翔
即使栖息，头颅仍要接近更深的蓝
塔里木、准噶尔，双翼遥相呼应
柔巴依的伴侣，南面鼓声，北面飞歌
萨满面对四十九级刀梯，击响单面鼓
辉番卡伦的信使在回乡的路途策马扬鞭

——选自《民族文学》2013 年第一期

老舍茶馆旁的一个冬夜

小时候一直生活在湖北恩施一带，那里接近四川。中国的语言有很多差别，比如四川，就有着跟别处不太一样的幽默，歇后语、比兴、俚语、方言等等，过去有部电影《抓壮丁》，语言就非常有趣，电影中的一些俏皮话，“王保长”、“幺妹子”，叫了几代人。

离四川很近的恩施，基本上是四川话的风格。这里面还扯着一些皮，比方说世界传唱的民歌《龙船调》，在很长一段时间里，四川人都不太高兴，因为生生把这歌划给了湖北，而过去，那块地方是属于四川的。还有一处“大水井”，是一个有名的地主庄园，也是过去在四川的地盘，后来才划给了湖北。这种关系也叫“扯皮拉筋”。

眼下说四川已成为历史，早些年，已经从四川划出了重庆，上述这些地方都归了重庆，也就是渝东南一带，跟湖北鄂西相邻。

那一带人在说到某件事根本不可能成为现实，或者说有人过于把某件事看得太重的话，就会说：“未必你还把它当饭吃不成？”

吃饭在中国老百姓看来，是一件与天地相齐的事，最大的事就是吃饭，所以见了面最亲切最要紧的问候就是“你吃了吗”。

在我身边，有不少人是把文学当饭吃的。那个冬日出了后海，相继见到几个弄文学的人，起初谈话也就是平平淡淡的，无非是些散淡的琐事，比如最近忙了些什么，又见了何人，还有奥巴马的上台与民族的关系，股市在郁闷之中又闪现着火花，好比打不着的煤气炉，你一碰“滋滋”的闪一点绿黄的火，让人心存希望。还有房子的价格与装修等等，这些都是比较平淡的，虽然其中有国际大事，也有国内大事，但对说话人来说，不那么激动。可到了饭间，说到了文学，也就是说直接进入怎么去写某一篇作品，比如关于三峡，关于地震……人一下子来了劲，明明面前摆着菜，货真价实的，虽然味道比较差，少少地吃了几口，就只顾说话。

说那菜，两条鱼，一个小火锅，还有一盘泡菜，一个茄子煲什么的，够几个人吃的家常菜，全部一个颜色，酱糊糊的。起初想进去的是老舍茶馆，但里边人满为患，只好到隔壁这家，场子倒是很空，说话也听得清，但如果再夸赞别的，就有些虚伪了。不过吃不吃这菜已不主要，因为谈到了文学。

平时办刊物，出来进去都是文学，我在生活中很少再谈，有些怕累。可这顿饭吃得我有了新的看法，原来文学真的是可以当饭吃的。说着说着，人就饱了，看桌上的菜，真的没怎么动，但心情已经饱满着，好比一道一道大菜轮番地上着：现实主义？老舍？长江？屈原？黄河文化？最后的土司？三峡？天堂里的玫瑰？如此这般，于是等等。

说话出来，前门一带已有了冬夜的冷清，风声呼呼的，忙裹紧了风衣。准备去坐地铁，从地下通道中走过，巷道里躺着几个无家可归或是有家难归的人，侧身向着墙壁，一动也不动，样子睡得已沉。我从旁边走过，不由得放轻了脚步。

但从出口上了街道，却被几道栅栏挡在了地铁口之外，隔着马路，找了半天出口，打车回家。“和平里北街。”我说。

这司机不太爱说话，一路沉默着，十里长安街，灯火闪烁，从窗外一一闪过，而我也就安静地怀想着今日的晚饭，在这个老舍茶馆旁度过的冬夜，吃的什么真的都忘记了，只有饭间谈论的文学。

四川话说的，真的是把文学当饭吃了吗？

艾傈木诺（德昂族）《老舍茶馆》节选

十二月的某个下午
零下八摄氏度的老舍茶馆。窗外
风把太阳吹得越来越凉越来越小
就像一只十五瓦的白炽灯泡
肩负着照亮整个京城的重任
它越来越可怜地矮下去
越来越可怜，矮过黑底金字的招牌

无形霭气从脚底向骨髓浸入
之后，跟着血液流遍
一个叫艾傈木诺的德昂女子的身体
之后，溯回心脏的这零下八摄氏度的清冷
暗藏利剑，穿过皮肤，穿过棉布和鸭绒的外包装
把一个北方真实地打开，给这个南方女子

——选自诗歌《老舍茶馆》

与少年书

张开想象的翅膀

想象是一切文学写作的翅膀，如果没有想象，哪怕文字再工整，也会味同嚼蜡。《地雷花种子的自白》充分运用了想象，就如同给文章插上了翅膀，使它视野开阔，文笔鲜活，让人读来饶有兴味。作者采用了第一人称的写法，“我”就是一颗小小的种子，从绿叶姐姐的怀抱中走向外面的世界，见阳光，经风雨，受磨砺，在成长中逐渐坚强，从而懂得了只有努力才会成功。聪明的小读者当然会明白，这其实就是我们每一个少年必经的路程。

——评点《地雷花种子的自白》

真诚是打开心灵的钥匙

严厉的父亲，贪玩的孩子，总是有着不可避免的矛盾和交锋，谁让世界那么精彩，而作业又是那么繁重枯燥呢？但自制力也是一个小男子汉必需的啊。这篇小文章感人之处在于真诚，真诚是打开心灵的钥匙，同时也是文学写作的基础。看得出来，小作者的这篇写作来源于生活，来源于自己的真切感受，写得很用心很动情。

我作为一家刊物的主编，常常会遇到一些业余写作的朋友问如何写作，我说：写你最熟悉的。《鸿雁传书父子情》显然做到了这一点。

——评点《鸿雁传书父子情》

尝试创造

每个孩子都或多或少有过玩具，随着年龄的增长，会慢慢将玩具束之高阁，而这位小作者却将他的玩具不时地排列成另外一些世界，玩具之间可能是一场战争，也可能是一些有趣的纠葛，小作者在导演这一场场戏剧中尝试了创造。虽然我们还不知其详，但已挑起了我们的兴趣，因此，读到最后还觉得意犹未尽呢。也就是说，从这篇文章的结构来看，后面的收尾稍微仓促了一些，至少将你所说的梦幻场景描摹一二，然后再与开头做一个呼应啊。你说呢？

——评点《我的玩具我的爱》

欣赏和描述“美”

这篇文章写出了“美”。首先是场景美，秋天的小路，飘动的树叶，蹦跳的小蚂蚱……从远到近，如同一幅图画的描摹；其次是文字美，清新自然，既有童稚之趣，又有成熟的舒展；这些都来自作者对美的细腻感受，对美的情不自禁的表达。这篇文章还给人点启示，在一个孩子的眼里，秋天原来是这样的美，而我们恐怕常常并没有在意。善于发现大自然和生活中的美，其实是多么有趣的事情啊。但有一个小小的提示：你捕的蚂蚱，你没打算伤害它，又将如何放置它呢？不如放它回归大自然。

——评点《我把秋天留下来》

读书得及时

读书得及时，《学记》曰：“时过然后学，则勤苦而难成。”就是说该读书时不读，以后即使再努力也难琢磨成器。然而，人的时间是非常宝贵的，该读什么，如何读，得想明白了，否则会如同盲人摸象、井底观天，东一榔头西一棒子。

从古至今，存于世上的书籍不计其数，俗话说“书山有路勤为径”，可见很早以前书就如山似海了。现如今由于科技更新，排版印刷一律数据化，一部书稿变为铅字的过程一眨眼的工夫。据不完全统计，我国目前每年新出版的图书达30万种之多，仅长篇小说就达3000多部，畅销书还有数十万种。选择什么样的读物，让我们有限的阅读时间得到更大收益，显得至关重要。

在我看来，在那些汹涌如潮的出版物中，有一半可称为文字垃圾，有的是重复前人或别人的劳动成果，有的是无病呻吟胡编乱造，有的则完全就是等而下之俗不可耐的毒药。因此读书一定要读好书。

何为好书？人们常说经典，中国古典四大名著，安徒生和格林童话，莎士比亚的戏剧，巴尔扎克的小说，等等。这些都是好读的好书。我在小学三年级时从父母的箱子里翻出了《红楼梦》，放学之后搬张小椅子就读（那时的作业远没有现在多），虽然不是所有的章节都能读懂，但人物和故事生动有趣，让懵懂的小学生也能读出滋味，并能得到一知半解。好书是能让人愉悦的，但不是所有的好书读来都那么顺眼、流畅，像《红楼梦》那样好读的好书并不多，因此好书也不一定都好读。

好书不一定好读就如同真话不一定好听，真理不一定让每个人都舒服一样，读书的过程是辛苦的，越是思想深刻的书越需要付出更多的劳动。如同跋山涉水，在行走中披荆斩棘，锲而不舍，终于达到高峰或彼岸时，会领略到异样的喜悦。前日读到茨威格自传《昨日的世界》，还有米兰·昆德拉的《笑忘录》，阅读中不时得停顿下来，正如爬山，不光是歇口气，还得驻足观赏风光，读完之后，只觉回味隽永深长，充满了意趣。

亚依（珞巴族）《我的故事》节选

我始终觉得舞蹈与散文及诗是一体的，或者说是有着亲密的血缘关系。我生在一个没有文字的民族里，从小吸吮着极其丰富的民族口头传承文化的乳汁成长，从小耳边听惯了博嘎尔（珞巴）闻名的历史传说“加英”。看惯了崇拜原始宗教万物有灵的母亲跳的“神舞”（或巫舞），以及大型的宗教仪式“乌波任”（祭虎），“边波任”（祭野牛），“索波巴”（表现民族或家族的势力），“巴日日”（娱乐民谣），“崩农莫”（民间舞），“都都乐”（跳远），“巴克克”（刀舞），心里把这些当成是传说，当作是纷飞的花瓣，喜欢地捡起来，珍藏在脑海里。

母亲的民谣句句都是浓浓的母语，像是歌颂那段经历：

那时代，
森林里刀与弓箭守护着生命。
灿烂的土地上，隐藏着悠柔的梦，
在森林里，赤着脚漫步的爱人，
戴着熊皮帽，佩着弓箭与刀在唱歌。

部落消失前，他从那边来，来到老村落，
久远苍苍的部落，像一支忧吟的歌。

——选自《民族文学》2013年第一期

衣郎（土族）《有心，就能抵达》节选

河流的腰部，
桥的姿态完美纯熟
两座山的乳房上
鹰在转瞬即逝间留下影子
乌鸦高声部的鸣叫
烘托预感，
难言之隐
暗藏起衰老以及皱纹
……你在哪里忘记河流，
你就会在哪里想起石头……
光线隐没，
膨胀散失
一些留给时间的忧伤的布鲁斯
任意地掠过眼睛里的海
鸟儿们纷纷离去
世界只剩下一个空洞

桑士哥的转弯处
有些人留下了影子
有些人留下了心

2003年，我在互助县五十乡桑士哥村边的中学教书时，写下了《桑士哥的转弯处》这首诗。桑士哥是一个极其普通的土族小村镇。

——选自《民族文学》2013年第一期

奕纯画莲

我没见过奕纯作画的情形，但从他的文字里读过之后，眼前便有了清晰的画面，洁白的泾县特制宣纸拼接成的画幅前，一位男子舒袖展臂，眉宇间含有无限的爱怜，这时的画家已无技法之考虑，那些技法早已浑然在胸。有的只是百年企盼，千年心思，有的只是心中的万语千言，声声呼唤。于是高举画笔时，沉吟凝眸，落下画笔时，便有片片莲花如玉人飘然而来，裙衫翻卷，满屋清香。

这莲有唇，有白里透红的皮肤，有柔媚千娇，骨格冰清，还有轻轻的呼吸。男子与玉人的对视，眼神里有无数相互的问询和爱抚，你是我寻找了千百度的圣洁，你是天地间的至美，你从何处来？你若去了，我的魂魄将寄往哪里？

有狂放的荷叶，抛洒了画家少年的问路，青年的求索，中年的执着。有大地皱纹间的沧桑，太行峰顶的向往，有拨开荆棘的朝日，天狗吞不下的月亮，还有画家弯腰俯拾的小草儿，亲吻不够的天使的羽毛。画家用笔描摩世间最美的景物，又用笔诉说这些景物的情态，在他的眼里，不仅是景物，更是生命与生命的心心相印。他与之对话，有屈原之风，仿佛天地间处处都会有灵动的回应：即便沉默，也是才下眉头又上心头，他已将画与文铸为一炉，又将艺术与生命融为一体。

读奕纯的文，便读懂了他的画，他这人。

金色梦　　郑慧君／摄

芦笙合奏　　周丽德 / 摄

一天天

京城的人喝的都是密云水库的水，密云有几个爱文学的人，办了一本刊物叫《天天》，这是一本内刊，也就是没有刊号，只有准印证，姥姥不疼舅舅不爱，没有人给拨款，也没有人赞助，全靠办刊人自己掏腰包。这几位都不把心思放在挣钱上，却一心爱着文学，为了这事熬更守夜弄文字，不但不因此往家里拿银子，还要往外拿钱，几千几千的印刷费、纸张费。

刊物摆出来，着实让我吃了一惊，那种讲究，让我这个专门办刊物的人暗中惭愧。我将这本杂志拿到后海《民族文学》的编前会上，让大家浏览，品一品，我们跟人家比，是不是有些差距？

《天天》登的作品很大气，而且绝对要求是原创，他们说："你可以在这里发了以后再拿到别的大刊物发，但你不要在别处发过了再拿到这里来。"他们这样说的时候，神色很认真，我也认真点头称是。

后来他们约我写一篇卷首语，我想了又想，用了一句俗而又俗的话"美丽家园"作为标题。我不知道还用什么词才能表达这几位对文学的热爱。

《民族文学》杂志前几年办了蒙古文、藏文、维吾尔文版，有几位领导题词，都不约而同地写道：共建精神家园。其中一位是国家新闻出版总署署长，一位是国家民委主任。我们将这些题词悬挂在后海小院的墙上，不仅因为他们是领导，更因为大家都很认同。

后海小院儿，是一处耐看的家居小院，早年著名作家马烽、丁玲先后在此住过，小院的门楼前眼下挂着两块牌子，一块是中国作家协会《民族文学》，一块是中国少数民族作家学会。许多来自全国各地的少数民族作家走到此处，总会情不自禁地说：这是我们的家园。这话用汉语说来似乎有些太正式，但要知道，那些常年使用母语的少数民族作家用汉语表达时，就是这样说的，一字一字的，说到“家园”这个词。

新疆的维吾尔作家狄力木拉提汉语非常流利，甚至带点京味儿，他笑着，露出洁白的牙齿，不止一次地说起，“只要我来到北京，就会想到后海，就会想，那是我们的家”。

2005 年秋天，我第一次沿着北京平安大街旁的荷花市场走进什刹海，然后沿海西行，经过银锭桥，经过一路的酒吧，然后走进大翔凤胡同，找见了《民族文学》杂志社的大门。那天正是国庆长假的一个日子，小院的门紧锁着，我背靠着有些破烂的大门照了一张相。当时人们正在动员我从武汉调入《民族文学》，我一直犹豫不定，我不是一个办刊物的高手，我怕我会使这本当时已经十分拮据的刊物更加风雨飘摇。那天我虽然没有走进院子，但却已经感受到小院充溢的人文灵气，什刹海的波纹以及胡同青砖墙上的古老印迹让我眼眶湿润。我想玛拉沁夫老师说得对，当今时代不能没有一本《民族文学》，中国少数民族文学不能少了这个家园。

在那之前，东湖边上一个阳光和煦的日子，玛拉沁夫老师用十分庄重的神情，给我很长一段谈话，他说到新中国建立之初，少数民族作家十分稀少，成长极为不易，《民族文学》自 1981 年创刊以来，培养了大批作者，是一块非常重要的阵地。他从过去说到未来，他的眼里炯炯发光，充满了发自内心的激情。

我为他的话所感动，所激动。见到后海，我突然就有了家的感觉。

几年过去，什刹海的风还是那样一阵紧一阵慢地吹着，但那些随风鼓涌的波纹有了新的故事，一个个来自天南地北的蒙古族汉子、藏族小伙、维吾尔姑娘，还有云南的阿哥、东北的看林人、川上妹子、怒江兄弟……带着他们的文学梦，来到北京，走进这曲里拐弯的胡同，还有什么比听到他们那一声“家”的惊喜呼唤更让人心醉呢？

相识的文学朋友中就有密云的几位，来自贵州的侗族大哥黄松柏在密云宣传部就职，他曾在西藏多年，随妻来到密云，说着一口乡音难改的普通话，仍不断写出新诗。他将我引入密云的文学队伍，这是一班因为文学而凝聚，而有滋有味的朋友，国军、小陈、张爽等等。我随他们去水库吃鱼，听他们说家常，发现他们挣钱的兴趣真的没有搞文学大。

当然他们也得生存，国军在一家物业公司当头儿，每天为业主的各种要求所奔忙，还与妻子经营了一个小门店，卖些密云的特产小米黄豆杂粮什么的，交由岳父母打理。挣的钱其中一份开销，就是办这本只有准印证的杂志。我没问过国军，他的妻子对他拿出钱来干这个有什么言辞。他的妻子圆圆脸，大眼睛，慈眉善目有点观音相。因此我觉得问那些话会是一种多余。

但任何一个经历过办刊的人，都会明白现如今办一本纯文学杂志多么难，常常会很不自信。有的省级文学刊物都难以为继，还有的已经改为“某某股份有限公司”。在这种情形下，不得不佩服密云这些朋友的文学热情。

他们精心构造着美丽的精神家园，将它打扮得漂漂亮亮，不断吸引更多的人走近。为在奔波劳顿的红尘中的人们提供了一处让心灵栖息的家。这也正是玛拉沁夫老师的期待呀。

伊蒙红木（佤族）《亲亲南依河》节选

清清南依河
是我亲亲的河流
在我的家门前轻轻流淌
悠悠绵绵的情思
拉起一道长长的国门
对岸是缅甸
这岸是我的祖国
……
清清南依河
是龙的河流
岸上黝黑的阿佤人牵着母亲的手
把龙人的故事写进
1934 年的抗英历史
亲亲南依河
是阿妈阿爸连接起的长包头
把祖国严严包在阿佤人的头上
……

——选自《民族文学》2013 年第一期

人家

这几年每天上班都要去什刹海，沿途从恭王府、宋庆龄故居、郭沫若故居等处走过，那一座座建筑群，不动声色地显出庄重和千百年的古韵。

好些曲里拐弯的小胡同，小胡同里又有许多十分精巧的小院。打那些小院门前过，总忍不住想探头一望，又怕扰了人家的清静，小心翼翼地看上一眼，心里痒痒的。

有一天清晨，我几乎是黎明前就起床，坐了公交车独自来到后海，从德胜门内的刘海胡同往里走，天还没大亮，一路上见不到一个人，只听见我的鞋跟敲打出的声响，在寂寥的胡同里回荡。远远地看见胡同口有家包子铺亮了灯火，正是冬天，一股股热气从门帘旁边的缝往外冒，一下子牵住了我的腿。我走进去，几张条桌，摆放着醋瓶，朴实却温暖，要了一碗紫米粥两个大馅包子，四顾有了家的感觉，又仿佛是在未醒的梦中。

不同地方的人家，有不同的味道。

我父亲的家乡在山东东阿县，黄河边上的鱼山村，人们住的都是小四合院儿，有门楼、北房、东西厢房，还有厕所和一个喂养牲口的棚。院子里有一棵枣树，晚间，大哥家喂养的鸡都栖息在树上，像是回归到了鸡们的祖先。枣树下有一口水井，打出的水有些沁黄，有点咸，大哥每次做凉菜会将切好的黄瓜片放在桶里，然后吊到水井里，待到摆席时再扯起来，又凉又脆。清晨大哥和他的儿子从井里打上水来，洒扫厅院，水星星点点洒满一地，一股土腥气合着麦草香弥漫着，包裹着自南方远道而来的我们。

而在南方三峡一带，我母亲的家乡，那里的建筑主要以吊脚楼为主，大多依山而建，立上几根柱头，支撑着土木结构的房屋，下面是悬空的，养猪喂牛，人在楼上居住，透气，也避免了毒蛇虫蚁。体现了武陵山区及三峡一带的生存智慧。从前坐船从江上过，最能看出这吊脚楼的格式，每次经过巴东巫山，我总是倚在船舷旁，远远看那些人儿楼上楼下，便猜想其间的故事，定是有趣的。

当知青插队在湖北鄂西一个偏远的乡村，生产队给我们的住处是保管室旁边靠着山墙搭的一间偏房，又叫偏拴，只能搁下一张床、一张吃饭的桌子、一口大灶。我和一位女同学在那里住了一年多时间，还养过一头猪，也没有猪圈，就让小猪睡在我们的床下。到夜里，只听猪儿在床底下打鼾，奇怪的是，不仅不觉得脏和臭，反倒听来踏实。似乎养了猪，缺这少那的屋子就像个人家了。

几十年过去，今非昔比，当下的人们对家的设计越来越讲究，一般来说，没有买了房子不装修的。而且除了小家，还希望有良好的居住环境，无论是城市还是乡村。

但城市越来越拥挤，那种温馨的市井气息渐渐稀少，生硬的立交桥将一些人们生活必需的商店、门铺、餐馆割断开来，人们在街道上的行走常常是间断性的，面对高高在上的立交桥、川流不息的车辆，行人会战战兢兢。一些老人都感慨，过去的城市好玩，现在上街都不敢走路了。

我喜欢晚饭后散步，即使出差在外也想找地方走一走，但发现好些城市除了公园和一些比较大的游乐场所，很难再找到比较畅通尽兴的走道。大多马路都被不断的车流给占了，窄窄的人行道上摩肩接踵，常常被一些广告牌、电线杆等物件挡住去路。现代化给我们带来了许多快捷，但同时也带来了许多障碍。

初来北京租住房子有三年之久，后来有了自己的房子，拿到钥匙之后，一些装修公司来揽活，说得天花乱坠，但我基本没请人设计，只请了一支装修队，按照我的一些想法去做。我想一定不要那么复杂，一切简约为好，在外部环境眼花缭乱的当下，小小人家，似乎更需要返璞归真，寻找相对简洁、质朴的生活方式，让居家的人的心灵安静下来。

如果走进自己的家，却跟宾馆一样，光怪陆离的墙面，花花绿绿的装饰，人被玻璃、水池、花草、鱼缸、宠物包围着，会自然闲适和放松吗？家的装修以简约为主，但用材一要环保节俭，为这个世界减少一些资源的消耗，二要舒适实用，方便在家里放松休息，三是凭个人兴趣，赏心悦目即可。

出差的闲空我爱逛街，看看当地有什么特别的东西，新疆的披肩、壁挂和地毯，内蒙古皮制的酒壶，云南纳西东巴文字的木刻、苗族的面具、佤族的图腾，香格里拉的小铜铃……这些有趣的物件悬挂和摆放在不同的位置，给家带来了诸多趣味，看见某样东西就会勾起某种记忆，回想起那个地方及那里的朋友。

小家离不开大家，除了营造自己的小家，更要保护好我们的地球，这是人类共同的家。每一个具有良知的人，都必须时时呵护大家的家。

艾吉（哈尼族）《故乡和家》节选

一生要走很多地方
都会随着脚印消失
只有一个地方
即使再也回不去
你都会想念到死
那就是故乡

一生要住很多房子
走了别人搬进去
唯独一间房子
即使已经不存在
仍温暖着你的心
那就是家

——选自《民族文学》2013 年第一期

后海迎新

面对2013年第一期《民族文学》PDF电子版，心生许多感慨。首先要告诉读者的是，这期选择的作品来自56个民族，这是56朵鲜花的同时绽放。或万言长歌，或锦绣小诗，让人想起草原、雪域、天山、边寨，还有那蓝天白云、骏马和牛羊……篇幅虽小，汇集了八面来风；后海不大，涌来了大江大湖的潮水，涌来了雪山清泉的涓涓细浪。

其时身在后海的小院，窗棂上已经沾扑上一层薄薄的雪，雪落玻璃窗的沙沙声，细细入耳。窗外雪花飘散，漫天就像飞舞着洁白的蝴蝶，飘飘洒洒，迷迷茫茫，似蕴风景无限。

小院地上水一汪，雪一团，斑驳陆离，像是天公涂抹的水墨画，煞是好看；院门外的后海雾雪弥漫，岸上熟悉的垂柳，枝梢上挂着白，却难掩苍翠，透着勃勃生机。多年来，出入于我们工作的这个小小院落的少数民族作家，披着塞北的风，南疆的雾，操着各种口音，在这里谈论文学，评点人生。他们的语言会使人感觉生疏，但却十分生动有趣，将那些不同民族的不同文化带进了北京城，又从这里传播到祖国的山山水水。

或许在我们熟知的语言之外，这些比较陌生化的交流在今天的时代更具有民族学、人类学、社会学的价值，它们蕴藏着丰富灵动的信息，语境深远，不仅滋养着流行的汉语言文字，更为我们提供了别样的思维和表达的方式。中国多民族文学疆域的高远，正如中华民族的版图一样辽阔，30年来改革开放结束了部分少数民族没有书面文学的历史，新世纪以来更是人才辈出，新人新作不断涌现，致使55个少数民族其中包括22个人口较少民族也都不断有文学新人崭露头角，少数民族文字母语创作及翻译也更多地走入了人们的视野。

过去的2012年，被文化界称为中国少数民族文学年。这一年我们共同经历了少数民族文学系列研讨、骏马奖评选、全国少数民族文学创作会议等重大活动，《民族文学》也正是在这一年又创办了哈萨克文、朝鲜文版，目前共拥有汉、蒙、藏、维、哈、朝六种版本。我们告别收获的一年，再一次抖擞精神迎接新的一年。

《民族文学》杂志根据近期作品来稿，选择了55个少数民族作者的作品集中亮相，这既是对2012年的纪念，也是回报读者对多民族文学未来的展望和期许。这期作者有大家熟悉的作家，文笔劲道，也有尚还稚嫩的新秀，携带着自然清风，让人耳目一新。

特别值得欣喜的是，中国多民族的文学大河如此宽阔奔流向前，象征着中国文化的多样性在工业化时代依然的斑斓多彩，并强劲地独立于世界之林。

让我们珍视这一切。

巴图尔江·阿塔汗（塔吉克族）《历史给我们照相》节选

艾克拜尔·吾拉木（维吾尔族）译

我们欢聚在北京

不　准确地说

我们聚在了心灵的殿堂
五十六个民族用各自的色彩
把首都北京的花坛
点缀得五彩飞扬
犹如绚丽多姿的彩蝶
从这颗心飞到另一颗心
传播着北京花坛的芳香
所有的眼睛聚在一起
所有的心融合在一起
让历史给我们照相
祖国的那双温暖的手
紧握着我们的手
我们不是在照片里
而是在祖国的心上
……
在鸟巢
在天安门广场
我带来了塔吉克人的心
他带来了维吾尔人的愿望
心与心的碰撞
闪烁出
共同辉煌的光芒

——选自《民族文学》2013年第一期

遥远而明亮的路

——叶梅与广西女作家冯艳冰的对话

冯艳冰（以下简称问）：在制订采访计划时，觉得采访您需要一定的心理准备，因为您很特别——女作家，而且是少数民族女作家，同时是我国唯一的全国性少数民族文学月刊的女主编，您的不少作品很不一般。我也是少数民族，也写过一些作品。所以，觉得我和您的心距很近，但也挺远的——在文学路上，您毕竟远行高走。这里我想问一个不成熟的甚至是幼稚的问题：您认为，在文学艺术方面，我们能否找到一种女权主义理想呢？

叶梅（以下简称答）：从我目前的职业到写作，最后落在女权主义，我没想到您会这样提，但这个问题却正是沉淀在心里的。最近我在当学生，跟一些同学恰好聊到女权主义，来自四川的一位妇联主席很激昂地说：目前女性解放还有待时日。我看也是如此。

社会的文明程度是跟妇女解放的程度密切联系在一起的，可以从当下许多文艺作品以及广告里看出目前是一个各种观念混杂的时期，许多被摈弃的腐朽没落的观念及行为陈渣泛起，社会需要进一步改变对妇女的看法，而更重要的是，妇女自身的理想和解放，还需要自身的自觉自醒。有一位哈萨克女诗人写了一首诗《这个男人的问话真有趣》，她说男人们对她的写诗和理想冷嘲热讽，她抱以反讽，坚持女性的独立和追求。

我的许多小说有关于三峡女性的描写，我曾在一篇文章里说过，现今这个时代，虽然还是以男性话语为中心，但女性已经有了更多的命运自觉。女人骨子里的坚韧与无奈，浪漫与现实，温情与倔强，使她们在不同岁月里却有着相似的梦想，又因为性格的差异而走向不同的路径，载着她们的一只只船儿各自漂流。我凝望着她们，犹如看着我自己的电影。我会不断写这些女人的故事，它们会承载着我的以及更多女性的理想。

问：就文学的某种意义而言，我总认为，最难把握的是“民族文学”这一概念，因为它太模糊、多义、泛化，因此容易被人利用为标签。您就批判和审视过这一实际存在的问题。可同时让我们看到的事实是，作为一种“旗语”，民族文学是极具集聚力和感召力的，作为《民族文学》的主编，您能谈一下“民族文学”的时代新概念吗？

答：过去我们谈“民族文学”这个概念，主要是在说少数民族文学。将少数民族文学与汉族文学从民族属性上并列为两大类，在特定历史背景下，对保护和促进处于弱势中的少数民族文学，无疑起到了积极的作用，但我们应该意识到，中国不是两个民族，一个汉族，一个少数民族，而是56个平等相待的民族。从古至今，中华民族文化都是由56个民族共同缔造的，新世纪中华文化的复兴更是离不开多民族智慧的凝聚，我们在编辑出版《民族文学》刊物的实际中不断意识到，少数民族文学不能自娱自乐，要向世界展示中国这个多民族统一国家的丰富和辽阔，避免工业化伴生的统一化和规范化在文化领域带来的单调与刻板，“多民族文学”的概念十分具有时代性。

因此《民族文学》也会发表汉族评论家针对少数民族文学的评

论，同时将汉族作家的优秀力作翻译成少数民族文字，在母语版向少数民族读者推荐，召开研讨、评奖活动，都会邀请汉族作家、评论家来参与，他们的介入与表达，将会使少数民族文学扩大视野，走向更大的世界。铁凝曾讲道："文学既展现着各族人民对真善美的共同向往，同时，又不是为了让一切文化趋同，而是引导人们理性平等地认识、欣赏并尊重彼此的不同。"《民族文学》所倡导并力行的多民族文学，正是在探索和表现着这种同与不同，在今后的中国文化发展中，需从全球视野和文化软实力的高度来认识多民族文学成果，从保持文化多样性的角度来对此评价。

问：《民族文学》实际承担的责任，相对许多文学刊物复杂得多，也重要得多。因为您的工作的广度非常宏观、壮阔；它同时还是一个跨学科、跨领域的。比如，你们所倡导的母语写作，其意义可以用"伟大"形容。您以为呢？因为文学也是一种以非物质文化遗产形态存在的文化形态，特别是对少数民族而言。您认为这是您办刊的最大难点吗？

答：我们应当对母语写作给予更多的尊重和珍惜。世界上7000多个语种，已经只剩了一半，每天都有一两个语种在消失。这引起人们深深的担忧。每种文字都是一个文化物种，语言传承了一个民族活生生的历史记忆，是促进、彰显各民族优秀文化的珍贵载体，同时抚慰每一个民族特有的尊严和敏感。有专家说，在某种意义上，它比金字塔、万里长城还要珍贵。我比较赞同这些观点。保存语言，就是保存一个个"文化物种"，就像自然界中保存生物物种一样，这样才能维持文化生态平衡。

我们所能做的，就是用文学的形式，着力少数民族母语创作和翻译，去传承和保护少数民族的语言文字。目前，蒙古族、藏族、维吾尔族、哈萨克族、朝鲜族等人口较多民族中有大量作家用母语创作，据不完全统计，蒙古族文字创作的作家在省区级以上刊物发表作品的就达2000余人，其质量更胜于用汉文创作；用维文写作发表作品的作者已近万人，新时期以来，维吾尔文长篇小说至少已达230部；藏族则涉及多个省市地区。他们的作品不仅在本民族产生了深刻影响，而且在周边国家和地区也有一定的辐射作用。

母语创作不能仅局限于一个封闭的读者群之中，需要借助翻译的力量，来架起各民族之间互相沟通和交流的桥梁。目前我国不仅有一支庞大而富有朝气的少数民族文字创作队伍，而且有一支日渐壮大的少数民族文学翻译家队伍，《民族文学》设立了“百名翻译家”的互动，又先后多次走进内蒙古、新疆和西藏等地，举办各类作家翻译家笔会，所到之处都采用双语进行交流，各族同胞倍感亲切。不少青年作家、翻译家表示：少数民族母语文学终于有了自己的国家级刊物，这体现了多元一体的格局，大家对这些刊物分外珍惜。

问：我注意到，也许就是因为宏观责任所在，你们杂志社常常举办各种各样的交流活动，与作家和社会形成了挺有意义的互动。我认为，文学活动其实也是“文学潮”的一种方式。您说呢？

答：办刊物，要重视作家的原创，也要重视作家素质的提高。所以我们提出：刊物要与作家同步成长。我们每年都要举办一到两次多民族作家研讨班、改稿班，还与各地创作基地联办一些笔会和采风活动，在全国不同地区建立的“民族文学创作基地”，有计划地组织不同民族的作家去到相对开放的城市，或是特色浓郁的边疆，或是国家重点建设的工程现场等地采风座谈，多向交流，使作家和当地社会各界彼此都留下了深刻印象，也给许多作家带来了机遇。比如，分布在祖国边陲的人口较少民族作家，很多都是通过我们近年来的活动脱颖而出，走向文坛的。目前，我国55个少数民族包括22个人口较少民族的作家都在《民族文学》发表过作品，全国56个民族都有了书面文学创作的作家，《民族文学》正是这一历史潮流的参与者和见证者。

今后，我们还将要利用各种方式举办少数民族文学青年评论家、少数民族翻译家、人口较少民族作家、重点少数民族青年作家等笔会。这些活动的开展，不仅帮助作家搭建了更多的学习交流平台，也会兴起一次次或小或大的文学热潮。同时对于刊物质量的提升，有着明显的积极作用，作家的创作水平提高会带来刊物的成色的更新。

问：作为一个文学刊物，如何胜在“宏观大节”，而不只囿于“字眼”之间？您是怎么做的？您的办刊主要策略是什么？是作家和作品的组织、刊物的发行，还是品牌的推广甚至刊物的资本运营？

答：我以为，办刊的主要方略首先是找准自己的位置，然后要做的是保持和不断提高产品质量，让消费者满意（这里我有意将刊物说成产品，将读者说成消费者，表明我们在坚守刊物宗旨的同时，一定要具备商品意识）。开辟各种渠道尽量让更多的读者了解和喜爱，并心甘情愿地订阅。

少数民族作家面临着民族文化被同化甚至是走向消亡的问题，以文学的方式保留民族文化的记忆，促进民族间的理解和沟通。前几年，国务院总理温家宝曾专门为《民族文学》题词：“办好《民族文学》，促进民族团结进步。”这是《民族文学》的历史使命，但好的文学刊物不仅要有口号，还需要无数精美的作品来表现，需要我们全方位精心打造，从内容到形式，都需要很用心。我们有心将《民族文学》进一步打造成真正富有影响的文化品牌，以此扩大多民族文学的吸引力和感染力，壮大和丰富中华文学。我们常在杂志社内部说，大家一定要在“办好”两字上下真功夫。

问：少数民族作家远不止家庭民族出身或履历表上填写“壮”、“汉”那么简单。按我的理解，民族共同的心理和生存情境、长期的命运交织、语言习俗的融汇，在此基础上成长起来的作家才能算是真正的少数民族作家。而以母语方式形成的作品，才具有本质意义上的特定的“民族”意义。关于这一点，很想请教您的看法。

答：一个作家的民族性，不能简单地理解为履历表上的民族身份。“民族”是一个历史的范畴。民族文学要防止标签化、符号化，以为有几个少数民族的词语，就是民族文学，这是一种误解。但也不能仅指母语写作的作家和作品，我们前面说过，在我们国家的56个民族中，有28个民族有自己的语言及文字，但目前比较广泛使用的不到10个，还有相当多的民族使用汉语言，我们当然得承认这些民族本身所具有的民族性。

我很想说，民族性实际上是与生俱来的，不管你承认与否表现与否，它都深藏在我们每个人的血液里。有些写作者，甚至包括一些有影响的作家，不太愿意在写作中强调自己的少数民族身份，或者是不以为意。当然，一个作家的写作方式和姿态都应是自由的，也是应当给予尊重的。但如果换一个角度，每一位作家可能都离不开自己所依托的根脉，忘不了带给自己生命和滋养的土壤。就拿我个人来说，我从小生活在三峡那片土地上，即使走得再远，也离不开对那片土地的回顾和想象。

民族性延续着一种历史感的意绪，更多地体现在一个民族内在的精神品质、文化内核的传承，母语是传承这一切最好的方式，但不是唯一的方式。珍重母语写作，但对那些尽管已不能用母语来诉说，却用汉语将本民族的心情传递得淋漓尽致的作家同样充满礼敬。

问：从文学艺术的角度看，“民族文学”旗帜下的当代文坛，有过哪些历史性的进步呢？

答：新世纪以来，中国多民族文学越来越呈现出令人不能忽视的斑斓，业已成为中国文学大潮之中非常重要的存在。大家经常谈到，在全球经济一体化的背景下，中国文学向世界表达中国文化多样性和独立性的具体表现。老中青作家队伍梯队完整，实力名家与文学新秀并驾齐驱，小说、散文、诗歌均有不俗之作，以少数民族文字创作的多语种文学作品得到有效的彰显，少数民族文艺理论及评论也有了进一步发展。到目前为止，55 个少数民族都有了书面文学作家；全国性各大权威文学奖项均有少数民族作家的身影；中国多民族的文学版图日臻完善，从题材、体裁、美学风格、民族构成、传播方式上，都呈现出鲜明的多样化特征。互联网上出现了许多民族文化交流的平台，一批年轻写手通过网络写作成为写作高手，甚至影响到海外。母语作家、人口较少民族作家，一个既有传承，又有创造，颇具创作实力和潜质的新一代少数民族青年作家队伍正在逐步形成，预示着多民族文学新的活力与希望。上述这些，我认为都可以说是历史性的进步。

少数民族文学事业的进一步发展，青年作家群体的出现是不容忽视的存在，《民族文学》近年来多期推出不同民族的青年作家作品“专号”，我在《文艺报》开设的“主编第一视野”专栏所写的一些相关文章也是希望有更多的人关注少数民族青年作家及作品。这支青春洋溢的队伍充满了新鲜的活力，为明天的中国文学储备了力量。

问：您的确让我们看到了两个不同的叶梅，即作家的叶梅和办

刊人的叶梅，实际上，应该还有第三个不为人知的女人叶梅。您能用一段话来分别概括前面的三个叶梅吗？

答：作家叶梅：写作是我生活的一部分，也可以说是生命存在的某种方式；办刊人叶梅：办好《民族文学》，是我衷情并愿意以激情和心血倾注的事业；如果还有你所说的第三个叶梅：我愿意是一个懂得爱和被爱的女人，那爱是多种意味的爱，包括爱生命，爱生活，爱自然，爱亲人，爱朋友……

在我做着这样那样的事情时，似乎总在蹚过一条又一条河流，就如同我前面提到的“妹娃要过河”，路程很遥远，但路的前方总闪烁着明亮的光芒，那或许就是理想。当下人们有些羞于提到“理想”一类的字眼，我在这样叙说时，也在斟酌是否妥当，但细想，如果人生没有了理想，那活着究竟又是为什么呢？因此，我愿意在理想的光芒下做好自己该做的事，在我心里，道路始终遥远而明亮。

问：2009 年您出差广西时，曾绕道柳州寻访母亲当年工作的足迹，每每说起自己的母亲，您总是柔情无限。您一定从曾为“女工”的母亲那里得到了非常的遗产，能说说吗？

答：是的。只要想到，是母亲给了我生命，让我能够来到这个世界上，我的心里就涌起无限的崇敬，我无法用语言来表达我对母亲的尊敬，虽然她是一位平凡的母亲。就在前不久，我的母亲离开了我们，母亲没有给我们留下金钱，但给我留下了很多精神财富，我叩拜母亲，深深地感谢母亲，怀念母亲！

母亲早年在广西柳州做过童工，我非常感谢广西文学曾给我寻访母亲足迹的机会，也谢谢您的提问和关切，让我有机会在此表达对母亲的思念。我曾写过一本书，《第一种爱》，书里写了近十位母亲的故事，那是一些真实的故事，采访时我曾多次被感动，世界上最伟大的爱是母爱，是第一种爱，我们无法回报的爱。让我们用感受到的这种爱意去看待世界和所有的人。

萨黛特（柯尔克孜族）《爱》节选

我要和大海接一次吻
我要让海水漫过双唇
激流只能穿过这生命的海峡
看那一片疲倦的海洋
多少桅杆升起来了
船桨像鱼儿游回了水中
婴儿向母亲展开双手
海鸥停止讴歌
回到巢中思考这神秘的蓝鲸
航道不声不响地朝深处划去

一片长满庄稼的田野
在一声百灵的尖叫中
像波浪那样震撼大地
呼吸撞响了天堂的钟声
草地感到来自地心的泉水张开眼睛
这眼泪感动了多少母爱和男儿
他们把双手举起放下

面对上帝和安拉
在双手和双手之间
放声痛哭已经不够
花蕊深处是我们走不进的天堂吗

……

谁能让我们抵达彼岸
谁能让我们抵达彼岸涨潮吧
一艘巨轮勇敢地冲向礁石
冲向礁石

——选自《民族文学》2013年第一期

民族生活的叙事

——叶梅与评论家李鲁平的对话

李鲁平（以下简称问）：今天，在大多数人的印象中，您是一位作家，一位少数民族文学工作者，但在到湖北作协工作之前，您曾在恩施州以及县里从事党务或行政工作。恩施是您成长的土地，三峡的山水，一个民族的生存、生活和发展，一方水土的沧海桑田，都沉淀在您的记忆中，也表现在您的创作中。我知道您原名房广兰。您能否介绍一下过去？在我看来，了解一个作家的成长历史和过程，与了解作家的作品一样重要。

叶梅（以下简称答）：我有一些小说和散文曾写到我的父母，我出生在湖北巴东，三峡边的小县城。父亲早年从山东南下来到鄂西，母亲则是巴东人，从小当童工，随着一家被服厂辗转去到武汉、江西、广西等地，解放初回到巴东，与我父亲相识。用我母亲的话来说，这桩婚姻是她不情愿的，他们之间总是在一种紧张的状态中。母亲有许多经典的话来形容父亲，教导我们“宁愿没有当官的老子不能没有叫花子娘”，在我小时的印象中，听母亲的话比较多。母亲经常说“人要有志气”，从对我们小时候的学习说到长大后的做人。

父母的工作常常调动，我从小习惯了搬迁，曾经在巴东、恩施、汉口上过小学。记得在汉口的每天清晨，我从黄陂街穿过花楼街，那儿住着一位女同学，然后我们俩相伴走到水塔小学。若干年后，请武汉作协董宏猷兄帮我打听这学校，他是汉口通，后来说是早已被拆掉了。“文革”中，我的父母双双被批斗，我和两个妹妹是在恓恓惶惶中度过那段岁月的。父亲姓房，老家在东阿县黄河边上的鱼山村，村子里大都姓房，相去不远有曹植墓。父亲在“文革”中被打成“双料货”，“走资派”加土匪。母亲为了保护儿女，将我改随她姓，只听她在电话里说了句：“你从此以后就叫叶梅了啊。”那会儿我在巴东县城嘎嘎（三峡人将外婆叫嘎嘎）的木楼里住着，接电话要到电话局，巴东一条独街，会有人挨次传话过来，说“某某人快去接电话哟”！接完我妈的电话，从格子笼的电话间里走到街上，太阳明晃晃的，我突然觉得就在那一刹那间，自己成大人了。那年 13 岁。

不久我插队到恩施县鸦雀水幸福大队，人称“来到鸦雀水，见他妈的鬼，吃口苞谷饭，没有漱口水”，但这个幸福大队却有一口水龙潭，我喜欢这个地方，并没有因为劳动苦而心生厌倦，相比在城里父母挨斗那种恐惧，劳动的辛苦并不算什么。后来我被抽去演样板戏，参加了文工团，开始写一些小剧本，就这样走上了创作之路。发表小说是在 1979 年，第一篇处女作《香池》写的是插队期间听来的故事，发在《长江文艺》上。幸福大队的乡亲与我们相处有了很深的感情，我前几年还去看过他们，跟当时在一块儿打花锣鼓的兄弟们坐在一个屋场又打了一阵。过来的几十年经历了许多事情，难以言说，1993 年调到湖北省文联，后来又到省作协，转来转去，似乎离不开文学。

问：您的主要作品都观照的是这块土地及其土家族人民。作为从土家族聚居地区走出来的作家，在多民族的视野下，您认为土家民族最独特的性格特征、精神品质什么？这些对您的创作有什

么影响?

答:来《民族文学》工作之前,坦率地说,我并没有特别多地考虑有关民族的话题。我曾经工作生活过的恩施土家族苗族自治州是1983年才成立的,而土家族作为单一民族在1957年才确定。前年在北京中华世纪坛的青铜甬道上,我看到上面刻写的中华大事记,其中刻上了“1953年成立湖北土家族苗族自治州”,后来我写过一篇博客,批评了这件事,照理这样的大事记是不应该出现如此低级错误的。湖南湘西土家族苗族自治州成立比较早,而恩施到了改革开放初期才重新登记少数民族。恩施受到很多外来文化的影响,远的不说,抗战期间,国民党省政府从武汉搬到恩施七年之久,很多高校也同时搬到了鄂西的大山里,与当地的文化融汇到一起。

土家族是处于内地的一个民族,古来就与苗族、汉族、侗族等多民族互通往来,土司常是到武汉、宜昌等地上学堂,尊重文化,喜爱山水,包容豁达。有史记载,自称毕兹卡的土家人性格倔强,吃苦耐劳,疾恶如仇,一旦生仇经世不得解,但一语道破即刻冰释前嫌。在与其他民族文化相融之时,土家人仍然保持了独有的民歌民谣民间文化。我在文工团期间,曾上山下乡走家串户,做过多年的搜集,受到过很多滋养,在我的小说《撒忧的龙船河》、《花树花树》、《青云衣》等许多作品里都有很多体现。

问:曾经读到过您的一篇写母亲的散文,文章写道:“母亲走了,按照土家人的观念,是从一个门槛跨入了另一个门槛”,我理解这是土家人对待生死的态度。据说土家人有“生时喜酒死时歌”的说法,在关于古代巴人的历史文献中有“巴人尚武,击鼓踏歌以兴丧。父母初丧,鼙鼓以道哀,其歌必狂,其众必跳”的记载。这种丧歌,土家语叫“撒尔嗬”,也就是今天在土家族聚居地区看到的“跳丧”。

答：是的，在土家人看来，人过五十以后离世，不是一件悲伤的事情，而是从一道门跨入了另一道门，也可以说是生命找到了另一种存在的方式。因此，活着的人不应以悲哀送亡人上路，而是载歌载舞，细说亡人即兴咏叹，充满了人间烟火和人生哲理，少则三天三夜，多则七天七夜。我曾多次在乡间看到土家人的跳丧而为之深深感动。这不仅是一种习俗，更多的是表达了一个民族对世界和生命的看法。当然，还有其他许多民族也都有自己独特的人生观、世界观、价值观。它们是人类千百年所积累的精神财富，在越来越物质化的今天，对这些精神珠玑应倍加珍惜，这正是我们稀缺的、需要补充的。

我常想，过去的人们留下了那么多东西，我们能为后人留下什么呢？难道仅仅是一些高楼和立交桥，甚至被污染的环境吗？我们想让后代都成为机器人吗？显然不可以，我们还需要更多的精神创造和文化创造。

问：不管在恩施、武汉还是北京，您的创作大都是在业余时间进行的。不知您是否估计过，哪一个时期的作品数量要更多一些？

答：我的创作除了早年在恩施文化局创作局算是专业之外，以后大多都是业余时间，记得有一次我对醒龙说过，我很羡慕做一个专业作家。但一直没有机会实现这个美好愿望。如果分段的话，20世纪80年代第一个时期，90年代第二个时期，新世纪以后为第三个时期。你的问话让我检点过去，我在80年代很勤奋，那时候每年写好多小说，主要发表在《长江文艺》、《芳草》一些刊物上，那时的老编辑非常敬业，不光是看你的作品，还关心你的成长，像老师对学生，也像父母对子女。我自己当编辑之后才感觉到，怎样才能算一个好编辑，才体会到过去那些老师的不易。但我的创作应该说到了第二个时期才有了更多的自觉，90年代初写的一批作品到现在仍然是被人关注的，比如中篇小说《最后的土司》，近年，评论家兴安还写了一篇文章。到北京工作之后，我的写作以散文比较多，因为成块时间少，加之有些刊物报纸的约稿，就用一些早头夜晚写了些小文章。最近，作家出版社将要出版的我的散文集《穿过拉梦的河流》，表达了我对民族多样化，文化多样化的感受。在北京期间，我也写了一些小说，如《玫瑰庄园的七个夜晚》、《歌棒》等，这些作品都牵连着我的根。用评论家李建军的话来说，叶梅是一个有根的作家，他说的根，是指我的三峡以及我从前那些难忘的生活经历。过去的一切如影随形，渗透在我的作品里。

问：关于您的小说创作，几年前（2008年）我曾有过如此的认识，“叶梅小说的一个突出的艺术特征是，作家对本民族历史和文化的热爱之切、反思之深、关注之广，如从正面切入土家族的历史的《最后的土司》、《山上有洞》等，从家族叙事的角度侧面反映土家族地区的历史与现实的《回到恩施》等。《最后的土司》是这些作品中最具代表性的一部作品”，“叶梅小说创作的另一个突出的特征是，在《撒忧的龙船河》、《花树花树》、《五月飞蛾》等作品中，作家对民族地区的女性的命运表现出一种强烈的关注”，“叶梅对本民族的叙事，无论是关于土家人的历史生活、英雄传说、民族风俗，还是关于土家族的民族心理、民族性格、时代生活等，由于其所达到的艺术特色和艺术个性，由于其所触及的历史与现实生活面的广度和深度，已经成为当代文学中关于土家民族和鄂西山水极其重要的文本，进而，也是理解、了解这块土地及其之上所承载的文化、历史、生活的重要文本”。今天回过头来看，我依然坚持我的这些看法。

答：谢谢鲁平，也谢谢醒龙和《芳草》杂志。我想说，你的阅读和评价，我以为不仅是对我个人的作品，其实是在中国文学繁芜且不断变化的浪潮中，你们的视角里有着对多民族文学的一种热情关注。我知道近年来，《芳草》曾特别留意为一些少数民族作家开辟窗口，并多次以各种方式邀约他们的作品，这对许多身处边疆有着明显文化差异的写作者无疑是一种动力，他们从中感到文学的善意，以及对不同民族文化的一种尊重。

我的写作一直是相对边缘的，这跟上面我说到的一些作家的写作有相同之处，虽然我是在湖北，但是在湖北的恩施，要知道过去从恩施来到武汉得走四天三夜，是湖北的边缘地区，我写的那些故事也是远离都市话语之外的山寨底层人物，一时是很难走进主流文化的。但多年来我从来没有放弃过对这方土地的珍爱，我不太容易因为种种诱惑而改变自己的写作主张，即便现在生活的环境远离三峡，但在我心里一点也没有感觉遥远，他（她）们就在我跟前，无时不在跟我对话，互相倾诉，这些感觉使我自信踏实，也使我的文字不会成为空洞之物。当然，我知道我所熟悉的家园是在变化着的，变得让人吃惊、陌生，特别是当我将它们与其他地方做一些比较之后，更让我浮想联翩。

问：我留意了2009年12月在北京召开的“叶梅文学作品学术研讨会”，这个会议的综述总结了四个方面的内容，这里我将其中两个方面摘录出来，“作为三峡河畔的土家族作家，叶梅又拥有自觉的民族文化意识，把目光透视到社会生活背后的三峡文化、恩施地域文化、土家族文化等文化背景，反映了民族文化发展的激烈碰撞，立体地展示出土家人独特的民族精神与性格特质；作为女性作家，叶梅的小说充满浓郁的女性意识和女性叙事特征，着重从女性的立场和视角出发，侧重从情爱、家庭、婚姻中书写人生，面向社

会，关注现实，沉思民族文化传统及女性的生存处境和命运遭际等诸多带有普世性的重大命题”。我以为，您所写的那些女性有渴望冲破羁绊和束缚而走向新生活的一面，更重要的是，她们不仅仅有憧憬、有向往、有浪漫，其实更有牺牲、奉献、努力、信念，因而更有鲜明的自觉意识（比如《五月飞蛾》的二妹就是一个坚定自己信念的女性）。这样，才可以在女性主义的视野下来审视您的创作。

答：作为女性作家，在关注人物命运时肯定会更多地走进女性的世界，这是其一；其二是因为我觉得当下的社会更多的是以男性话语为中心，女性的地位以及尊严、价值，并没有得到足够的认可。就拿文学作品来说，细想一下，很多作品都是以男性为中心展开的，是以男性的好恶来取舍的。如果说中国开放以来出现了一些引人思考并亟待解决的问题，女性问题便是其中之一。我不是研究这类问题的专家，我只是一个关注妇女命运的写作者，我将自己的情感融入其中，表达对人生的看法。我希望女人不要甘于做一个弱者，要在这个光怪陆离的世界里站立着，勇敢地爱和被爱，勇敢地追求自己的理想。近些时候，中国出版集团翻译公司正在准备出版一套名叫“五彩霓裳”的丛书，是五位少数民族女作家的作品，其中有我的小说集《青云衣》，赵玫、金仁顺、叶尔克西・胡尔曼别克的散文集，娜夜的诗集，这套书我们自己很喜欢，还兴致勃勃地由叶尔克西编了几句广告词，标榜这是一群爱美的女人，一群创造美的女人，或许潜意识里我们都有着张显女性主义的冲动。你说到的我的小说《五月飞蛾》中的二妹，确实就是我理想中聪明智慧的女性，虽然她只是一个再普通不过的山里妹子。

问：近几年，您及《民族文学》策划、组织了一系列的评论、研讨活动。2011 年民族文学杂志社、中国少数民族作家学会在湖南

常德举办了全国少数民族文学中青年评论家交流会，我有一种印象，少数民族文学界的评论活动似乎突然变得活跃起来。作为这些活动的当事人之一，您在策划、参与这些活动的过程中有什么体会？

答：在那年常德会上，贺少俊、张燕玲、李建军、刘大先等一批评论家对玛拉沁夫等少数民族作家做了系统的分析，并对全球化语境下，少数民族文学的意义价值做了进一步探讨。我想今后还会继续。简单地说，当下文化的差异，包括语言文字的差异都给我们带来了更多的想象空间和审美意趣，汉语的形成及发展本来就是在中国多民族文化的基础上不断进行的，当代亦是如此。要说我策划和参与这些活动，是我的职业使然，虽然确实比较辛苦，但在文学之路上的行走，是人生的一种快乐，也有来自少数民族作家众多的期待，我意识到，得认真做好每一件事。我非常感谢那些真诚参加过我们所组织活动的老中青作家、翻译家、评论家，这些年感到最有收获的是，我们亲身经历了不断崛起的中国少数民族文学。与此同时还认识和交往了遍布祖国各地不同民族的作家朋友，他们对文学的深情浇灌着我们的友谊之花，又结出文学之果。

《民族文学》目前已拥有汉、蒙、藏、维、哈、朝六种文字刊物，这象征着中国文学的多样化在新世纪的绽放，也促使《民族文学》很快走向了周边地区和国家。今年初举办《民族文学》年会及年度奖颁奖时，蒙古国、哈萨克斯坦、韩国、朝鲜等国的驻华使馆都分别派文化参赞出席，对《民族文学》杂志多语种表示了强烈兴趣。哈萨克斯坦的学者专家在阅读到哈文版《民族文学》之后，表示要每期都转载；韩国还将朝文版《民族文学》的作品选入了他们主办的刊物并进行评奖。大家都意识到，我们应该更进一步促进中国少数民族文学走向世界。

问：作为一个土家族作家，在自己的创作中，您力图表现出自觉的民族文化意识，在民族地区社会发展中展现土家族人独特的民族精神与性格特质，并追求朴素自然、委婉含蓄的诗意之美和不拘一格、灵活多样的艺术手法。您在多年的努力中，在一个民族的叙事中，取得了公认的成就。记得您在散文集《我的西兰卡普》后记中说，将“关于鄂西的花絮连缀起来，那就是我的西兰卡普”，其实，您的西兰卡普又岂止是那些关于鄂西的花絮呢。

答：近些年，城市化中的民族变迁及个人命运时时打动着我，我试图说出他们的心声及我的感受。新近由中国对外翻译总公司出版的小说集《歌棒》沿袭了我的写作追求，我喜欢屈原永远存留于长江三峡的诗意，希望当代人能穿透历史和民族的遗风，来面对新的生活。

另一本将由作家出版社出版的散文集名为《穿过拉梦的河流》，可以说是我近年从多民族文化中所受的滋养，我很想为读者展示这种多样化的氛围，包括选录了一些不同民族作家的作品片段，也意在于此。“拉梦”一词来自藏语，是多样化的意译，我请教过好几位不同民族的翻译家，又与此书的责编郭汉睿反复推敲，汉睿说出了很多好的想法。本来我想以“拉梦”为书名，当“拉梦”成为汉字出现在眼前之后，突然觉得它有了更为隐秘的意义，它或许就是深藏在内心的一个梦。

这对于我来说，还真是如此。

图书在版编目（CIP）数据

穿过拉梦的河流 / 叶梅著. -- 北京 : 作家出版社，2013. 10

（中国文学创作出版精品工程）

ISBN 978-7-5063-7001-1

Ⅰ. ①穿… Ⅱ. ①叶… Ⅲ. ①散文集 - 中国-当代 Ⅳ. ①I267

中国版本图书馆CIP数据核字（2013）第176028号

穿过拉梦的河流

作　　者：叶　梅
责任编辑：汉　睿
装帧设计：曹全弘
插图提供：徐　冉
出版发行：作家出版社
社　　址：北京农展馆南里10号　　**邮　　编：**100125
电话传真：86-10-65930756（出版发行部）
86-10-65004079（总编室）
86-10-65015116（邮购部）
E-mail:zuojia@zuojia.net.cn
http://www.haozuojia.com（作家在线）
印　　刷：三河市北燕印装有限公司
成品尺寸：152×230
字　　数：180千
印　　张：18.5
版　　次：2013年10月第1版
印　　次：2013年10月第1次印刷
ISBN 978-7-5063-7001-1
定　　价：29.00元